EMILIO Y EL VALLE DE LOS COLIBRÍES

Galiel Enoc

EMILIO Y EL VALLE DE LOS COLIBRÍES

EDITORIAL
LETRA MINÚSCULA

Primera edición: noviembre de 2023
ISBN: 978-84-10059-14-6

Editado por Editorial Letra Minúscula
www.letraminuscula.com
contacto@letraminuscula.com

Índice

La celebración del cumpleaños número siete de Emilio lo aproxima no solamente a recibir una de las mejores sorpresas de su vida, sino también a enterarse de que su padre está secuestrado por la guerrilla de las FARC. Poco sabe el niño de la complejidad de los conflictos humanos, mucho menos que dentro de una caja de regalo preciosamente adornada yace un pequeño ser que cambiará su vida y la de muchos.

¿Has visto que, en algunas ocasiones,
cuando tu perro te mira a los ojos,
pareciera como si... como si...?
¡Sí!... ¡Eso es!
Pareciera como si quisiera decirte algo.
¿Lo has visto?

Querido *Braulio:*

Mi recordado y extrañado amigo.

Deseo contarte que hoy, 3 de mayo del 2012, he terminado de escribir la primera parte de todo aquello que me contaste durante tus últimos años de vida. Es una verdadera lástima que no estés acá para poder compartir contigo lo que hice, pero, dadas las circunstancias, era necesario que así sucediera.

He intentado ceñirme a la emoción de tus relatos, tanto así que no he podido dejar de experimentar un abanico de sensaciones que me han llevado desde las cumbres altas de la alegría a las cavernas profundas de la indignación, al tiempo que mis dedos corrían sin dar tregua al teclado de mi computadora.

Jamás podré olvidar las ocasiones en que tus palabras me conmovieron tanto que me fue imposible no llorar abrazado a ti mientras mis lágrimas humedecían tímidamente tu grueso pelaje, mi orejón y peludo amigo. Me haces tanta falta.

Nadie mejor que tú conoció todo lo que se mantuvo oculto detrás de esa acción conjunta; nadie mejor que tú conoció el inmenso cúmulo y enredo de grandes, medianos y pequeños detalles que antecedieron a ese inolvidable 2 de julio del año 2008 en la selva colombiana. Creo que ningún ser humano habrá imaginado jamás lo mucho que ustedes tuvieron que ver en ese capítulo imborrable para tantos.

Gracias, Braulio, gracias de todo corazón por haberme escogido para contármelo todo, gracias por haberme escogido para romper tu silencio.

Mi cariño dondequiera que te encuentres.

Tu amigo,
Eduardo

1

EL VALLE DE LOS COLIBRÍES

Los rayos de luz que emergían de manera casi perezosa en el costado oriental del vasto territorio se encargaban de poner punto final a la temporal victoria que la oscuridad había conseguido durante la noche. Poco a poco, minuto a minuto, segundo a segundo, la reina de las tinieblas se resignaba a su inevitable derrota, pero, sin darse del todo por vencida, amenazaba con regresar para cubrirlo todo bajo su manto frío de negro azabache. Dejaba tras de sí una espesa capa de niebla que impregnaba con su movimiento sutil, torpe y agónico, apenas perceptible para los ojos que a esa hora empezaban a abrirse. El rey de la luz se levantaba esa mañana aún más fuerte y decidido, dispuesto a recuperar con su claridad hasta los rincones más escondidos. Nuevamente, el brillo de la mañana se alzaba victorioso sobre las sombras tenebrosas.

Las aves celebraban el majestuoso triunfo levantando sus picos hacia el cielo, entonando himnos de alegría y regocijo para dar la bienvenida al imponente sol. Sus notas musicales se integraban perfectamente con la percusión de las gotas mañaneras que caían para humedecer los suelos y fertilizarlos, anticipándose preciosamente a la llegada de la nueva vida.

Dos enormes y sincronizadas filas de hormigas trabajaban incesantemente, como es usual en tan laboriosos insectos. Unas iban dispuestas a conseguir el alimento necesario para su colonia, otras venían cargadas con pedazos cortados de verdes hojas y con minúsculos trozos de lo que muy posiblemente fue un desafortunado animal que luego de encontrar la muerte se convirtió en el menú suculento para aquellos que nada desperdician.

A unos metros de distancia, en el tronco de un árbol, una araña peluda de grandísimas proporciones subía el madero y desaparecía casi de manera mágica en un orificio que definitivamente era mucho más pequeño respecto de la envergadura de su particular cuerpo.

Algunas especies de aves volaban en solitario mientras que otras lo hacían en numerosas parvadas. Parecía como si su propósito fuera el de adornar el cielo con destellos de distintos colores, algo así como fugaces pincelazos de diversos matices y escasa duración, todo enmarcado en el extraño contraste entre el brillo del cielo y la relativa oscuridad producida por el follaje de la espesa selva.

Se escuchaba una orquesta desordenada pero preciosa de sonidos que parecían desafiar la prepotencia del silencio que hasta hacía solo unas horas había reinado incluso en los confines mismos de aquel inmenso lugar.

Un felino de brillante pelaje caminaba delicadamente a lo lejos. Su cabeza baja indicaba claramente que su actitud era de búsqueda. El cuidado que tenía al posar sus patas delanteras sobre la tierra húmeda de la mañana era tal que sus huellas apenas eran perceptibles. Era extraño ver un ejemplar de su especie cazando a esa hora. Tal vez no tuvo la suerte requerida para obtener un buen bocado en las horas de la noche. Ahora se agazapaba entre las verdes hojas, esperando el oportuno momento para atacar y dar el mortal zarpazo. Calculador, paciente, prudente y silencioso... De una u otra manera, el cuadrúpedo aquel parecía saber que reunía todas las características necesarias para ser un cazador de éxito.

Al tiempo, una mariposa yacía sobre una fruta que había caído de lo alto. La feliz oportunista aprovechó el fatídico efecto de la gravedad que rompió en varios pedazos el fruto de nutrientes contenidos, exponiendo los jugos de sus delicias al aire libre y, como ineludible tentación, sedujo a la coqueta voladora con sus aromas embrujados. Ella batió sus alas hasta llegar al lugar del conmovedor choque para embriagarse con el néctar sublime de sus entrañas.

Más afortunado aún fue el sapo que, en estratégica posición, la miró desde el momento mismo de su descenso. Sin mostrar siquiera un mínimo indicio de ansiedad, simplemente esperó que el bellísimo insecto se dejara atrapar por el hechizo dulce del líquido que prometía saciar su sed. El anfibio desenrolló su lengua como solo a los de su especie se les ha permitido y, en menos de una fracción de minúsculo espacio temporal, la mariposa desapareció. Aquella que una vez fue libre ahora era prisionera en las paredes viscerales de su depredador.

Extraño lugar en donde nadie llora a sus muertos, en donde las lágrimas, las lamentaciones y las condolencias no están a la orden del día frente al deceso de cualquier representante de ninguna especie. Los vivos luchan por vivir y los muertos sirven de alimento para que otros vivan. Así es la selva.

Curioso paisaje rico en árboles tan enormes que desafían la prepotencia de las alturas, de hojas tan verdes que terminan fundiéndose en particular monotonía, de insectos que pululan por doquier y con sus diferentes aportes contribuyen a dar continuidad a aquello que conocemos como el ciclo de la vida.

Solo a Dios, a la Madre Naturaleza o a los dos al mismo tiempo se les puede acreditar la confección de sitio tan particularmente precioso. Las especies de animales que allí existen no han acabado de ser clasificadas. Se habla incluso de personajes de leyenda que han escapado por siglos a los ojos de los mortales, de seres fantasmagóricos que deambulan como almas en pena y que, negándose a desaparecer por completo de los inmensos laberintos de las tradiciones orales, se han constituido en protagonistas de las leyendas con las que, aún ahora, los abuelos entretienen a quienes todavía tienen tiempo de escucharlas.

Plumas, escamas, aletas, patas, crestas, picos, pelos, cuadrúpedos, bípedos, grandes, medianos, pequeños, imperceptibles, trepadores, rastreros, acuáticos, voladores, omnívoros, carnívoros, herbívoros, etcétera. Todo se puede encontrar en ese grandísimo territorio; incluso hay quienes aseguran que, muy posiblemente, algunas plantas que allí crecen guardan celosamente la cura de varias enfermedades que desafían el poder cognitivo de los eruditos.

Bendita tierra mágica y exótica, lluviosa, húmeda y oxigenada. Tierra de luz y de sombras, de parajes que parecen extraídos de relatos de fantasía, de secretos indescifrables para los más sabios; de olores, colores y sabores infinitos; de vida, drama, dolor y muerte; de esperanza, alegría, gozo, dudas y certezas.

De vez en cuando, en tiempos pretéritos y frecuentemente en actuales, un sonido diferente rompe por algunos minutos el natural concierto de los silvestres artistas. Primero se sentía algo así como un lejano zumbido que tal vez se podría confundir con el volar de la libélula; sin embargo, el acercarse del particular instrumento dejaba entrever que no era nada natural. Se trataba de los aviones mono o bimotores que transitaban cientos de metros por encima de la inmensa alfombra de verde esmeralda.

La lista de contenidos de esas aves de metal, carbono y fibra de vidrio que iban y venían era y sigue siendo muy larga: pasajeros, turistas, animales exóticos, medicamentos, alimentos enlatados, electrodomésticos, tecnología, teléfonos celulares, relojes, papel, jabones, libros, dinero, condones, perfumes, artesanías y, en los casos más arriesgados, venenos para atacar cultivos ilícitos. Irónicamente, otros vuelos llevaban sustancias alucinógenas. En fin... en una tierra de fantasía, cualquier cosa podría suceder, cualquier cosa podría esperarse; en una tierra como esa es necesario tanto como vitalmente indispensable estar preparado para no dejar de sorprenderse.

Una monja de raza negra observaba por la ventanilla al lado izquierdo del lugar que le asignaron para su vuelo de hora y cuarenta y siete minutos. Retornaba a la capital luego de un tiempo de trabajo con enfermos de un recóndito paraje. En su mano derecha presionaba con suavidad las esferas de su curioso rosario que, luego de las diez cuentas de cada misterio, tenía una plateada manito metálica de mancha roja en el centro que evocaba los estigmas del San Pío de Pietrelcina. La devota religiosa oraba por las intenciones del sumo pontífice, obedeciendo a la penitencia que un sacerdote le puso en su última confesión. Curioso sacerdote aquel, tal vez algún día valdría la pena escribir su historia.

Unos arriba, otros abajo; unos bien y otros no tanto... la espiritual mujer solo veía las copas de los árboles sin llegar a imaginar que justo allí, algunos cientos de metros debajo de donde ella rezaba en la comodidad de su silla, un hombre castigado por las injustas circunstancias de la vida escribía una carta sobre el papel del cuaderno de unas cuantas docenas de hojas.

Domingo 1 de octubre de 2006, desde algún lugar en la selva de Colombia, donde jamás en mi vida habría querido estar.

Mariana:

¡Hola!

Al fin te he podido escribir nuevamente... Para serte franco, tenía lo necesario para hacerlo desde la semana pasada, pero mis manos estaban inflamadas a causa de las picaduras de algún insecto. Mis compañeros lo adjudicaron a una extraña especie de hormigas, pero, sin importarme lo que haya sido, lo cierto es que apenas si podía doblar mis dedos.

Aún me duele, Mariana, aún me duele. Sin embargo, no quiero dejar de decirte, o mejor, de escribirte, lo mucho que te amo, lo mucho que deseo tenerte entre mis brazos y lo mucho que quisiera que me vieras dormir con mi bebé, con nuestro bebé, descansando profundamente sobre mi pecho. ¡Qué ironía! Sigo pensando en Emilio como un bebé.

No puedo evitar derramar mis lágrimas mientras te escribo. En este momento, la mano de algún compañero de infortunio se ha posado sobre mi hombro derecho, prefiero no virarme para observar quién es, bien sabes que cuando me ataco a llorar me demoro mucho tiempo hasta volver a controlarme.

¡Te amo, Mariana! ¡Te amo tanto como a nuestro hijo!

Es tan curioso... Hace tan solo algunos días me sentía tan feliz de escucharte. Quedaron grabadas en mi mente cada una de tus palabras. Las serpentinas azules, los globos, la uniformidad en los colores de la decoración, los payasos, los pinchos de dulce, la fuente de chocolate blanco, la enorme torta que mandaste a hacer y la media camionada de refrescos que solicitaste... Mi bella esposa siempre tan exagerada a la hora de calcular.

Cuando acabaste de hablar, sentía que una infernal fuerza me desgarraba el corazón, me torturaba el alma. ¡Maldita sea! ¿Qué fue lo que hice para merecer esto? ¡¿Qué?!

Bueno, al menos mi corazón aún late. Sístoles y diástoles se resisten a mi rendición incondicional, total y absoluta. Me niego a no volverte a ver, a no besar tus labios, a no observar ese agitar de la toalla cuando secabas tu cabello.

¿Sabes? Permanecía en la puerta del baño solo para mirarte en ese preciso momento.

Perdóname si divago tanto, aquí la única opción es divagar. Pienso en tantas cosas: en ti, en él, en mamá, en mi hermano, en mis amigos, en mi trabajo. En fin... anhelo la llegada del viernes para oírte de nuevo, ya me imagino escuchándote mientras me cuentas con detalle todo lo acontecido en la fiesta.

Quiero saber cuál fue su reacción ante la sorpresa, qué le regalaron, cómo salió el espectáculo de los payasos, qué postre llevó tu mamá, qué figuras tenían las tres piñatas que llevó tu hermana (tan exagerada como tú... hermanas, al fin y al cabo), a qué hora terminaron... Cuéntamelo todo, mi amor.

Mariana, te quiero pedir que, cuando Emilio esté dormido, le susurres al oído que lo amo con todas las fuerzas de mi alma. Pídele que me perdone por no estar a su lado. Dile que cuando yo salga de aquí, lo llevaré a pescar, le enseñaré a jugar fútbol, comeremos golosinas hasta atragantarnos, montaremos a caballo, nadaremos juntos en la playa y, junto a ti, mi amor, seremos inseparables. Prométele, en mi nombre, que seré el padre que cualquier hijo desearía tener; dile que seré alcahuete, que seré su amigo, su hermano, su cómplice, su confidente.

Me parte el corazón pensar en el tiempo que estoy perdiendo. Soñé tanto con la alegría de ser papá, con reposar suavemente mi cabeza sobre su tierno pecho y escuchar el resonar de sus latidos mientras que, con mis ojos cerrados, imaginaba a lo largo de preciosos minutos su pequeño corazón. Quería esconderme en el armario cuando mi olfato me advirtiera que se acercaba un inevitable cambio de pañal; deseaba sostenerlo con mis manos a la hora de su baño mientras tú te ocupabas de enjabonarlo... de enjabonarme. Y me tenía que suceder esto... Bueno, al menos aún tengo vida.

¡Sí! Sigo pensando en Emilio como un bebé. Al menos me ha quedado esa imagen grabada en la mente, pero la realidad no se olvida de recordarme permanentemente los años enteros que llevo cautivo.

¿Sabes? Te parecerá absurdo que te escriba esto, pero de todas maneras te lo quiero contar. Esta mañana observé algo extraño. Resulta que un curioso movimiento entre las hojas llamó particularmente mi atención. Luego de pensar por algunos instantes que se trataba de una rara especie de insectos, algo así como extraños cucarrones, enfoqué mejor mi mirada y concluí que se trataba de dos colibríes. Bellísimos ejemplares de brillante color azul verdoso, hundían sus alargados picos en un pequeño grupo de flores, de las cuales ni siquiera me había percatado.

Volaban preciosa y graciosamente. En ocasiones, parecían dos niños jugando a perseguirse.

Me imaginé junto a mi hijo, escondidos detrás de un matorral, observando el volar coreográfico de tan particulares pajarillos. Luego de unos segundos, uno de ellos se marchó y, tan rápido como el primero, el otro también desapareció a lo lejos. No sabía que pudiera encontrarlos aquí, al menos ese pequeño distractor en estos días tan malditamente repetitivos e interminables... ¿Por qué, Mariana? ¿Por qué?

Háblale a Millo de lo que vi. Invéntale curiosas y maravillosas historias de este sitio. No permitas que desde tan temprana edad su inocente corazón se contamine de odio a causa de la crueldad de estos inhumanos. Evita que se generen en él sentimientos de odio o deseos de venganza, lucha para que su tierna ingenuidad no se desvanezca en las turbias profundidades del dolor. Cuéntale de los pájaros. A lo mejor, por ser mi hijo, le gusten tanto como a mí. Dile que estoy en un inmenso valle repleto de flores de formas, aromas y colores sin igual. Dile que papito está, por ahora, en un valle lleno de colibríes.

Perdóname, Mariana, quisiera seguir escribiéndote, amor mío, pero mis manos duelen, aunque no tanto como me duele el alma.

De nuevo quiero escribírtelo... Te amo.

Siempre tuyo,
ANDRÉS

2

EL MEJOR REGALO

Aquella noche, las compuertas del cielo se abrieron para dar lugar a una lluvia tan severa que, luego de algunas horas, ya había inundado algunos sectores de la vulnerable capital. Ese viernes, como tantos a lo largo de los últimos años, Mariana conducía su automóvil en dirección a la sede de una emisora local que permitía a los familiares de los secuestrados poder comunicarse con sus seres queridos mediante la utilización de la señal radial.

La red de semáforos había colapsado en varios lugares, el congestionamiento era tal que la angustiada mujer no dejaba de pensar que cuando llegara a la emisora ya se habría acabado el tiempo dispuesto para poder comunicarse.

Maldiciones y groserías estaban a la orden del día (o más bien de la noche) en el casi siempre decente vocabulario de la estresada dama. Para colmo de males, esa tarde nadie la había podido acompañar. Afortunadamente, Alejandra había accedido a permanecer en casa para cuidar a Emilio mientras su hermana acudía a su más importante cita semanal.

Obviamente, Alejandra también había llegado tarde a la casa de la familia San Clemente. Responsabilizó a las obras de repavimentación de algunas avenidas, pero, en realidad, sus excusas no fueron escuchadas. Luego de que estacionara su pequeño auto frente al antejardín, Mariana salió con tal prisa y a tal velocidad que, si no hubiera sido por sus altos tacones, cualquiera podría haber imaginado que se trataba de una carrera de relevos.

Después de conducir un espacio considerable de tiempo por aquellas agresivas avenidas, faltaban tan solo ocho cuadras para llegar a los estacionamientos donde se encontraba ubicada la emisora. Mariana viró su cabeza para mirar el asiento de su lado izquierdo y cerciorarse de que el fólder con las hojas que había impreso estuvieran ahí. Justo al lado del documento, la huella de una pequeña pata señalaba, cual irrefutable prueba, que un pequeño intruso había estado en ese lugar. Ella sonrió.

"¡Gracias, Dios mío! ¡Gracias! ¡Qué afortunada soy!", fue la expresión de felicidad de la apresurada mujer cuando, justo al llegar a su destino, un auto salía, dejando un espacio libre. Ella estacionó, quitó las llaves del encendido, abrió la guantera y desenvolvió una bolsa plástica de color verde en donde metió el fólder de cartón, que a su vez introdujo en su cartera. Sujetó su pequeño paraguas y bajó del auto a toda prisa. Abrió su accesorio para protegerse de la lluvia, luego caminó unos metros en dirección a la entrada del edificio. Un ventarrón acompañado con ráfagas de gotas de lluvia hizo que su paraguas perdiera su clásica figura y todas sus varillas quedaron en dirección opuesta, apuntando al cielo. Un nuevo ventarrón arrancó de un tirón la parte superior del paraguas y Mariana se quedó con la base de este en la mano.

Corrió unos pasos para alcanzarlo, pero se detuvo en medio del aguacero y pensó: "¿No corrí detrás de ningún hombre en mi vida y ahora sí voy a correr detrás de ti? ¡Vete al carajo!". Dando media vuelta, corrió de nuevo, ahora completamente mojada, con sus cabellos aplastados por la acción del agua. Tan solo unos metros bastaron para que sus pies coincidieran con una mancha de aceite que la lluvia había mermado, pero no por completo y, perdiendo totalmente el equilibrio, cayó de frente contra el piso.

En las fracciones de segundo que bastaron para experimentar el contacto con el suelo, la "afortunada mujer" apretó con su mano izquierda las llaves del auto y, con la derecha, el pedazo de base del paraguas que le había quedado, de tal manera que al realizar el acto reflejo de protección ante la caída, sus dedos estaban cerrados. Por tanto, sus nudillos recibieron el golpe y el correspondiente raspón sobre el piso de cemento. Su vestido beige nuevo se encargó de llevarse la mancha de grasa que no había sucumbido ante el poder del aguacero. Ella se levantó lentamente, sujetándose de la defensa del auto estacionado que presenció en primera fila lo cruel de su caída. Observó su ropa ennegrecida de mugre y grasa de motor e intentó limpiarse un poco con las manos. Apenas se había sacudido dos o tres veces cuando se percató de la sangre que emergía de sus nudillos y que ahora agregaba una mancha desordenadamente roja a su vestido. Miró sus manos, ahora con sus dedos abiertos, y se dio cuenta de que solo tres de sus larguísimas uñas naturales habían sobrevivido. Ya no corrió más, simplemente caminó bajo el inclemente aguacero, pero se sintió coja, inestable de cierta manera. Al mirar sus pies, observó que un tacón de sus zapatos favoritos había desaparecido.

Juan Carlos Plata, el encargado del programa radial *Las voces de los ausentes*, observaba insistentemente su reloj. Mariana solía llegar con varios minutos de anticipación a su semanal cita con el micrófono y, aunque ya la había llamado tres veces a su celular, su comunicación era desviada de inmediato a buzón de voz. "¿Qué le habrá sucedido?", se preguntaba.

La puerta del estudio se abrió lentamente. Mariana empujó con una mano la estructura de madera y dejó ver a Carlos un muy desalentador panorama.

—¡Mariana! ¿Qué te pasó? —preguntó él.

Sin contestar, ella entró, dejando una huella de agua por donde caminaba. Se sentó donde lo hacía todos los viernes a esa hora. Al fin, Juan Carlos fue capaz de acercarse y cubrirla con su saco al tiempo de preguntarle si quería un café o una aromática y reiterarle su interés por lo acontecido.

La lastimada mujer dejó atrás el silencio y justo antes de romper en llanto dijo:

—¡Soy un fracaso!... ¡Soy un fracaso!

—Siento decirte que tendrás dos minutos para calmarte porque ya vas a salir al aire, toma un poco de agua y luego me contarás lo que te sucedió.

Mariana supo administrar muy bien sus dos minutos. Lloró unos segundos, bebió unos sorbos de agua, respiró profundamente, sacó de su cartera el fólder de cartón que también resultó damnificado por la acción de la lluvia y de allí mismo extrajo unas hojas que por acción de la humedad ya se veían maltratadas y manchadas. Llenó y vació sus pulmones de aire un par de veces más, luego esperó la señal de Carlos que, con su particular movimiento de manos, le hizo saber que ya estaban al aire.

Desde su micrófono, el locutor radial realizó, como de costumbre, una breve introducción antes de dar paso a las palabras de su invitada:

—Muy buenas noches, apreciados radioescuchas de esta, su emisora, Frecuencia Andina. Hoy, viernes 13 de octubre de 2006, saludamos a todos los oyentes de este programa, *La voz de los ausentes*, pero muy especialmente a nuestros hermanos que han sido privados injustamente de la libertad y que en este momento seguramente nos escuchan desde algún lugar de nuestras selvas colombianas o desde cualquiera que sea su sitio de cautiverio. Iniciamos este programa recordándoles que seguiremos al aire todos los días hasta que se cumpla el anhelado sueño que esperamos todos los hombres y mujeres de bien en este país: que en todo nuestro territorio nacional no haya ni un secuestro ni un secuestrado más. Sin más preámbulo, daré la palabra a quienes hacen posible que este programa sea una realidad, a los familiares de quienes sufren este tormento y que constituyen la otra cara de la moneda en este problema que desde hace tantos años aqueja a nuestra sociedad. Tengo frente a mí a la señora Mariana San Clemente, que nos acompaña todos los viernes para enviar a los secuestrados, y especialmente a su esposo, el ingeniero Andrés San Clemente, un mensaje de esperanza. Mariana, de nuevo bienvenida y el micrófono es tuyo.

Ya mucho más calmada, pero aún empapada y temblando de frío, Mariana dijo:

—Muchísimas gracias, Juan Carlos. Como tú mismo lo has dicho, yo soy una colombiana más que ruega al cielo para que esta pesadilla termine lo más pronto posible. Primero que todo deseo enviarles un saludo a todos los secuestrados que me escuchan. Quiero que sepan que no nos cansamos de esperarlos y de soñar con ese bello amanecer en que por fin podamos gozar de la bendición de verlos libres. En segunda instancia, quiero saludar a sus raptores, decirles que no nos cansamos de orar también por ustedes para que sean conscientes del daño tan grande que les están haciendo a tantas familias y a la sociedad en general. Yo, personalmente, ruego por ustedes todos los días para que abran sus corazones al entendimiento y comprendan que mediante recursos pacíficos se puede alcanzar el cumplimiento de grandes objetivos.

»Ahora me dirijo a mi esposo. ¡Hola, mi amor! Bien sabes que siempre escribo lo que te voy a decir, con eso he logrado evitar que muchas cosas que te quiero contar se me olviden. Ahí te va.

Al fin, el rostro de Mariana volvía a sonreír y, observando su mensaje escrito, empezó a leer.

Mi amor:

Nuevamente me tienes aquí, como ya es costumbre, leyendo las palabras que para ti escribo y en las que quiero contarte todo lo acontecido a lo largo de la última semana. Hoy me centraré especialmente en el cumpleaños del niño.

Como bien lo sabes, no es fácil para mí preparar este tipo de cosas si tú no estás, pero al mismo tiempo creo que el niño tiene derecho a sentir que somos felices por el beneficio de su vida. Si de alguna manera percibes que estoy fallando, por favor perdóname.

La semana pasada te conté con lujo de detalles los preparativos que hicimos con Alejandra para la fiesta. Los niños que invitamos fueron en total 30, al final llegaron 25, pues dos se enfermaron y los papás de los otros tres ni siquiera dieron explicación.

Ya te podrás imaginar esos pequeños terremotos corriendo por todas partes. Unos gritando, otros llorando, otros riendo, en fin... no hubo nada que lamentar aparte de que Santiago, el mejor amigo de Emilio, se cayó y se hizo una protuberancia en la cabeza por acción del golpe. El papá de Felipe, otro de los niños invitados, que trabaja como médico en el hospital central, lo observó y dijo que no había nada de qué preocuparse.

Posteriormente, cuando los encargados del espectáculo de magos y payasos llegaron a casa, lograron mantener fija la atención de los pequeños y nos dieron espacio para servir refrescos y partir el pastel mientras hacían reír a grandes y chicos. En total fueron tres payasos y un mago; bien sabes que no me gustan mucho los payasos, pero estos estuvieron fantásticos. Hicieron malabares, magia, juegos, contaron chistes y, con la ayuda de marionetas, les enseñaron a los niños lo importante que es obedecer a sus papás.

Alejandra cumplió con lo prometido y llevó tres piñatas: una tenía la figura del hombre araña, otra de la rana René y otra en forma de balón gigante. Nunca me imaginé que pudieran caber tantos caramelos y juguetes en cada una de ellas. Bombones, muñequitos, relojes de plástico, pelotas, chocolates, llaveros, dados, pirinolas, chicles y demás cosas caían por todas partes. No solo los niños, sino también los adultos, se fueron con bolsas plásticas llenas de cuanta cosa te puedas imaginar.

Mi mamá se apareció con dos baldes gigantes de helado, ya te darás cuenta de que lo exagerada que siempre dices que soy puede tener su origen en algún problema de herencia genética.

Tu mami llegó con tres refractarias llenas de postre de curuba. Cuando lo vi, no pude dejar de recordar que es tu favorito, la miré a los ojos y, sin poder decir nada, ambas lloramos abrazadas durante unos instantes. Al fin, ella misma me dijo: "Deja de llorar, querida, deja de llorar, que ya hemos llorado demasiado. Sé que esta pesadilla un día terminará y nuestras lágrimas se transformarán en carcajadas de gozo".

El pastel era de tres niveles, decorado con fresas y duraznos, adornado con una exquisita y suave crema. Si hubieras visto a los niños comiéndolo: sus caritas untadas y sus respectivas madres persiguiéndolos con servilletas; una total locura.

Mi amor, Emilio estuvo tan feliz, le hicieron tantos regalos, te contaré: una pelota de fútbol (como quien dice... a esconder todas las porcelanas), un carro a control remoto, dos impermeables, una alcancía, un juego de platos y cubiertos especial para niños de su edad; mi mamá le regaló una bicicleta, no me acuerdo quién le regaló una billetera, también le regalaron zapatos, un juego de escalera, una guitarra de pilas. Mi hermana le regaló un estudio fotográfico, la próxima semana vendrá el fotógrafo para hacerlo en casa. También le regalaron un kit de pintura, una máquina de fotografía, un juego de siete interiores marcados para cada día de la semana y un maletín de médico para que juegue al doctor.

Figúrate que, a eso de las seis y media de la tarde, cuando los invitados empezaban a irse, yo me sentía muy extrañada de que José no hubiera llegado a la fiesta, creo que sabes de sobra la actitud tan paternal que ha asumido tu hermano respecto del niño desde que tú no estás. Lo llamé a su celular, pero no logré comunicarme y, finalmente, casi a las siete de la noche arribó a casa con una bellísima caja de regalo. Cuando abrí la puerta me miró a los ojos y me pidió que disculpara su evidente tardanza. Me explicó que no tuvo más alternativa que esperar un buen espacio de tiempo hasta que le entregaron el regalo del niño. La caja de la que te hablo tenía dos orificios circulares que me llamaron la atención, pero no podía imaginarme lo que contenía.

Tu hermano la colocó en el piso con cuidado y le dijo a Millo que la abriera.

Mi amor, no te imaginas lo que salió de allí... Un perro de raza schnauzer *miniatura color gris y blanco de los que tienen bigotes abundantes y se les deja crecer el pelo en sus patitas. Es la ternura hecha perro. Nuestro hijo se puso tan feliz, pero tan feliz... Me arrepiento de no haber filmado la expresión de su rostro cuando lo vio, al menos haber tomado una fotografía en ese preciso momento. Abrió la boca, se tocó la cara con sus dos manitos y saltaba de alegría al tiempo que gritaba: "¡Un perrito, mamá! ¡Un perrito!".*

No ha hecho otra cosa que jugar con su perro. La empatía entre los dos fue absoluta, es como si en una fracción de segundo Millo se hubiera olvidado de todos los regalos, hasta de nosotros, y en apenas unos minutos se hicieron los mejores y más entrañables amigos.

Andrés, te confieso, su emoción fue tal que hasta se borró de mi mente que no me gustan los perros en casa y también yo me hice su amiga. Bueno, su segunda mejor amiga.

José me contó que se trataba de un animal abandonado por sus dueños o perdido en alguna extraña circunstancia. A lo sumo tendrá uno y medio o dos años, pero, si lo vieras, parece que ha vivido con nosotros toda la vida.

La primera noche me costó trabajo hacer que el niño fuera a descansar, insistía en dormir en la cama con su mascota. Le enseñé que no era bueno hacerlo y, aunque me costó trabajo, al fin aceptó mis razones y admitió que el nuevo inquilino durmiera en el piso sobre unas toallas viejas con las que le improvisé un lecho perruno mientras compraba luego su camita.

No te imaginas lo que pasó al otro día, entré a su habitación a ver cómo estaba y el muy cómodo animal yacía tan campante, durmiendo sobre la cama a los pies de Emilio. Esta vez no perdí la oportunidad y tomé fotos para que un día las podamos ver juntos. No fui capaz de retirarlo... Simplemente los dejé hasta que quisieron levantarse.

No sabes, amor, cómo lamento no tenerte a mi lado para compartir esta alegría contigo. No sabes lo mucho que te extraño y cuánto desearía poder hacer algo más que resignarme a la impotencia.

Andrés, te amo.

De resto, la semana ha sido igual a tantas de aquellas en que he vivido este capítulo de la historia de mi vida sin ti. Pacientes, caries, exodoncias, endodoncias, blanqueamientos, limpiezas, diseños de sonrisas. Pagar servicios, vueltas de bancos, reparaciones locativas, etc.

Te extraño, amor.

Tu mami te envía un saludo muy especial y un gran beso, no quise que viniera conmigo el día de hoy, Bogotá está muy fría y ha llovido mucho. Bien sabes lo vulnerable que ha sido a las bajas de temperatura y no quiero que por acompañarme la tengamos que volver a internar en la clínica.

Mi mamá, por su parte, te manda decir que eres como el hijo que siempre deseó tener, pero no tuvo, y que te recuerda siempre en todas sus plegarias.

Me despido nuevamente, albergando en mi corazón la esperanza de no volver a hablarte por medio de un estudio radial y recordándote que ocupas un lugar muy importante en mi corazón.

¡Ah!... Casi que lo olvido. Tu hermano ya le había puesto nombre al perro, le dijo a Millo que, si no le gustaba, lo podía cambiar, pero el niño no mostró la más mínima intención de hacerlo.

Nuestro schnauzer *miniatura se llama Spike.*

Hasta pronto, vida mía.

Tuya,
MARIANA

Juan Carlos volvió a tomar la palabra y dijo:

—Muchísimas gracias, Mariana, estoy seguro de que estas comunicaciones son las que dan razones para vivir a nuestros hermanos en cautiverio. Pero antes de proseguir con nuestro próximo invitado iremos a un corte de comerciales.

Ya fuera del aire, el locutor la miró fijamente a los ojos y haciendo gala de su inconfundible humor negro le dijo:

—¿Sabes? Si tu esposo estuviera aquí, te diría que nunca te había visto tan bonita.

Mariana lo miró de la peor manera que pudo durante unos segundos y luego, casi al mismo tiempo, ambos rieron a carcajadas.

3

DESPLAZAMIENTO

De un tiempo a la fecha, muchas cosas habían cambiado. La implementación de una nueva política de seguridad territorial les proporcionaba un fuerte y decidido espaldarazo a las fuerzas del orden que semana a semana recuperaban espacios perdidos en largos años de tortuoso conflicto armado interno.

Así, el avance del Ejército, la fuerza aérea, la Policía y la Armada nacional no significaba otra cosa que el retroceso geográfico de los grupos guerrilleros. Helicópteros artillados, aviones de inteligencia, interceptación de comunicaciones, destrucción de laboratorios de procesamiento de hoja de coca, fumigación y eliminación de cultivos ilícitos, bombardeos y soldados que avanzaban camuflados en el espeso follaje eran parte del nuevo capítulo que se escribía sobre los renglones del inmenso libro de la historia nacional.

Los grupos al margen de la ley no eran lo mismo de antes. Las rutas mediante las cuales se aprovisionaban fueron obstaculizadas por la acción conjunta de las fuerzas militares. Las pistas de despegue y aterrizaje, que eran utilizadas para enviar sustancias ilícitas y recibir dólares, fueron implacablemente castigadas por la acción de los explosivos; las tierras que ilegalmente expropiaron a los campesinos poco a poco se fueron recuperando gracias a la acción de la presencia estatal.

Nerviosamente, los terroristas retrocedían como animales que sienten la peligrosa cercanía de los cazadores. Muchos de ellos no huyeron a tiempo y pagaron con su propia vida como consecuencia de su error, otros dejaron las armas y procuraron reintegrarse a la vida civil. Algunos prefirieron seguir siendo parte del conflicto sin sentido pues, como fueron injustamente reclutados desde muy temprana edad, no aprendieron a ser otra cosa en sus vidas que subordinados guerrilleros a quienes angustiaba de forma desmedida enfrentar la vida con una visión diferente. Ciertamente, muchos de ellos pensaban que luchaban por una buena causa, otros muchos luchaban porque no tenían nada más que hacer y su reducido universo conceptual parecía no tener los elementos necesarios para dar cabida a una alternativa diferente de realización humana.

Andrés y sus compañeros, desde muy tempranas horas de la mañana, advirtieron extraños movimientos en el ambiente. Mucha tensión volaba por el lugar. Se trataba de algo así como una negativa premonición; esos días en que de una u otra forma se advierte que algo no está bien, aunque a ciencia cierta no se sabe qué es.

Un pan viejo, una porción hecha masa de insípido arroz y un poco de agua fue lo que los insurgentes les ofrecieron a sus cautivos para inaugurar el día. Los secuestrados intentaban escuchar, mientras comían, las palabras que intercambiaban sus raptores, pero los sonidos de la selva distorsionaban lo poco que alcanzaban a captar. Al fin, luego de prestar atención y no escuchar nada, uno de los guerrilleros se acercó y les dijo:

—Bueno, señores, prepárense todos para caminar. Nos vamos de acá. Lleven sus cosas porque no volvemos.

Quien se pronunció era un temido terrorista conocido como Freddy, alias *La Uña*.

—¿A dónde nos llevan ahora? —preguntó Andrés.

—Usted limítese a caminar que aquí las preguntas las hago yo, gran pendejo, y apúrenle a ver, si no quieren que los haga caminar a plomo —respondió el insurgente, mirándolo desafiantemente a los ojos.

No siempre *La Uña* se expresaba así con los secuestrados. Si bien distaba mucho de ser un hombre amable y conciliador, su actitud verbal y no verbal en aquella mañana parecía ser más hostil que de costumbre, lo cual confirmó la postura de quienes percibían que sucedía algo fuera de lo normal.

Ciertamente, las pertenencias de los privados de la libertad no eran muchas. A los pocos minutos, sus artesanales mochilas ya estaban listas con sus pocas posesiones.

Unos cuantos guerrilleros armados rodearon el área de encierro mientras otros se alistaban a la salida de la rústica puerta, evocando una calle de honor que realmente era un anillo de seguridad que acompañaría permanentemente a los secuestrados durante esta nueva etapa de su extenuante experiencia.

—Hoy caminaremos largo rato, señores. Por si acaso, les recuerdo que no vale la pena intentar fugarse. Si nos toca matar a uno, a dos o a tres, pues los matamos y ya. Nuestra orden es muy clara: "Preferibles muertos que fugados" —dijo *La Uña* con la particular crueldad que caracteriza al ignorante que ha ganado algo de poder por medio de la violencia.

Los caminantes emprendían su marcha revueltos entre secuestrados y guerrilleros. Sus pasos eran dirigidos al sur, quién sabe hacia dónde. No era la primera vez que les tocaba caminar por los senderos no delineados del virginal territorio, pero cabía recalcar que desde hacía unos meses habían permanecido inamovibles en el mismo lugar.

En caminatas precedentes, guerrilleros y secuestrados hablaban de muchas cosas, pero esta nueva travesía se caracterizaba por algo diferente. La orden era muy clara tanto para los de un bando como para los del otro. Deberían guardar silencio y, en caso de tener necesidad de decir algo, deberían hablar en voz muy baja. Se seguía respirando un ambiente muy tenso.

Sin haber sido invitada, la lluvia hizo su aparición durante poco más de dos horas. Su presencia no impidió que el grupo siguiera su camino, aunque sí mermó considerablemente su rendimiento y velocidad. Unos y otros habían aprendido a aprovechar las precipitaciones para colocar los orificios de sus cantimploras debajo de la punta de una hoja, utilizada como improvisado embudo que rellenaba el contenedor del vital fluido.

La lluvia tenía sus cosas buenas y malas. Buenas porque en un día de caminata como ese los refrescaba y proveía de hidratación. Malas porque los hongos de los pies se favorecían con la humedad acumulada y reaparecían sin dar tregua por medio de la incomodidad, la rasquiña y el mal olor que, sumados a la precariedad, las malas condiciones en que vivían y la falta de medicamentos adecuados se constituían en un verdadero calvario.

Andrés caminaba, como todos, por donde sus raptores señalaban. De no haber comido el pan viejo y el mazacote de arroz, no habría llevado nada más en sus entrañas para enfrentar la demanda energética de la difícil jornada. En su pensamiento estaba presente el cuaderno arrugado de cien hojas que se había constituido en su más preciado tesoro, aquel en el que se plasmaban todos los pensamientos para la mujer y el niño a quienes tanto quería.

"Ojalá que no se haya mojado", eran las seis palabras que como un disco rayado retumbaban en el interior de su cabeza.

Curiosamente, en condiciones extremas, cuando somos probados mediante el crisol de la adversidad, son los pequeños y más impensables elementos los que toman una fuerza tan vitalmente arrolladora que deseamos protegerlos como a nuestros bienes más preciados.

¿Cómo lo podría haber imaginado alguna vez aquel prestigioso ingeniero? El mismo que portó un reloj de oro y diamantes (su favorito, pues contaba con una colección de más de cuarenta), que pasaba sus vacaciones en los mejores y más sofisticados destinos turísticos, que bajo ninguna circunstancia admitía ser huésped de un hotel si no se le reservaba la suite presidencial, que diseñó su propia casa de más de mil metros cuadrados porque ningún lugar le resultaba lo suficientemente amplio, que contaba con media docena de autos que cambiaba varias veces al año hasta que se cansó de conducir y contrató tres conductores para turnos de ocho horas cada uno, pues no se sabía en cuál de las veinticuatro horas de la jornada se les podría requerir. El hombre de temperamento fuerte que, en muchas ocasiones maltrataba a sus empleados, que los despedía sin dar mayores explicaciones, simplemente porque había amanecido con ganas de renovar todo el personal. El que gritó sin tener la más mínima misericordia a una aseadora porque al resbalar la punta de su dedo índice sobre la superficie de su finísimo escritorio encontró que un residuo minúsculo de suciedad obstaculizaba su deseado encuentro con la pulcritud total, el que en muy extraña ocasión saludaba a alguien distinto a su familia o a su reducido y exclusivo círculo de amigos. Precisamente ese hombre, el exitoso y reconocido ingeniero Andrés Gabriel San Clemente y Góngora, ahora yacía acurrucado, a la vista de dos guerrilleros que lo vigilaban mientras defecaba en medio de un lugar sin nombre, sosteniéndose de una rama para que su trasero no se encontrara con el suelo y procurando encontrar en medio del follaje unas cuantas hojas lo suficientemente benévolas con sus entre nalgas para poder limpiar el resto de sus heces y proseguir el camino hacia otro lugar, quién sabe dónde.

Luego de consumado tan necesario y biológico menester, Andrés se unió de nuevo a la caravana de caminantes que se desplazaban en dirección sur, procurando evitar a los aguerridos hombres del ejército nacional, los cuales poco a poco se hacían del control de territorios que, apenas unos años atrás, eran impenetrables para ellos.

La tensa calma vivida a lo largo de la jornada se rompió con un ruido ensordecedor.

—¡TODOS AL SUELO! ¡RÁPIDO! —gritó uno de los alzados en armas.

Inmediatamente, todos se tiraron entre los matorrales. Un helicóptero artillado Black Hawk cambiaba la perspectiva del área con el monstruoso vibrar de sus hélices. El sonido no dejaba dudas respecto del poder de guerra de este metálico armazón que escudriñaba entre la verde selva. Todos sabían que estaban en peligro; si desde el interior de la aeronave se llegasen a percatar de movimientos, empezarían a disparar indistintamente sobre guerrilleros y secuestrados. Era imprescindible no dejarse ver. El retumbar velozmente rítmico del poder excesivo de sus rotores les hacía creer a quienes yacían tumbados en tierra que el aparato aquel les aterrizaría encima. Los subversivos se aferraron a sus armas y los desarmados a sus camándulas artesanales, así como a sus escapularios.

Los segundos parecían tener una duración infinita; algunos guerrilleros ya apuntaban sus ametralladoras hacia arriba, esperando el momento en que se les indicara atacar o en el que escucharan el primer disparo que iniciara la brutal carnicería.

La vibración ahora era más fuerte. Parecía que la tierra estuviera temblando. Hojas verdes y secas, pequeñas piedras y palos volaban como si se tratara de un tornado. Ahora ni siquiera se podría abrir los ojos, las manos protegían el rostro de los impactos peligrosos de los naturales proyectiles impulsados por la fuerza del gigante volador.

El sonido empezaba al fin a ser menos fuerte, la intensidad del motor no desaparecía, pero poco a poco se desvanecía. Pasaron unos cuantos segundos más y se escuchó una voz que gritó:

—¡Camaradas! Cuenten que la carga esté completa.

Los subalternos obedecieron y dieron parte de tranquilidad.

—No podemos arriesgarnos a parar, caminaremos toda la noche. Esas ratas capitalistas nos están pisando los talones —volvió a gritar el mismo guerrillero.

Los secuestrados se preguntaban unos a otros si estaban bien. No había nada que lamentar, aparte de unas pequeñas raspaduras sobre la piel de algunos de ellos, posiblemente el producto del vuelo rápido y desordenado de improvisados proyectiles o alguna fricción al caer al suelo.

Ahora caminaban más rápido, tal vez como consecuencia de la enorme tensión y la fuerte descarga de adrenalina de la que fueron objeto. Ni víctimas ni victimarios querían ser partícipes de un intercambio de fuego entre ejército y guerrilla pues, independientemente del bando al que se perteneciera, las balas no escogen culpables o inocentes, simplemente atraviesan lo que encuentran en su camino.

Los guerrilleros proporcionaron más panes viejos con un relleno de carne dura, quién sabe de qué animal, a los caminantes que se quejaron de hambre. La travesía continuaba acompañada de sed y cansancio, de ropa sudorosa y embarrada de fango que hacía la caminata aún más difícil.

Concedidos quince minutos de descanso, Andrés intercambiaba unas cuantas palabras con John Fred Piquiao, un subintendente de la Policía nacional que también había sido secuestrado. Exteriorizaban unas cuantas ideas antes de reanudar el camino. Mientras su interlocutor hablaba, Andrés perdió el hilo de la conversación a causa de un movimiento extraño entre las hojas.

Dos traviesos colibríes jugaban de nuevo, tal como se lo había relatado a Mariana. Ahora los veía más de cerca; conmovedor suceso cuando se encontraron de frente en el aire y parecía que estuvieran hablando. Ascenso, descenso rápido, perseguirse, volver a parar, volver a mirarse... Finalmente volaron más cerca de donde se encontraba Andrés y, casi sin percatarse por dónde, volvieron a desaparecer.

—¿Por qué sonríe, Andrés? ¿Acaso le resulta muy chistoso lo que le estoy diciendo? —le cuestionó el subintendente, esperando una respuesta.

—Lo siento, Fred, me distraje y no puse atención a lo que me estabas diciendo.

—Pues a ver si saca el tren de aterrizaje y se devuelve a la realidad antes de que se haga de noche y no vea la pista.

—Perdóname, me distraje viendo unos colibríes.

—Yo contándole las penas de mi vida y usted viendo pajaritos. ¿Acaso nunca había visto uno? —reprochó el subintendente.

—Sí los había visto, pero nunca como ahora.

—Mañana le hago una cauchera pa' que se baje unos cuantos y los vea todo el día.

—Yo no sería capaz de hacer eso —contestó Andrés cortantemente.

—Yo tampoco, era solo un mal chiste. Pero qué sensible anda hoy.

Mejor me voy a hablar con los otros, ahí lo dejo tranquilo para que vea sus pajaritos —dijo el subintendente con una particular tonalidad, mitad burla, mitad sarcasmo.

Andrés permaneció callado, aunque bien sabía que Fred tenía razón. Sin embargo, no se opuso a que se fuera a hablar con los demás. Finalmente, observó en todas direcciones, esperando a que los pequeños voladores volvieran a aparecer. Nada le habría gustado más que mirarlos de nuevo antes de empezar una larga noche caminando en la oscura selva.

4

SIMBIOSIS

Mariana era una mujer de 1.70 metros de estatura. Su cuerpo era perfectamente proporcionado; piernas largas y muy fuertes sin el más mínimo rastro de estrías o celulitis; su pequeña cintura y abdomen completamente plano, a pesar de haber dado a luz a un hijo, suscitaban los más halagadores comentarios de sus amigas, murmuraciones no tan alentadoras de sus no tan amigas, las miradas indiscretas de sus admiradores y comentarios un tanto subidos de tono de aquellos que eran víctimas del alboroto de sus hormonas. Sus senos evocaban redondas naranjas, ni muy grandes para ser vulgares ni muy pequeños como para pensar en correctivos de silicona. Su piel tan tersa y blanca resultaba de una pureza casi indescriptible, manchada apenas por algunos indiscretos lunares tan perfectamente colocados que ayudaban a incrementar su siempre natural sensualidad. Contaba con un rostro mágicamente puro que parecía haber sido el producto de la inspiración de un impresionante artista; sus labios tan naturalmente rojos escondían, detrás de sí, una dentadura blanca como el marfil. Un par de ojos negros tan grandes y expresivos contaban con el poder de envolver bajo el embrujo tierno de su ingenua mirada a quien la mirara. Su cabello era largo, ondulado, voluminoso, brillante y sano, pero su color era completamente indefinible; se trataba de una extraña combinación entre el negro profundo del petróleo y la dorada transparencia de la miel de abejas.

Una pequeña cicatriz se oponía a la perfección de tan particular belleza. Se encontraba en la parte superior izquierda de su frente. Apenas era perceptible. Era el permanente recordatorio de aquella fatídica tarde en la que la entonces niña estrenaba su triciclo en las tranquilas calles del conjunto cerrado que la vio crecer. En una bajada no muy empinada el triciclo tomó una velocidad que atemorizó a la pequeña inexperta. Un muro acabó con la aceleración del infantil medio de diversión y el golpe en su cabecita, que hizo brotar unas ocho o diez gotas de sangre, acabó para siempre con su gusto por el triciclo y, posteriormente, por las bicicletas.

Cuando la pequeña Mariana llegó a casa llorando y gritando, desesperada, una de sus manos se había encargado de esparcir la pequeña cantidad de sangre por el contorno de su tierno rostro y cuando su atemorizada madre llegó a la puerta y abrió afanosamente la cerradura, imaginando que algo muy grave le había sucedido a su pequeña, observó el cuadro aterrador de rojo sangre y al instante cayó desmayada.

De vez en cuando, Mariana recordaba el pretérito suceso y no dejaba de reír, sobre todo porque el golpe de su señora madre, por efecto del desmayo, resultó ser peor que el de ella misma con su triciclo. Son esos capítulos de la infancia que, por lo dolorosamente graciosos, resultan aptos para ser reservados en el archivo de los acontecimientos familiares inolvidables.

Habría que reconocer, eso sí, que la belleza física de tan especial mujer no había variado mucho con el paso del tiempo, pero el encanto primoroso de su espíritu sí se había visto bastante mermado desde el día del secuestro de su esposo. Si bien seguía siendo una mujer preciosa, su entusiasmo, alegría y jovialidad ya no eran los mismos de antes.

Quienes la conocían eran conscientes de que realizaba un enorme esfuerzo por comportarse lo más naturalmente posible de frente a Emilio, pero al mismo tiempo sabían de sus horas encerrada en el baño, de tantos momentos en que sus lágrimas no podían ser disimuladas. Ahora parecía una antorcha sin llama, una flor sin pétalos, una linterna sin batería, un águila que no puede extender sus alas.

Mariana también fue secuestrada. En el momento mismo en que Andrés fue privado de su libertad, ella empezó a ser cautiva de la tristeza, de la desesperación y la impotencia. Se trataba de un secuestro diferente, pero al fin y al cabo... secuestro.

Guardaba la esperanza de que su esposo la escuchara todos los viernes en la noche. Al menos así, todos sus esfuerzos por tenerlo al tanto de lo que sucedía en el hogar no habrían sido en vano. Ese programa radial se había convertido para Mariana en la única posibilidad de tener contacto con el hombre a quien prometió amar por siempre. Esa señal comunicativa se había convertido para Andrés en la única razón que le daba fuerzas para esperar y para seguir viviendo.

Para Emilio, las cosas eran relativamente más fáciles. Su temprana edad no le daba acceso a una comprensión muy profunda de las realidades tormentosas por las que pasaba la familia. Todos sus allegados habían acordado no hablar de secuestro en presencia del niño y, hasta el momento, cumplían a cabalidad con aquello. Además, José, su tío paterno, se había acercado mucho a Emilio desde que empezó la ausencia forzosa de su hermano. Tal vez sin proponérselo, sobre él había recaído la responsabilidad de mostrar al pequeño una figura paterna.

Emilio no solo era el primer hijo, también era el primer sobrino para José y Alejandra y el primer nieto para Elvia e Isabel, sus dos abuelas viudas. De tal manera que el cariño de su familia lo privilegiaba y lo mantenía un tanto al margen (por ahora) de la no deseada condición de su padre.

Las cosas cambiaron de manera un tanto favorable desde el 7 de octubre anterior, el día en que se celebró la fiesta del cumpleaños número siete de Emilio. El aniversario de su nacimiento era el día 9, pero, por caer en lunes, Mariana había decidido adelantar la celebración al sábado que antecedía la fecha de su natalicio.

Desde ese día, un nuevo integrante llegó a la familia y tuvo una repercusión directa sobre la dinámica de comportamiento de la madre y el hijo. Spike era un perro muy especial y juguetón, un pequeño ser que parecía una fuente de energía inagotable que no hacía otra cosa diferente a jugar. A la esbelta mujer se la veía en ocasiones corriendo por los corredores, escaleras arriba y abajo, intentando dar alcance al pequeño juguetón que en su hocico llevaba un par de medias veladas o alguna de sus acolchadas pantuflas.

De alguna manera, Mariana lo disfrutaba. Cuando Emilio la veía corriendo detrás de Spike, no paraba de reír a carcajadas, a tal punto que, en ocasiones, el niño se acostaba sobre el piso, asumiendo posición fetal, mientras lograba controlar sus ataques de risa y recuperar el aire perdido en cada una de sus descontroladas risotadas.

Cuando la encargada de oficios varios intentaba barrer o pasar la aspiradora, Spike asumía posición de ataque. Sus agudos ladridos desesperaban a la buena mujer, a quien, ante las risas del pequeño, no le quedaba otra alternativa que sucumbir ante la idea de una nueva forma de ganarse el sueldo: trabajar jugando.

Las pelotas de caucho ahora se compraban por medias docenas. Jugar con ellas se había constituido en la actividad favorita del pequeño y su mascota. Cuando el bus escolar dejaba a Emilio en la puerta de su casa, el perro observaba desde la ventana y casi se enloquecía hasta que la ayudante de servicio doméstico abría la puerta y al fin saludaba a su amigo con tanta alegría que parecía no haberlo visto en meses. De vez en cuando, Emilio intentaba en vano jugar a esconderse de Spike, pero era imposible; ningún niño sudoroso de tanto jugar se puede esconder del olfato de un perro.

Luz Marina, la siempre fiel colaboradora y empleada de servicios varios, le contaba a su patrona que, cuando el niño acababa de ingerir sus alimentos, salía al patio trasero y se sentaba con el perro sobre sus piernas. Luego, durante largos minutos que bien podrían prolongarse por más de una hora, no paraba de cantarle todas las canciones que le habían enseñado en la escuela y de acariciarlo al mismo tiempo. Resultaba ciertamente enternecedor observarlos desde atrás de la cortina que permitía una perspectiva clara del amigable entorno por ambos vivido.

Luego, cuando llegaba la hora de hacer las tareas, Emilio se concentraba responsablemente para cumplir con sus compromisos y labores básicas correspondientes a su ciclo de educación. Su amigo, entretanto, se echaba a un lado, esperando ser invitado a una nueva ronda de juguetona actividad.

José, por su parte, casi todos los días acudía a visitar a su sobrino. También él se unía a los juegos que ahora eran pan de todos los días en la casa de la familia San Clemente. No tenía ningún problema en actuar como niño con tal de ver sonreír a Millo, como cariñosamente lo llamaban en ocasiones.

Las noches también eran diferentes, había que sacar a dar una vuelta al nuevo miembro de la familia para que hiciera un poco de ejercicio y sus correspondientes necesidades. Mariana descubrió entonces que bastantes personas de su conjunto también sacaban a pasear a esa hora a sus respectivos perros. En las dos primeras semanas pudo establecer vínculos comunicativos con dos de sus vecinas, hablando un poco e intercambiando algunas palabras con ellas mientras sus perros se olían y reconocían con su potente olfato. Así, Mariana logró hacer algunas preguntas básicas respecto del cuidado del animal, ya que nunca había tenido uno. Al mismo tiempo, tuvo la oportunidad de conocer a una veterinaria que se encargaría de las vacunas y los cuidados de Spike.

La joven veterinaria se llamaba Ana Salavarrieta, dueña de una perra de raza *pastor collie* que respondía al nombre de Leila. Dicha mascota también era muy juguetona y hacía un desorden perruno total cuando se encontraba con Spike.

Otra de sus vecinas trabajaba en un banco, se llamaba Valentina Guillén y salía a pasear a su perra Lola, que pertenecía a la raza *golden retriever*. Su comportamiento era mucho más sereno, definitivamente estaba algo pasada de peso, se notaba que era muy mimada y que efectivamente le podía caer muy bien algo más de ejercicio.

Sin embargo, había una historia interesante detrás de la vida de Lola. Ella no siempre había pertenecido a Valentina, su actual dueña. Años atrás había sido una mascota adiestrada para el cuidado y compañía de personas con facultades físicas diferentes. Como el exsoldado del Ejército colombiano, Augusto Hernández, quien tuvo que abandonar su carrera militar luego de haber perdido ambas piernas al pisar una mina antipersonal que la guerrilla había colocado en el lugar por donde él caminó de manera desafortunada.

Augusto se caracterizó por ser un hombre muy inteligente y emprendedor, pero la pérdida de sus piernas dividió en dos partes su vida. Como era de esperarse, cayó en un profundo sinsentido existencial que lo hizo tocar las puertas de la muerte misma hasta que un médico amigo de la familia, muy preocupado por el estado emocional del buen hombre, se enteró de un programa de terapia animal que había demostrado tener mucho éxito en países como Estados Unidos, Francia y Alemania. Se trataba de proporcionar acompañamiento permanente por medio de perros adiestrados a personas que, como el exsoldado, hubieran tenido acontecimientos traumáticos.

La llegada de Lola cambió de nuevo la vida de Augusto, quien poco a poco logró más independencia y recobró las ganas de seguir viviendo. La *golden retriever* se constituyó en su mano derecha. Augusto no solo fue un buen individuo, sino que contaba con una inteligencia verdaderamente prodigiosa; nuevamente, respaldado por fundaciones privadas que lo financiaron, logró estudiar dos carreras al mismo tiempo, Ingeniería Electrónica y Matemática Pura. Obviamente, durante todo el tiempo de estudios universitarios, Lola siempre fue su inseparable compañera.

El día de sus grados fue un tanto curioso, dado que las dos ceremonias se efectuaron por coincidencia en la misma jornada. Por la mañana recibió su diploma de ingeniero y por la tarde el de matemático. En ambas graduaciones recibió medallas al mérito por sus excelentes resultados académicos, pero bien sabía él que el mérito no era del todo suyo, por lo cual, en un enternecedor gesto, se las colocó a Lola como signo de agradecimiento a su incansable e incesante compañía.

Poco después conoció a Susana, la mujer que en un abrir y cerrar de ojos le robó el corazón, por lo que contrajo nupcias con ella pocos meses después.

Al poco tiempo, Susana quedó encinta y dio a luz una hermosa hija a la que llamó Natalia, pero, de manera desafortunada, la niña presentó unas fuertes reacciones alérgicas que se manifestaron de manera muy específica en su piel. Luego de varias visitas al pediatra y de muchos exámenes a los que fue sometida, los especialistas concluyeron que no le convenía la cercanía de ningún animal.

Augusto sentía que se le rompía el corazón, pero no podía elegir entre su mascota y su hija. El día en que se despidió de Lola, le dijo: "Gracias por haber transformado mi vida, gracias por no dejarme morir. Ve a llevar a otras personas la misma alegría que me diste a mí y, aunque hoy te tengas que ir, siempre te recordaré como mi mejor amiga".

Cuentan que quienes estuvieron presentes aquel día se unieron a las lágrimas de aquel que inevitablemente debía dejar a su inseparable compañera. Antes de entregarla a Valentina y su joven esposo, que desde entonces la tendrían bajo su cuidado, les pidió una sola cosa: permitir que Lola siempre llevara colgadas en su cuello las medallas al mérito y, cuando una persona les preguntara su significado, le contaran la bella historia de cómo ella había rescatado una vida que parecía no tener sentido.

Mientras Valentina contaba lo acontecido en el pasado de vida de su perra, Mariana sentía que se le hacía un nudo en la garganta. De maneras distintas pero similares al mismo tiempo, la desgracia había tocado a las puertas de Augusto y también las de su esposo. Sin embargo, la historia de Augusto había llegado a un buen fin. ¿Acaso sucedería lo mismo con Andrés? Esa sí que era una pregunta digna de respuesta.

Mariana no quiso contar absolutamente nada de la difícil situación familiar que vivía. La aterraba la idea de que su historia se propagara, de ser señalada como la esposa del secuestrado y de suscitar miradas de compasión entre sus vecinos. Además, a muy corta distancia se encontraba Emilio, que no sabía del secuestro de su padre.

Luego de haber escuchado la bella historia del exsoldado aquel y regresar a casa, Mariana, Emilio y Spike se alistaban para ir a la cama. El niño aseaba su dentadura, hacía pipí y se colocaba su pijama. Al salir del baño ya encontraba a su cuadrúpedo amigo muy cómodo sobre la pequeña cama circular que mamá había colocado al lado del lecho de su hijo. Sin embargo, cuando el perro se daba cuenta de que Mariana apagaba la luz de su habitación, se levantaba y daba un pequeño salto para poder acostarse a los pies de Emilio.

Había cosas que cada vez llamaban más la atención de Mariana respecto del comportamiento de su hijo en relación con su mascota. El hecho de que estuvieran siempre juntos no era de extrañar. Al fin y al cabo, es natural que los canes permanezcan muy pendientes de las actividades de sus amos, pero... hubo un aspecto que nunca sería olvidado por la joven madre y que posteriormente se iría agregando a una lista de curiosas particularidades que muy difícilmente podrían pasar por alto.

Resulta que, a mitad de semana, luego de terminado el obligado paseo nocturno, los tres caminantes regresaron a casa. Como de costumbre, Emilio subió las escaleras en dirección a su habitación ubicada en la segunda planta y Spike lo seguía unos cuantos escalones atrás. Mariana, por su parte, permaneció en la primera planta para alistar la lonchera que el niño llevaría el siguiente día. Luego de hacerlo y de lavar algunos pocos trastes que quedaban en el lavaplatos, recordó que Emilio no había subido el vaso de agua que cada noche dejaba sobre su mesa auxiliar.

—¡Millo! —lo llamó Mariana.

—Sí, mami —respondió el pequeño desde su habitación.

—Baja un momento, hijito, que olvidaste llevar tu vaso con agua.

—Ya voy, mamá.

Luego, Mariana escuchó a su pequeño bajando la escalera. Obviamente, muy cerca de él venía su inseparable amigo. Ella colocó el vaso plástico bajo la fuente del filtro y lo llenó del líquido. Enroscó la tapa para evitar derrames y al girar su cuerpo se encontró de frente con su hijo.

—Toma, cariño, por si acaso sientes sed —dijo Mariana con su singular ternura.

—Gracias, mamita —dijo él.

—Alistaré mi ropa de mañana e iré a ver si estás bien tapado. La noche es fría.

—Está bien, mami —respondió Emilio antes de estirar sus labios para el acostumbrado beso de las buenas noches.

Al retornar al corto camino hacia su habitación, Mariana los persiguió con la mirada. Observó que Spike se detuvo frente a una pequeña mesa que distaba metro y medio del inicio de las escaleras, pero Emilio siguió caminando y subió tres escalones antes de que el perro ladrara dos veces. El niño se detuvo, dio media vuelta, miró a su perro y le preguntó:

—¿Qué pasa, Spike?

El perro, levantando sus patas delanteras, las colocó en el borde de la mesa, observó un portarretratos, luego dirigió su mirada a Emilio y finalmente volvió a emitir el típico ladrido agudo de su raza. Emilio se pronunció de nuevo y dijo:

—Tienes razón, olvidé dar el beso de las buenas noches a papá.

El niño descendió, caminó hasta el lugar previamente señalado por la mascota, dio un beso sobre la fotografía de Andrés y, observando de nuevo a su perro, se dirigió a él diciendo:

—Gracias, Spike, ahora sí podemos ir a descansar.

Emilio y su pequeño amigo subieron juntos la escalera. Mariana quedó con la boca tan abierta como ella misma lo requería de sus pacientes a la hora de practicar una extracción. Caminó lentamente para no perder el ángulo de visión que le permitiera ver a su hijo y lo observó hasta que desapareció detrás del muro de su habitación luego de haber pasado la puerta.

Aún con la boca abierta, giró lentamente su cabeza y dirigió su mirada al portarretrato que protegía una bella foto de su esposo. Mariana lo tomó en sus manos y observó las huellas de muchos pequeños labios que ya habían sembrado la semilla de sus besos sobre el delgado vidrio que protegía la foto de Andrés del polvo y la suciedad; apretó el portarretratos fuertemente contra su pecho mientras dos lágrimas se escapaban de sus ojos y humedecían tibiamente sus blancas mejillas.

5

SÍNTOMAS

Mariana había tenido que sobreponerse a las vicisitudes de la vida. Algo así como quien se abre paso a codazos en un bus lleno de gente. No se trataba, eso sí, de haber llegado ya a la salida de dicho bus luego de dejar los problemas atrás. Se trataba, más bien, de hacer frente a la realidad de una manera que jamás se habría imaginado… Sola.

Ciertamente, su hermana, su cuñado, su mamá y su suegra se mostraban muy solidarios con ella, pero no era lo mismo. No se sentía a gusto teniendo que hacerle frente a todo.

Cuando un hombre y una mujer se casan es porque desean iniciar una nueva responsabilidad en conjunto, porque se acompañan en la construcción compleja de esa célula base de la sociedad a la que llamamos familia. Sin embargo, ella comprendía que su caso no podía ser catalogado como un fracaso en el complejo intento de la comprensión de pareja, sino más bien como un accidente existencial en el que sucedió un acontecimiento indeseado que nadie tenía presupuestado.

De nuevo conducía su auto, ahora en dirección al colegio donde estudiaba su hijo. Una soleada mañana adornada de colores vivos se experimentaba en aquella agitada ciudad. Mientras iba al volante, recordaba que el día anterior había recibido un correo electrónico que la dejó un tanto pensativa.

Bogotá, 17 de octubre de 2006

Apreciada señora Mariana San Clemente:

Cordial y respetuoso saludo.

Por medio de este correo me permito, en primera instancia, desearle éxitos en todas las actividades por usted emprendidas, de manera muy especial en la bellísima labor de ser mamá.

Como usted bien lo sabe, la filosofía de esta institución educativa nos encamina a un proceso de formación humana y académica cuya responsabilidad no recae únicamente sobre nuestro capacitado cuerpo de profesores. Hemos deseado siempre que los padres de familia hagan parte importante y complementaria en esta compleja tarea de educar a nuestros niños de hoy y hombres del mañana.

Por tal motivo, he observado con particular extrañeza que luego de haberle enviado tres circulares en la semana inmediatamente anterior, requiriendo su presencia en esta institución para tratar algunos temas que conciernen al comportamiento de su hijo, Emilio Josué San Clemente Buitrago, usted no se ha hecho presente ni nos ha hecho saber nada respecto de su aparente negativa a contestar nuestros mensajes.

Debo aclararle de antemano y con absoluta sinceridad que creo verdaderamente que este suceso debe tener una adecuada explicación, dado que cuento con incontables elementos que me garantizan, sin lugar a duda, que usted siempre ha sido una madre dedicada y responsable.

Cabe decir también que nuestras llamadas a su servicio móvil también han sido infructuosas, dado que se nos informa que el número marcado se encuentra fuera de servicio. Además, desafortunadamente, no contamos con ningún otro número para poder establecer comunicación con usted.

Por lo tanto, le agradecería que cuanto antes se haga presente en las oficinas de bienestar estudiantil y, al calor de un suave café, podamos dialogar acerca de algunos aspectos que a los catedráticos y a mí misma nos han llamado mucho la atención respecto de algunos cambios en el comportamiento de su querido hijo.

Sin otro particular, solo me resta despedirme, no sin antes desearle prosperidad y bienestar.

Cordialmente:
ÁNGELA RODRÍGUEZ
Oficina de Bienestar Estudiantil
Colegio San Damián de Veuster

Luego de estacionar su vehículo, la joven madre se dirigía hacia la puerta del plantel educativo, donde después de un sencillo ritual de identificación se le permitió acceder al amplio pasillo que la conduciría hasta la oficina donde se la había requerido.

Caminaba moviendo la cabeza como el rotor de un ventilador. Era la primera vez que le habían hecho una citación a Bienestar Estudiantil. Hasta entonces había estado acostumbrada a llegar al colegio únicamente para las jornadas de entrega de boletines de calificaciones y como asistente a los actos culturales o deportivos en los que participaba su hijo. Por lo tanto, desconocía la ubicación de la mencionada oficina y leía todos los letreros, hasta que finalmente, colocada frente a la puerta de color *beige*, dio tres suaves toques que anunciaron su llegada.

—¡Adelante! —se escuchó una voz femenina desde adentro.

Mariana giró suavemente la cerradura y abrió la puerta hasta obtener la perspectiva de un escritorio muy amplio, detrás del cual una mujer madura de unos sesenta años sonrió y la observó por encima de sus dorados lentes.

—¡Buenos días! Yo soy la mamá de Emilio San Clemente.

—¡Claro! ¡Bienvenida! La estaba esperando desde la semana pasada —dijo la rubia mujer, dejando escapar a propósito cierto reproche.

—Eso leí en mi correo, pero debo confesarle que ninguna circular de las tres que dice que me envió llegó a mis manos —respondió Mariana.

—Qué extraño —la mujer la observó fijamente durante unos segundos—. ¡Oh!... Olvidé presentarme. Soy Ángela Rodríguez, coordinadora de Bienestar Estudiantil —dijo al tiempo que se levantaba y extendía la mano derecha.

—Mucho gusto, yo soy Mariana San Clemente. Me llamó mucho la atención su correo y créame que he estado muy pensativa desde ayer. Me gustaría que me contara cuáles son esos cambios de comportamiento que dice haber visto en mi hijo.

—¡Por supuesto! Tome asiento, si es tan amable. Concédame un momento mientras busco el anecdotario de Emilio.

Levantándose nuevamente, dio la espalda a Mariana durante el tiempo en que abría un archivador y extraía un fólder marcado con el nombre completo del niño.

Colocando el anecdotario sobre el escritorio, le preguntó a Mariana:

—¿Desea un café? ¿Té? ¿Aromática?

—Le agradecería un poco de agua, por favor.

Luego de presionar un botón de su sistema de comunicación interna, se escuchó una voz que contestó:

—Cafetería, buenos días.

—Buenos días, soy Ángela, de la oficina de Bienestar Estudiantil. ¿Sería tan amable de enviarme un té y un vaso de agua, por favor?

—Con mucho gusto.

—Bien —la psicóloga retomó su comunicación con Mariana—. Como le había dicho por medio del correo, existen algunos aspectos que nos han llamado la atención respecto del comportamiento del niño. Usted sabe que el historial de su hijo en esta institución había sido impecable.

—¿Había? —interrumpió Mariana.

—Sí... había. Verá usted, durante el periodo anterior, Emilio nos sorprendió con sus evidentes capacidades académicas. Sin lugar a duda que fue uno de los niños más sobresalientes de todo su grupo. Su grafía se caracterizó por ser una de las más claras y sus avances en lectura fueron evidentes. Sin embargo, en este nuevo ciclo que hasta ahora está empezando, Emilio nos ha impresionado con un cambio que por parte de algunos de sus catedráticos se podría considerar... abrupto. No es el mismo niño que habíamos conocido.

—¿Podría usted ser un poco más específica respecto de estos cambios?

—Sí, por supuesto. Mire, la próxima semana haremos la entrega de las calificaciones del primer bimestre de este ciclo. Lo primero que le puedo especificar es que los resultados obtenidos por el niño en estos dos meses no son muy buenos, pero, al fin y al cabo, eso es algo que se puede ir modificando con el paso del tiempo y con un poco más de atención en las tareas y actividades del pequeño. Sin embargo, hemos observado cosas que son un poco más delicadas y preocupantes.

—¿A qué se refiere?

—Como usted bien lo sabe, la directora del grupo al que pertenece Emilio es la profesora Adriana Campos. Me permitiré leerle lo que ella escribió la semana pasada en el anecdotario del niño:

Miércoles 11 de octubre de 2006

Siendo las diez de la mañana, el estudiante Emilio Josué San Clemente me pidió permiso para dirigirse al servicio sanitario. A pesar de que habían pasado tan solo quince minutos luego de terminado el primer recreo, no le puse ninguna objeción y consentí su salida del aula de clases. Pasados quince minutos, me percaté de la ausencia prolongada del niño y solicité a una profesora que se encontraba en hora libre vigilar el grupo mientras yo procedía a salir en su búsqueda.

Al llegar a la puerta del baño lo llamé por su nombre, pero no obtuve ninguna respuesta. Di media vuelta y observé con detalle las áreas circundantes del lugar donde yo estaba, pero no había nadie, dado que todos los alumnos se encontraban en clase. Volví a ubicarme en la puerta del baño de niños y pronuncié otra vez su nombre en voz alta, nuevamente sin recibir respuesta. Permanecí en silencio durante unos segundos en el mismo lugar y me percaté de que había alguien en un servicio sanitario que estaba cerrado, pues logré escuchar sollozos.

Toqué a la puerta del único de los seis sanitarios que estaba cerrado e intuí que se trataba de Emilio. Le pedí que me abriera la puerta, pero esta permanecía cerrada. Seguí insistiendo durante dos o tres minutos más, pero no lo hizo, lo cual me angustió. Acto seguido, me subí al sanitario de otro de los baños y lo pude mirar por encima del separador metálico. Observé al niño que lloraba sentado sobre la taza, me las arreglé para alcanzar el pestillo y quitar el seguro de la puerta.

Al fin logré entrar. Al tiempo de preguntarle qué sucedía, observaba que no le hubiera pasado nada malo, como una herida o un golpe. Lo abracé y lloró desconsoladamente.

> *Luego de permitirle desahogarse durante unos minutos, le reiteré mi pregunta respecto de lo que sucedía y el niño, antes de volver a llorar de manera desconsolada, me preguntó: "¿Dónde está mi papito?".*
>
> *Procedí a llevarlo a enfermería y estuve unos minutos con él. Intenté comunicarme con su mamá, pero no fue posible, por lo que decidí enviarle una citación escrita que anexé al cuaderno de actividades de Emilio.*

Alguien tocó la puerta…

—¡Adelante! —dijo Ángela.

—Con permiso, vengo a dejar un té y un vaso con agua que solicitaron —dijo un flacuchento muchacho. Dejó los dos recipientes sobre el escritorio junto a unos sobres de azúcar, un mezclador y algunas servilletas antes de salir por donde llegó.

La encargada de la oficina de Bienestar hizo una breve pausa para endulzar su té y esperar al mismo tiempo que Mariana se pronunciara.

Angustiante silencio…

Ángela tomó un sorbo de té, luego otro después de cinco segundos. Mariana extrajo un pañuelo desechable de su cartera y limpió la humedecida punta de su nariz.

El silencio continuaba…

—¿Existe algo más que quiera agregar? —al fin preguntó la bella mujer.

—¡Sí! —respondió Ángela—. Ya hemos visto también que el niño no desea salir del aula de clases a la hora del recreo. De todas maneras, lo debe hacer, dada la prohibición de estar allí en el descanso. Nos llama la atención que durante el tiempo en que los demás niños juegan, Emilio permanece sentado en una banca del patio, mirando al piso.

Las lágrimas se escurrieron al fin por el rostro de Mariana.

—Señora, créame que mi interés es ayudarla. Tanto a usted como a él. Sé que un proceso de separación es traumático para todas las partes involucradas... papá, mamá e hijos, pero mediante el diálogo y una correcta negociación es posible que ambos se pongan de acuerdo respecto del niño y evitarle este penoso sufrimiento.

Mariana frunció el ceño y manifestando evidente extrañeza dijo:

—¿Separación? Nosotros no nos hemos separado.

—¿Ah no? ¿Viven juntos?

—¡No! —respondió Mariana.

—¿No? ¿Entonces?

—Es que... Vivimos separados.

—Pero me acaba de decir que no se han separado.

—Usted no lo entiende.

—Pues para serle franca, tiene usted razón. No entiendo nada —concluyó la amable mujer.

—¿Sabe? Para mí es muy difícil hablar de esto. Hagamos las cosas más sencillas ¿Le parece? —dijo la mamá de Emilio, ya un tanto alterada.

—Por supuesto, dígame usted.

—Por favor, hable con el padre Marco, el capellán del colegio. Él es la única persona en esta institución que sabe mi historia. Dígale que le agradezco por haber guardado mi secreto, pero que lo autorizo a contárselo. O no... Yo misma lo llamaré y le pediré que hable con usted. Ahora discúlpeme, pero me tengo que ir.

Sin dar espacio ni siquiera para despedirse, Mariana tomó su cartera y salió de la oficina a toda prisa. Caminó rápidamente hasta la portería del colegio, donde reclamó un documento que había dejado para identificarse. Al subir a su auto, ya protegida con la privacidad suministrada por sus vidrios polarizados, logró llorar como tantas veces lo había hecho.

Encendió su radio, intentando evadir la dura realidad que, sin buscarla, le había correspondido vivir. La frecuencia que estaba sintonizado dejaba escuchar un llamamiento del presidente a los alzados en armas para que se desmovilizaran... Cambió de emisora y escuchó una balada que decía:

Mis días sin ti son tan oscuros,
tan largos, tan grises mis días sin ti,
mis días sin ti son tan absurdos,
tan agrios, tan duros, mis días sin ti...

Un fuerte golpe sobre el botón de apagado acabó con la tonada. Tomó en las manos su teléfono móvil y buscó el número de José. Luego de dos repiques, su cuñado contestó.

—¡Hola, Mariana!

—¡Hola!... ¿Estás ocupado?

—¿Por qué? ¿Te ocurre algo? ¿Le pasó algo al niño?

Obviamente había notado en la voz de Mariana que algo no marchaba bien.

—Estoy por conducir a casa. Llega a la hora que puedas. ¿Te parece?

—Sí, termino de hacer algo urgente y salgo para allá —dijo él.

—Está bien. Te espero.

—Nos vemos más tarde.

—Okey.

Veinte o veinticinco minutos bastaron para que la señora San Clemente retornara a casa, ya un poco más serena, aunque con ideas poco claras de cómo abordar a Emilio. ¿Sería necesario contarle la verdad respecto de su papá? ¿Quién lo haría? ¿De qué manera? ¿Reprocharía el niño a su familia por no haberlo hecho durante tanto tiempo? ¿Empeoraría su condición en el colegio? ¿Mejoraría? ¿Qué pensaría Andrés respecto de esto si se le pudiera consultar? Eran tantas las preguntas que Mariana tenía al respecto. Por el momento, solo podría recurrir a su cuñado y confiar, como tantas veces ya lo había hecho, en su capacidad de análisis de frente a situaciones difíciles como esa.

La mujer rebuscaba en su cartera el manojo de llaves grandes medianas y pequeñas que siempre cargaba con ella. Al momento de percatarse de no tenerlas ahí, la puerta se abrió desde dentro... Era Luz Marina que, desde muy temprano, se dedicaba a los trabajos varios del lugar.

—Señora Mariana, buenos días —saludó amablemente la empleada.

—Hola, Luz Marina. ¿Cómo le va?

—Bien, gracias a Dios, señora. Qué milagro que venga usted a casa tan temprano.

—Sí, tiene razón. Hoy me citaron a hablar en el colegio respecto de algunos asuntos del niño y luego retorné a casa para esperar a José, que posiblemente venga en un rato.

—¿Viene para acá don José?

—No sé, Luz Marina. Al menos me dijo que llegaría apenas acabara de hacer algo urgente.

—Entiendo. ¿Quiere que le tenga preparado un jugo de guanábana que tanto le gusta para cuando llegue?

Silencio... Mariana permaneció callada durante unos instantes. Algo extrañada, al fin preguntó:

—Luz Marina, ¿dónde está el perro?

—Mire, señora Mariana, que está arriba en su camita. No sé si le dolerá el estómago o está enfermito. Incluso hace como una hora que encendí la aspiradora y no mostró el más mínimo interés. Se me hizo raro porque, apenas suena, corre como loco. Además, le puse concentrado y agua, pero no ha comido nada.

Mariana dejó su cartera sobre el sofá, subió las escaleras en dirección al cuarto de su hijo. Al pasar frente a la puerta, lo vio echado, como la doméstica le había dicho. Él la miró. Se veía mal.

—¿Qué te pasa, mi muñeco precioso? —dijo Mariana tiernamente mientras se agachaba y extendía la mano para acariciarlo—. ¿Estás triste porque Emilio no se encuentra en casa?

Al acariciar la cabeza de la mascota, Mariana recibió tres suaves lengüetazos de recompensa, pero Spike no se levantó. Ella tomó en sus manos dos bolitas de concentrado y las acercó a su hocico; el pequeño cuadrúpedo las olfateó e hizo algo así como un gracioso gesto de desaprobación.

Lo dejó donde estaba y bajó nuevamente las escaleras.

—Señora Mariana —le habló la empleada.

—¿Qué quieres, Luz Marina?

—Señora, usted sabe que yo evito meterme en cosas de su familia, pero encontré una cosa esta mañana que considero necesario que usted vea.

—¿De qué se trata?

—¿Se acuerda usted de la foto de su esposo que estaba sobre esa mesita? —dijo Luz Marina, señalando con el dedo índice la mencionada mesa.

—¡Por supuesto que me acuerdo! ¿Qué pasó?

—Verá usted, señora. Esta mañana desde que llegué me extrañó que esa foto no estuviera ahí. Me imaginé que usted la había cambiado de lugar y no le di más vueltas al asunto. Luego subí a tender las camas y a recoger la ropa sucia, pero cuando entré al cuarto del niño a poner las cosas en orden, la fotografía estaba sobre su mesita de estudio y...

—¿Y...? ¿Qué pasó? —preguntó la señora San Clemente.

—Pues imagínese, señora, que al lado de la foto había tres hojas arrugadas, en forma de bolas de papel. Yo las quise botar, pero me causaron curiosidad y las desarrugué. Me tomé el atrevimiento de leerlas y no sé si usted estaba enterada de que la semana pasada la citaron tres veces al colegio.

—Sí, Luz Marina, gracias. Ya me enteré de eso.

—Pero eso no es todo, señora.

—¡Habla! Te estoy escuchando.

—Las tres hojas estaban escritas al respaldo. Estoy segura que debió ser el niño quien las escribió. Yo de todas maneras las guardé para que usted las viera y aquí están.

Sacando tres hojas de papel arrugado del bolsillo de su delantal, la doméstica alargó el brazo y las entregó a su patrona. Mariana las observó con detenimiento y, dejándose caer muy suavemente, se sentó sobre una silla, apretó los papeles suavemente contra su pecho. Sus ojos buscaron a los de su fiel empleada y con voz entrecortada le dijo:

—No más, Luz Marina... No aguanto más.

6

NUEVAS COORDENADAS

Un grupo de hombres y mujeres que sumaban exactamente 32 personas acondicionaron un espacio lo suficientemente amplio para permanecer allí, quién sabe hasta cuándo.

En los rostros de todos, subversivos y cautivos, se podía observar el cansancio, que producto de tres días de camino, había dejado su huella en los organismos maltratados que exigían descanso adecuado y reparador.

La temperatura era benévola con ellos aquel día, ni muy fría ni muy caliente.

Se sentía en el aire el aroma a lentejas cocinadas, la eterna comida de los secuestrados que no tenían más remedio que embutirse el detestable alimento. Detestable no porque su naturaleza en sí misma lo fuera, sino porque era lo más usual para alimentar a los "prisioneros de guerra". Cualquier hombre o mujer que pasa semanas enteras comiendo lentejas terminará por odiarlas, aunque, de todas maneras, deba reconocer al mismo tiempo que era preferible contar con ellas a no tener nada.

Andrés había oreado algunas horas su cuaderno para contrarrestar los efectos de la terrible humedad. Si bien distaba mucho de ser algo parecido a una exclusiva libreta de apuntes, digna del ingeniero San Clemente, al menos servía para escribir algunas líneas e impedir que este capítulo de la historia de su vida fuera arrastrado por el viento y condenado a una adversidad peor que la del secuestro... el olvido.

Desde allí, el lugar donde una veintena de valientes seres humanos luchaban contra el monstruo del cautiverio, el otrora prestigioso ingeniero escribía:

Desde un lugar en el que nunca quisiera haber estado, 19 de octubre de 2006

Mariana:

¡Hola de nuevo!

Hoy, a diferencia de la última vez que te escribí, mis manos no duelen ya. Ahora duelen mis pies. Hemos caminado durante tres días consecutivos, pues el ejército estuvo muy cerca de nosotros.

Imagínate que sentí como nunca la cercanía de un helicóptero. Fueron muchas las cosas que pasaron por mi cabeza cuando presentí que se aproximaba el final de mi vida.

Primero pedí a Dios que no nos vieran desde el aire, pero también llegué a pensar en las ventajas de morir en ese momento y evitarme ya tanto sufrimiento. Luego pensé en ver nuevamente a mi hijo, entonces oré con más fuerza y finalmente sentí que el aparato aquel buscaba nuevo rumbo.

Cuando llegamos acá, pude percibir que debe tratarse de un viejo campamento guerrillero abandonado. No tengo la más mínima idea de dónde me encuentro, ni siquiera sé cuál será el río que pasa a unos cien metros de distancia, el mismo del que sentimos permanentemente el sonido alentador de una de sus caídas de agua. ¡Ni modo!... Este es mi nuevo lugar de cautiverio. Pienso que, a pesar de contar con más dudas que certezas, hay algunas cosas de las que me siento muy seguro: sé que te quiero, que lo quiero y que tengo ganas de vivir, aunque ya no soy el hombre que era. Si algún día me vuelves a ver, y espero con fe que así sea, tal vez sólo encuentres el despojo del Andrés que conociste.

No escribiré más de eso... ¿Sabes? Frente a esta tortuosa adversidad hemos encontrado refugio en el sentido del humor. Los chistes de los norteamericanos no son tan malos como creía, también ellos han demostrado tener su talento. En ocasiones nos hemos reído incluso de nuestra propia desdicha. Vale la pena reír, aun en las situaciones más difíciles de la vida. Ahora sí que te lo digo por experiencia.

Ayer llegamos acá en horas de la tarde, rendidos, extenuados, nos dolía todo el cuerpo. A pesar de eso, no pudimos dormir inmediatamente. Nuestra caminata por la selva nos dejó plagados de sanguijuelas. Empezamos a desvestirnos y ayudarnos unos a otros, quitándonos esos aborrecibles insectos de encima.

Uno de los gringos fue al que menos se le habían pegado; le quitamos nueve en total. Fred tenía diez y siete y mi caso fue el más patético, no sólo por el ejercicio cuantitativo, sino por los inaccesibles rincones hasta donde se atrevieron a llegar. Cuando Fred me ayudó a retirarlas me dijo: "¡Hombre! Se te metieron hasta en el c...".

¿Recuerdas los colibríes de los que te escribí? Figúrate que los volví a ver. En realidad, no sé si serían los mismos, pero algo me dice que sí. En ocasiones, cuando gozo de la luz del día, levanto la mirada con la esperanza de encontrarlos. Son un par de pilluelos que, a diferencia mía..., ¡vuelan en libertad!

Mariana..., nunca di gracias a Dios por ser un hombre libre. Nunca me imaginé que algo como esto me pudiera ocurrir. ¡Qué ironía! ¿Verdad? Me sentí dueño del mundo, fui incomprensivo, intolerante, grosero e intransigente. En el fondo sabía que en ocasiones me sobrepasaba en mi trato con los otros, incluso contigo, pero me repetía a mí mismo aquella estúpida frase que yo mismo me inventé: "Unos nacimos para mandar y otros para obedecer. Unos somos capataces y otros no son más que peones".

En ocasiones me pregunto si esto no es otra cosa que la justa recompensa que he recibido como producto de mis necedades. Le pregunto a la vida si me dará la oportunidad de volver para pedir perdón por mis errores y reorientar mi existencia, pero... la vida, en ocasiones, se toma mucho tiempo para contestar.

Ya llevo seis años de amaneceres y atardeceres, de mosquitos y sanguijuelas, de frijoles y lentejas, de lágrimas y lamentaciones, de insultos y humillaciones que ahora ya no me tienen como victimario, sino como víctima.

¿Qué ha sido de ti, mi Mariana? ¿Qué escondes detrás de los mensajes en donde me hablas de tantas cosas bellas? ¿Cuánto mide mi hijo? ¿Cuánto pesa? ¿Cómo está?

Mariana..., ¿me estás esperando? En fin...

Cuéntame: ¿qué ha sido del perrito? ¿Cómo es que se llama? Te noté tan feliz cuando hablabas del regalo. Abraza a José de mi parte y dile que estoy en deuda con él. Bueno, de alguna manera me tenía que pagar todos los mocos que le limpié cuando era niño y los castigos que le ahorré mintiéndoles a mis padres para favorecerlo. Bribón ese, lo quiero con todo mi corazón. Recuerdo que su sueño más grande era tener un perro, pero mi papá odiaba a las mascotas y nunca se lo permitió. Por eso, cuando me dijiste que le había regalado uno al niño, pensé que, de una u otra manera, había logrado en Emilio lo que nunca logró con los berrinches que le hizo a papá. Finalmente logró comprar un perro; él siempre se las arregló para salirse con la suya.

Ojalá que la vida me permita agradecerle en persona lo bueno que ha sido con mi hijo, contigo y conmigo.

¿Sabes? A pesar de tantos contratiempos y situaciones adversas que han caracterizado mi vida a lo largo de los últimos años, existe una cosa que me agrada de la selva. Cuando la noche está libre de nubes, el cielo se ve plagado de estrellas. El espectáculo celestial es precioso. He sido el más afortunado para encontrar las esquivas estrellas fugaces. Siempre recuerdo a mamá que me decía que nunca dudara de pedir un deseo cuando observara una. Obviamente que lo he hecho; mi deseo, en las tres ocasiones que las he encontrado vagando por el cielo, ha sido: "Concédeme ver otra estrella como tú, abrazando al mismo tiempo a mi esposa y a mi hijo". No te podría explicar por qué, pero siento que un día ese deseo se hará realidad.

Bueno, amor mío, nuestros raptores han dado instrucciones de irnos a bañar. Caminaremos hasta el río.

No olvides que te amo.
Siempre tuyo,
ANDRÉS

Un grupo de guerrilleros con fusiles en mano acompañaron a los doce rehenes que caminaban en dirección al río. Sus lastimados cuerpos respondían torpemente, pero al menos respondían.

Llegar allí representó para todos, una experiencia casi sublime. El contacto de la piel con el agua fresca tenía un efecto analgésico y revitalizador que parecía llevarse los dolores corpóreos con la apenas perceptible fuerza de su corriente.

Se notaba que todos disfrutaban inmensamente del ritual de limpieza. Aprovechaban para refregar sus prendas contra las piedras, extraerles el barro que las había acartonado, frotarse detrás de las orejas y por debajo de las axilas. Se sumergían y emergían, por fin las sonrisas aparecían de nuevo en el contorno de sus rostros. El casi anulado espíritu infantil reaparecía y unos se atrevieron a arrojar agua al rostro de sus compañeros de baño.

Exquisita sensación del agua que se abría paso entre los dedos y se llevaba consigo el brillo grasoso de la piel. ¿Quién lo pudiera creer? Un río perdido en algún rincón de la geografía nacional se consolidaba como razón de temporal alegría para quienes aparentemente no tenían motivos de felicidad.

Sin embargo... Algo extraño sucedió. Las miradas de Andrés y Fred se encontraron durante algunos segundos y guardaron silencio.

—¿Qué? —preguntó Fred.

Sin contestar nada, Andrés caminó en dirección a la orilla. Fred observó alrededor como si buscara algo o alguien. Se dirigió también a la orilla, hacia el lugar donde permanecía su compañero.

—Tuve una sensación muy rara, sub.

En ocasiones, Andrés le decía "sub" a Fred. Era una simple alusión a su rango de subintendente cuando fue secuestrado por la guerrilla.

—También la tuve. Dígame si fue lo mismo... Yo sentí como si alguien nos estuviera observando y, no sé..., como si estuviéramos en peligro —dijo Fred.

—Yo percibí lo mismo, sub. Para serle franco, sentí miedo, mucho miedo —admitió Andrés.

—Esperemos que solo sea una mala pasada de nuestra imaginación. De seguro el cansancio por la caminata y la deshidratación hacen estragos en nosotros —racionalizó Fred.

—Sí, sub... Esperemos que así sea.

En términos muy reales, los dos secuestrados no estaban del todo equivocados respecto de su desagradable experiencia. La inquietante corazonada que compartieron distaba mucho de ser una mala jugada de la imaginación, y la deshidratación, por su parte, no tenía nada que ver.

Algo los había observado, es más, los había olido. Pasó muy cerca de ellos, tan arriesgadamente cerca que casi se hizo perceptible, pero procedió con astucia, no se dejó descubrir. Sagaz e inteligentemente, prefirió alejarse de allí, pero volvería. Esperaría paciente, muy pacientemente el momento propicio para regresar.

7

BRIGADA DE SALUD ANIMAL

Al fin llegaba de nuevo el fin de semana. Espacio de tiempo necesario para despejarse y descansar. Algunos viajaban a localidades cercanas fuera de la ciudad, buscaban preferencialmente lugares un poco más cálidos para poder alejarse unas horas del frío de la capital.

Otros caminaban, patinaban o montaban sus bicicletas, aprovechando las grandes avenidas que se cerraban para el tránsito de automóviles y se abrían solo para recibir a los deportistas que preferían no salir de la ciudad o que no contaban con el dinero necesario para hacerlo.

Había quienes preferían encerrarse en sus casas, ver televisión, pedir algún servicio de comidas a domicilio para no tener que cocinar ni ensuciar trastes. Otro conjunto de numerosos ciudadanos invitaba a algunos familiares para uno que otro encuentro sabatino o dominical; jugaban pelota, contaban anécdotas o reían en torno a algún juego de mesa.

La gran metrópoli también contaba con verdes parques de inmensa extensión que eran frecuentados por una gran cantidad de visitantes. Especialmente luego de que algunas administraciones locales habían invertido una buena cantidad de dinero en ellos, haciéndolos más atractivos para grandes y pequeños.

La familia San Clemente, por su parte, realizaba aquel domingo un corto desplazamiento hacia las afueras del costado norte de la ciudad. Se dirigían a un conocido sitio de venta de carnes de res y hamburguesas. Mariana conocía de sobra los gustos de su hijo y, a pesar de que nunca había comprendido qué gusto se le podía encontrar a un pedazo de carne procesada, quién sabe cómo, en medio de un pan cortado por la mitad y acompañado con lechuga y tomate, había aprendido a respetar las preferencias de su hijo.

Spike sacaba la cabeza por la ventanilla del coche de José y ladraba a quienes se encontraban dentro de los otros autos que en el camino rebasaban. En definitiva, no eran ladridos de agresividad o defensa territorial, sino de saludo. El perro aquel se comportaba como si conociera a todos los que se encontraba en su camino. Su comportamiento era perfectamente compatible con las características propias de su raza: juguetón, egocéntrico, consentido e incansable.

Emilio tenía razones para estar feliz ese domingo: lo llevaban a comer su plato favorito, iba acompañado de su complaciente tío y contaba con la presencia de Spike en su primer viaje con la familia a unos veinte kilómetros fuera de la ciudad. No se trataba de un desplazamiento muy largo, pero al menos se darían la oportunidad de oxigenar sus pulmones, respirando un aire nuevo y menos saturado de la contaminación citadina.

Mariana no había abordado, hasta el momento, ninguna conversación con su hijo respecto de los acontecimientos que la habían preocupado tanto en días anteriores. Prefería evitar al máximo cualquier situación estresante; se reprochaba a sí misma por no ser un poco más fuerte para poder enfrentar con valentía a quienes quisiera decirles un par de cosas, pero al mismo tiempo tenía miedo de sí misma. De demostrar esa debilidad de carácter que la caracterizaba, de empezar a llorar antes de haber pronunciado la primera sílaba.

Alguna vez, Alejandra le había dicho con cierta rudeza como producto de un casual desacuerdo: "Lo que te sobra en belleza te falta en carácter, qué lástima que seas tan débil".

Pensar en el futuro le hacía mucho daño. Temía imaginar el día en que le dijeran que su esposo había sido encontrado muerto, no le gustaba plantearse ni por un momento la posibilidad de que Emilio nunca conociera a su padre.

Por otra parte, había sido una mujer muy emprendedora. Administrativamente había logrado mantenerse gozando de cierto estatus que había perdido como producto de la avaricia de algunos abogados que, al verla desprovista de la cercanía de su esposo, inventaron deudas inexistentes y falsificaron documentos para intentar quitarle todo lo que pudieran. Desafortunadamente, los profesionales de la ley, en muchas ocasiones, no son otra cosa que aves carroñeras que vuelan en círculos sobre las fortunas de inocentes y culpables, esperando el momento adecuado para descender sobre ellas y hundir hasta el fondo sus afilados picos, insaciables de lucro, poder y riqueza.

Luego de poco más de dos años de crisis financiera, logró salir adelante de nuevo, reinvirtiendo algunos capitales en negocios que comprendía mejor y dedicando otra parte de su tiempo a su clínica odontológica.

Ella era Mariana, la mujer que ahora bajaba del amplio auto en compañía de su cuñado, mamá, suegra, hijo y, por supuesto, de Spike.

En un restaurante repleto, al fin encontraron un lugar para poder sentarse. Al principio dejaron que el perro corriera por ahí, pero, temerosos de que fuera en dirección a la carretera, le pusieron su collar y lo tuvieron con ellos mientras otras personas que también paseaban a sus animales se acercaban para que se olfatearan un poco.

Se habló de muchas y variadas cosas mientras saciaban su hambre; de la situación económica, de las relaciones con otros países, de los vecinos incómodos, de recetas de comida, de los amigos de Emilio, de eclipses y de los preparativos para la próxima Navidad.

Luego de que Emilio acabara de comer su enorme hamburguesa, José le dijo que fueran un rato a caminar solos, pues debían dialogar. Mariana los observó mientras se alejaban caminando y tranquilizaba, al mismo tiempo, a su pequeño amigo que quería partir con ellos.

—¡Mamá! ¡Isabel! —les dijo Mariana a su progenitora y a su suegra—. José se fue con el niño porque le pedí que le contara toda la verdad respecto de Andrés. Quise hacerlo yo misma, como en tantas ocasiones lo imaginé, pero estoy segura de que, si hablo de eso con el niño, no podría manejar mis emociones y preferí decirle a él que lo hiciera.

El par de abuelas experimentaron humedecimiento en sus ojos, pero ninguna de las dos dijo nada.

—Sé que habíamos pensado conservar esto en secreto —volvió a hablar Mariana luego de un rato de silencio—. Pero la semana pasada me llamaron del colegio y me dijeron que el niño exteriorizó tristeza por no saber nada de su papá.

Me advirtieron que su rendimiento académico es muy bajo y que permanece al margen de sus amiguitos en los espacios de tiempo en que podría jugar. Sin embargo, lo que me llevó a tomar esta determinación fueron tres hojas de citación que Emilio no me entregó, en el revés de las cuales escribió esto.

Mariana dejó caer sobre la mesa tres maltratadas hojas. Elvia e Isabel las tomaron en sus manos y leyeron las letras, relativamente grandes, con las que el pequeño había confeccionado sencillas frases que exteriorizaban por escrito lo que por su boca no se había atrevido a decir:

> *¿Dónde estás, papá?*
> *¿Por qué nos abandonaste?*
> *¿Qué hice para que no me quieras? Sea lo que sea, perdóname.*

Isabel intentaba no romper en llanto, aunque su rostro se descompuso. Cubrió sus ojos con un pañuelo desechable de color blanco. Elvia frotaba el brazo de su consuegra para poder dar un poco de alivio, a pesar de que tampoco podía articular palabra.

—¿Hasta cuándo durará esta tortura? ¿Hasta cuándo? —dijo Isabel con evidente tonalidad de reproche.

—Yo he orado tanto. Le he dicho al Señor del cielo que estoy dispuesta a dar hasta mi propia vida, de ser necesario, con tal que acabe ya este dolor tan insoportable —complementó Elvia.

—¿Será que esa gente nació desprovista de corazón? ¿Será que no tienen sentimientos? —reprochó nuevamente Isabel.

—Pobre mi criatura —dijo Elvia mientras observaba a lo lejos a su nieto que escuchaba a su tío.

Mariana esta vez se conservaba más serena. De seguro que ya había tenido mucho tiempo para llorar desde que las hojas llegaron a sus manos. De seguro que ahora su comunicación sería diferente con Emilio y no tendría que estar inventando cada historia para justificar la permanente y prolongada ausencia de su padre. Eran muchas las cosas que transitaban por la mente de la joven madre mientras las dos ancianas se lamentaban, se quejaban y lloraban.

"¿Qué le estará diciendo José?", se preguntaban mientras los observaban.

Mientras tanto, a unos cuantos metros, José hablaba con su sobrino.

—¡Hola, campeón!

—¡Hola, tío!

—¿Cómo te ha ido en el colegio?

—Bien. Creo.

—¿Bien? —insistió José.

—Tal vez no muy bien —dijo el niño, desplazando su mirada al piso.

—Y... ¿por qué crees que no tan bien?

—No sé.

—Dime: ¿piensas mucho en tu papá?

—Me hace mucha falta... —respondió Emilio.

—¿Te has sentido triste?

Emilio asintió con la cabeza.

—Millo... Es precisamente de tu papá que quiero hablarte.

—¿Sabes dónde está?

—Sí... O mejor dicho... no. Sé lo que le sucedió y te lo voy a contar. Pero antes debes prometerme que serás fuerte.

—Lo prometo, tío.

—Millo, mi niño, en nuestro país existe un grupo numeroso de hombres malos que secuestran a otros.

—¿Secuestran? ¿Qué es eso?

—Secuestrar es llevarse a otros a un lugar desconocido y pedir algún tipo de beneficio a cambio de la libertad. Hace tiempo, tu papá fue interceptado en su coche por unos hombres malos que estaban en su camino y se lo llevaron.

—¿A dónde?

—No lo sé, Millo. Nuestro país es grande, mide más de un millón de kilómetros cuadrados y casi la mitad es selva. Se nos ha dicho que podría estar allá. No te habíamos dicho nada porque pensábamos que estabas muy pequeño para saberlo, pero tu mamá decidió que ya era el momento de que lo supieras. Tu papá está secuestrado.

—¿Sabes hasta cuándo? —preguntó ingenuamente el pequeño.

—No. Espero que muy pronto sea liberado, pero hay una cosa que sí sé.

—¿Qué?

—Que tu papá te quiere mucho, Emilio. Que desafortunadamente no ha podido estar a tu lado durante todo este tiempo, pero te ama con todo su corazón.

—¡Yo también lo amo!

—Lo sé, Millo, lo sé. Y estoy seguro de que él también lo sabe. Nunca vuelvas a pensar que te equivocaste o que él te abandonó a ti y a tu mamá. Esto no ha sido fácil para ninguno de nosotros.

—¿Hace cuánto se lo llevaron?

—Hace más de seis años.

—¿Por qué hay gente tan mala?

—Es un problema muy complejo, Millo. Ellos creen que los malos somos nosotros.

—Pero nosotros no los secuestramos a ellos. ¿O sí?

—No, mi niño, secuestrar es delito.

—¿Y esos hombres malos saben que mamá llora y que a mí me hace falta papá?

—Sí, lo saben. Eso hace más grave su falta.

—Tío..., ¿puedo hacer algo para que liberen a papá?

—Ora, Emilio, y nunca pierdas la fe.

—¿Podría hacer algo más? —insistió el pequeño.

—¿Algo como qué, Emilio?

—No sé... Ir a buscarlo, hablar con la policía, qué sé yo.

—No es tan fácil, Emilio. De todas maneras, hay gente que lo busca y la policía ya sabe que está privado de su libertad. Nosotros no podríamos buscarlo, pues, para empezar, no sabemos dónde se encuentra exactamente. Además, allá no hay caminos y existen muchos animales peligrosos. Pero tu papá es muy valiente y un día volverá. Te aseguro que volverá.

—Tío, ¿tú también lo quieres?

—Sí, Emilio, lo quiero mucho, pero... nunca se lo dije —por primera vez, Emilio observó a su tío conmovido.

—Háblame de él.

—Andrés era hijo único hasta que llegué yo. Tus abuelitos se preocuparon porque pensaron que Andrés me rechazaría, dado que todo el cariño era para él. Sin embargo, fuimos muy buenos hermanos. Compartíamos nuestros juegos a pesar de que es tres años mayor que yo —José sonrió—. Recuerdo un día que quisimos jugar a las competencias sobre patines, pero ninguno de los dos tenía patines. Entonces llenamos un balde con agua y agregamos detergente. Luego esparcimos el líquido jabonoso por todo el piso de la casa y así diseñamos nuestra propia pista de patinaje. Jugamos toda la mañana hasta que al mediodía llegaron tus abuelos —José empezó a reír a carcajadas y prosiguió—. Tu abuelo consiguió sostenerse de la puerta o de lo contrario habría caído en el piso a causa del jabón que lo hacía resbalar. Tu abuela se sostuvo de él porque también resbaló y, con su peso, se lo llevó al suelo. Parecía como si ambos estuvieran embriagados —Emilio y José reían mientras avanzaba el relato—. Intentaban incorporarse y volvían a caer. Recuerdo que mi papá decía: "¡Por todos los santos! ¿Qué pasó aquí?". Al fin, papá se quitó su suéter de lana, lo dejó en el piso y se paró sobre él para no perder más el equilibrio. Al rato nos llamaron a mi hermano y a mí para amonestarnos por nuestra falta, pero, apenas empezaba a hablar uno de tus abuelos, el otro se reía. Sin embargo, durante dos fines de semana no nos llevaron al parque, al cine o a comer helado que tanto nos gustaba. A cambio nos llevaron a la biblioteca a leer libros respecto de la buena costumbre de la obediencia a los padres y el valor de portarse bien.

—Ustedes eran muy traviesos, ¿verdad?

—No te imaginas todas las diabluras que hicimos. Ya tendré tiempo para seguir contándotelas.

—Me gustaría jugar con papá.

—Ya llegará el día en que podrás hacerlo. Mientras tanto, permíteme a mí jugar contigo.

Emilio contestó positivamente a la solicitud de su tío dándole un fuerte abrazo. Una vez que José aprisionó suavemente la cabeza de su sobrino entre sus brazos, sintió que Emilio empezaba a llorar. Se lo permitió durante unos instantes para luego acercar su cabeza a la del pequeño y decirle tiernamente al oído:

—Perdóname por no ser tu padre.

El camino de regreso a casa estuvo marcado por un ambiente un tanto cargado de silencio. Una novedad viajaba con todos ellos de regreso... Emilio sabía la verdad. Habría que esperar los efectos de la asimilación de la noticia y, aunque Mariana intentaba huir de la penosa tarea de dialogar de un tema tan espinoso con Emilio, esta vez tendría que hacerlo.

El perro era el único que emitía sonido y, en últimas, fue el responsable de que hubiera un poco de diálogo cuando al fin Elvia le dijo: "¿Te podrías quedar callado cinco minutos, pequeño bribón?".

Luego de muchos ladridos más y de unas que otras palabras que al final emergieron en el silencioso camino de retorno, José se encargó de dejar en casa a Mariana, al niño y al perro.

Disponiéndose a entrar de nuevo, Mariana observó que se acercaba su vecina Ana, la veterinaria, acompañada de su mascota Leila. Decidió esperar unos segundos para saludarla, pues estaba muy agradecida con el servicio que le había prestado respecto de las vacunas y los cuidados de Spike.

—¡Hola, doctora! —saludó Mariana.

—¡Hola! ¿Cómo te va? —respondió Ana.

—Bien, gracias. ¿Sacando a tu perrita de paseo?

—¡Sí! Bien sabes que esto es actividad de todas las noches.

Leila y Spike jugueteaban y se mordían suavemente mientras las dos señoras intercambiaban unas palabras. Emilio se reía al observarlos.

—Es cierto. A mi perro no lo saco más porque hoy estuvo todo el día de paseo.

—¿Ah sí? ¿A dónde fueron?

—A las afueras de Bogotá. Un lugar donde Emilio es feliz comiendo hamburguesa.

—Pues qué bueno. A la que le toca salir mañana de la ciudad es a mí —afirmó Ana.

—¿A dónde vas? —preguntó Mariana.

—Todavía no sé. Resulta que mañana lunes empieza una brigada de salud animal en todos los pueblos cercanos a la ciudad. Vamos a ir a vacunar perros y gatos domésticos, pero el lugar específico dependerá del equipo en el que me incluyan. Eso lo sabré mañana, cuando me presente en el ministerio, de ahí partiremos todos los veterinarios.

—¡Qué interesante! No sabía de la existencia de esas brigadas.

—Bueno, es un plan piloto que adelanta el Ministerio de Salud para prevenir propagación de enfermedades en animales. Solo espero que Leila se sepa comportar porque mañana le tocará permanecer sola todo el día en casa.

—¿Sola? ¿Y por qué no la dejas en mi casa? —sugirió Mariana.

—¡Sí! ¡Sí! ¡Sí! ¡Que se quede! —dijo Emilio, visiblemente emocionado.

—¡No! Créame que no quiero perturbar la paz de su hogar. Además, Leila suele ser muy inquieta.

—¿Inquieta dices? No creo que ningún perro le pueda ganar en inquietud a Spike. Además, se entienden de maravilla. Solo míralos.

Ambos canes jugueteaban.

—Señora, créame que me da mucha pena generar molestias —respondió la joven veterinaria.

—¡Insisto! Aquí estará muy bien y además... me encantan las visitas —bromeó Mariana.

—Bueno, acepto y le agradezco mucho. Pasaré por acá en la mañana para dejarla.

—¡Yupi! Mañana tendré dos perros para jugar —dijo Emilio.

—¡Claro que sí! Las espero —concluyó Mariana.

—Gracias de nuevo y hasta mañana, señora San Clemente.

—Feliz noche, doctora.

—Chao, Emilio… Chao, Spike… Nos vemos mañana —dijo Ana mientras se alejaba.

Efectivamente, al otro día, muy temprano, Ana Salavarrieta sonó el timbre en la puerta de la casa San Clemente para dejarles a su mascota. Luego de dar algunas instrucciones respecto de la cantidad de concentrado que se le debía dar a su perra, ella se fue, no sin antes insistirle a Leila que no hiciera ningún destrozo.

La luz del sol apenas empezaba a aclarar el cielo. Una nueva y dinámica mañana capitalina estaba a unas horas de empezar. ¿Qué novedades traería consigo esta nueva jornada del calendario? Esa es una pregunta para la cual, seguramente, todos quisiéramos tener respuesta.

8

EXTRAÑOS COMPORTAMIENTOS

Mariana, como de costumbre, maquillaba su rostro todos los días a esa hora de la mañana. No siempre había sido tan madrugadora, de hecho, antes del nacimiento de Emilio, dormía demasiado y se dedicaba a atender pacientes en su consultorio únicamente en horas de la tarde. A su trabajo como odontóloga lo desarrollaba más con una finalidad social que como condición necesaria para el sostenimiento económico de su hogar. Andrés ganaba dinero de sobra para responder a las necesidades económicas de la familia y, en el sentido monetario, era un hombre muy generoso.

La llegada de la cigüeña fue el acontecimiento encargado de empezar a modificar los horarios de la joven progenitora. Debía levantarse de su lecho cuando el niño lloraba. Usualmente, no había necesidad de que el niño emitiera ningún sonido para que se levantara a darle un vistazo. Ella había cometido el error de leer en Internet un extenso capítulo que trataba de los peligros que corren los recién nacidos. Uno de ellos era el síndrome de la muerte súbita, que consiste en que el recién nacido muere sin causa aparente, de manera repentina y completamente inesperada. Suele suceder en el primer año y, muy especialmente, antes de los seis meses de vida. Simplemente, el bebé es encontrado muerto, dado que sucede preferencialmente en cualquiera de las prolongadas horas de sueño del neonato.

Fue tan negativo el impacto de esta lectura en el recién estrenado instinto maternal de Mariana en aquel entonces que se levantaba hasta seis o siete veces para observar que las fosas nasales del niño conservaran ese sutil movimiento de inhalaciones y exhalaciones que le garantizaban que Emilio estaba vivo.

Andrés, mientras tanto, dormía tan profundamente que muy rara vez se percataba de las frecuentes labores de inspección nocturna de su esposa.

No pasaría más de un año luego del nacimiento del niño cuando otro acontecimiento, esta vez para nada positivo, modificaría aún más la cotidianidad de vida de Mariana: el secuestro de su esposo.

Luego de los más de tres meses que le costó asimilar esa nueva situación de vida, se dio cuenta de que debía luchar en contra de la dura adversidad. Había una razón supremamente poderosa para no desfallecer: aquel que no hacía otra cosa diferente a comer, dormir, llorar y ensuciar pañales.

Por tanto, empezó a atender en su consultorio desde las diez de la mañana y algunas horas de la tarde, pero con el tiempo se dio cuenta de que debía dedicar menos tiempo a la atención de sus pacientes, ya que había incursionado en algunos negocios con el propósito de hacer rendir un poco más su dinero. Así, las primeras horas de la jornada las dedicaba a la supervisión de algunos locales y al manejo de asuntos meramente económicos. Luego, desde las dos de la tarde atendía en su exclusivo consultorio ubicado en la zona norte de la ciudad.

Seis años después del secuestro de su esposo, vivía en un lugar diferente, que de alguna manera no le recordaba los meses de constante pesadilla en que le parecía ver a Andrés caminando por todas partes, algo así como el fantasma de quien aún no ha muerto. Precisamente, la misma casa en donde ahora encrespaba sus pestañas y agregaba un poco de color a sus blancos párpados.

A diferencia de otros días, la mañana se sentía mucho más agitada que de costumbre. Desde que Leila llegó a tempranas horas del nuevo día, no habían parado de jugar y perseguirse por todas partes con Spike.

Fue particularmente difícil enviar a Emilio al colegio. Insistió tanto en quedarse que Mariana estuvo a punto de dar su brazo a torcer, pero, al fin, el niño entendió que no era conveniente perder un día de clases y que contaba con toda la tarde para jugar con su mascota y con Leila.

A las ocho de la mañana, Luz Marina llegó a casa para empezar su acostumbrada jornada de trabajo.

—Hola, Luz Marina —saludó Mariana.

—Buenos días, doña Mariana.

—Te tengo una sorpresa. Hoy no tendrás un compañero, sino dos.

—No me diga que compró otro perro, señora Mariana.

—No. En realidad, tenemos visita.

Mientras seguían hablando, Leila pasó a toda velocidad delante de las dos conversadoras mujeres. Llevaba una pelota de caucho en su hocico. Spike la perseguía graciosamente, intentando darle alcance. Patrona y empleada se miraron y sonrieron al tiempo.

—Creo que hoy tendré una jornada bastante agitada, señora Mariana.

—Será solo por hoy. Sucede que la veterinaria pensaba dejar sola a la pobre perra. Me dio mucho pesar. No me resistí a pedirle que la dejara acá. Emilio se puso tan feliz que hasta me insistió en no asistir al colegio, pero no se lo permití.

—Ya me los imagino a los tres cuando el niño llegue del colegio en la tarde. Esto va a ser un desorden total —dijo la empleada con cierto aire de resignación.

—Fíjate, Luz Marina, que esto me cayó de perlas. Será como una válvula de escape para Emilio. En vista de las hojas que me entregaste la semana pasada, ayer domingo le pedí a José que le contara al niño toda la verdad respecto de su papá.

—Y... ¿cómo lo asumió el niño, señora Mariana?

—Creo que bien. Aunque a veces pienso que a Emilio le cuesta tanto trabajo como a mí exteriorizar libremente sentimientos de tristeza. Sin embargo, José me dijo que el niño lo abrazó y lloró un buen rato. Veremos más adelante cómo le va en el colegio porque este periodo sus calificaciones no serán muy buenas —Mariana guardó silencio un momento y prosiguió, un poco alterada—. ¡Oh! Pero qué tonta soy.

—¿Por qué dice eso, señora?

—La semana pasada estuve con la psicóloga del colegio y me dijo que no contaban con mi nuevo número celular. Luego me sentí un tanto conmocionada y salí de allí casi corriendo, por lo que me olvidé de actualizar esa información. La llamaré hoy mismo.

—Sí, señora, creo que es muy importante que lo haga.

—Bueno, me voy. Cuando llegue el niño, pídele que haga sus tareas, aunque, para serte franca, no creo que se dedique a otra cosa diferente de atender la visita.

—Haré lo que pueda, señora —respondió sonriendo la empleada.

—Procura hacerme un pastel de zanahoria que tanto me gusta.

—Con gusto, doña Mariana. Ojalá que la visita no me quite el tiempo que necesito para hacer mis labores.

El par de perros hacían ruido en la segunda planta, pero cuando Mariana abrió la puerta para marcharse, ambos canes bajaron a toda velocidad. La apresurada mujer logró cerrar la puerta antes de que los hiperactivos amigos lograran salir. Ambos olfatearon un poco por la rendija inferior. Spike ladró unas cuantas veces, pero, luego de unos segundos, salió corriendo de nuevo detrás de su traviesa amiga.

La empleada se encaminó a la cocina, donde habitualmente calentaba un poco de café y comía unas dos o tres galletas de avena antes de empezar las actividades de orden y limpieza de la casa. Luz Marina había sido una mujer muy honrada y fiel a lo largo de sus años de trabajo para la familia San Clemente. Sabía de sobra que su patrona la apreciaba mucho y se esmeraba día a día para que las cosas siempre estuvieran bien hechas.

Ella fue muchas veces el paño de lágrimas para su empleadora y muchas otras fue compañera de dolor para toda la familia. Aunque había que ser francos: su experiencia de frente al señor San Clemente no había sido, en absoluto, agradable.

Él la trató muy mal en repetidas ocasiones. Luz Marina no había podido olvidar aquella tarde en la que lloró desconsoladamente luego de que le gritara y ella le exigiera un poco más de respeto y mejor trato, a lo cual él contestó en textuales palabras: "Si no le gusta, lárguese de una vez. Sirvientas es lo que sobra en este país".

Esa fue solo una de tantas veces que la agredió verbalmente hasta que, un día, las ofensas fueron tantas y tan graves que la buena mujer decidió redactar una sencilla carta de renuncia en aquella inolvidable mañana septembrina del año 2000.

Recordaba ese día como si hubiera sucedido apenas unas semanas atrás. Cuando llegó a su lugar de trabajo, notó muchísima agitación. Había vehículos de la policía frente al enorme portón de ingreso a la casa; varios hombres con uniformes policiales entraban y salían. La empleada intentó entrar a casa cuando su camino fue obstaculizado por un hombre alto y fornido de prendas oscuras que muy secamente le preguntó quién era ella. Al responderle que era una de las ayudantes de servicios domésticos, dado que no era la única, le autorizó que ingresara y le advirtió que, más tarde, también ella debería responder a un interrogatorio.

Cuando ingresó a la enorme mansión, con la cabeza llena de interrogantes, recordaba haber visto a Mariana, que estaba sentada en una silla y contestaba las preguntas con las que dos hombres la bombardeaban.

"¿A qué hora la llamaron? ¿Cuántas llamadas le hicieron? ¿Sabe usted de alguna amenaza que Andrés haya recibido en los últimos días, semanas o meses? ¿Notó comportamientos poco usuales en su esposo? ¿Se percató de la presencia de algún extraño merodeando la casa en los últimos días? ¿Ha recibido algún tipo de carta o nota fuera de lo usual? ¿Sospechaba de alguna manera alguna infidelidad por parte de su marido?".

Luz Marina imaginó entonces que el señor San Clemente había sido asesinado, pero al mismo tiempo no le parecía que la actitud de su patrona fuera la de una mujer que recién se ha enterado de la muerte de su marido. Se veía angustiada y atemorizada, pero las pocas respuestas que alcanzó a escuchar no le daban claridad respecto del suceso que había provocado semejante alboroto.

La recién contratada empleada en aquel entonces (a lo sumo tres meses) se percató de la presencia de la señora Isabel, quien caminaba de un extremo a otro del cuarto de entretenimiento con el bebé en sus brazos. Luz Marina se atrevió a saludar a la evidentemente preocupada señora y preguntó a qué se debía tanta agitación. Sin pensarlo mucho, la abuela del niño respondió: "Póngase a rezar mucho, mujer... ¡Secuestraron a mi hijo!".

Luz Marina recordaba, un tanto arrepentida, eso sí, que su primer sentimiento no fue de solidaridad con su patrona ni con la suegra de esta. Pensó: "Al fin va a recibir su merecido el porquería ese. Yo qué me voy a poner a rezar para que lo suelten; por mí que lo tengan un año por allá para que deje de ser tan desgraciado".

Sin embargo, ahora, la hacendosa mujer había logrado purificar su alma de los rencores del pasado y en varias ocasiones había deseado de corazón la pronta liberación del señor San Clemente. Ya no importaban los errores pretéritos, importaba la familia del presente que anhelaba el retorno de Andrés para que se incorporara de nuevo al calor del hogar que lo extrañaba y necesitaba.

Luz Marina recordaba esto y algunas cosas más mientras acababa de lavar y secar los trastes que habían sido utilizados en la jornada anterior.

El lunes era uno de los días más pesados de toda la semana. Había ropa sucia acumulada que debía lavarse y plancharse. Era día de barrer la totalidad de la casa, pasar el trapero, limpiar vidrios, hacer brillar los espejos, purificar los sanitarios, enjabonar las baldosas y aspirar la superficie de los muebles que últimamente acumulaban más suciedad a causa del pelo que inevitablemente caía del perro.

—¡El perro! —pensó Luz Marina en voz alta.

Desde hacía varios minutos no escuchaba absolutamente nada. "¡Qué extraño!", pensó. "Y saber que hace poco rato estaban haciendo semejante desorden por toda la casa". La empleada creía que en ese aspecto los canes son como los niños. No hay necesidad de preocuparse cuando los pequeños juguetean, gritan y hacen ruido, pero cuando se callan, cuando no emiten ningún tipo de sonido, es sospechoso. Nada bueno deben estar haciendo.

Empezó a recorrer la casa, pero no llamó a ninguno de los dos. Se trataba de descubrirlos con "las patas en la masa". "¿Qué diablura perruna estarán haciendo?", pensaba. Una vez explorado el segundo piso, se percató de que definitivamente allí no estaban. Bajó de nuevo para buscar en el primer piso, pero tampoco los encontró. El único lugar donde faltaba observar era el patio. Se acercó de puntitas hasta la ventana, que permitía una panorámica del relativamente amplio lugar. Permaneció a poco más de un metro de la cortina que no obstaculizaba considerablemente la perspectiva en horas de luz.

Los dos canes estaban sentados; reposaban sus cuerpos sobre sus respectivos traseros en la verde hierba. Su posición corpórea evocaba la figura de una A mayúscula. Luz Marina los observaba. Nunca había visto dos perros así. De alguna extraña manera parecía que estuvieran hablando. Si bien no se percibía nada en sus hocicos, los movimientos de sus respectivas cabezas eran exactamente iguales a los de dos sujetos que se sientan a dialogar durante un largo periodo de tiempo. Había definitivamente un lenguaje corpóreo, no cabía la menor duda. La empleada doméstica, luego de unos dos minutos, sintió como si un viento frío le erizara la piel y experimentó una evidente sensación de miedo... No aguantó más.

—¡SPIKE! —llamó con voz muy fuerte.

Los dos perros saltaron como asustados y acto seguido se dirigieron hasta donde ella se encontraba, batiendo enérgicamente sus respectivas colas. Nuevamente jugaron como antes lo estaban haciendo, corrieron rodeando el cuerpo de su temporal cuidandera que intentaba dar una respuesta racional a aquello que acababa de observar.

—¿Será que me estoy volviendo loca? —pensó de nuevo en voz alta.

Luz Marina ajustó bien la puerta de acceso al patio, de tal manera que los perros no pudieran volver a salir. Retornó a la cocina, caminando lentamente, pues las piernas le temblaban como cubos de gelatina. Se sentó de nuevo en una silla de madera y se sirvió una taza rebosante de café negro que bebió sin azúcar.

9

EL CÍRCULO

¿Cómo se llama el personaje aquel que aseguró que no existe nada imposible? ¿Cuál era el escritor aquel que desarrolló muy extensivamente un completo ensayo respecto de la capacidad de asombro en el ser humano? Parece que en ocasiones existe una cierta, perceptible, relativa o completa disparidad entre aquello que decimos que creemos y lo que creemos en realidad.

Y, hablando de realidad..., sucedían cosas que realmente eran muy extrañas en aquella urbanización.

—Señora Mariana.

—¿Qué quieres, Luz Marina?

—Le informo que el próximo jueves no llegaré temprano porque solicité una cita médica y el único horario disponible para que me atendieran era a las ocho y media de la mañana.

—¿Cita médica? ¿Qué te sucede, Luz Marina? No te he visto enferma.

—Aparentemente, doña Mariana, pero me han sucedido cosas raras que quiero consultar con el doctor.

—Está bien. Llega entonces a la hora que puedas —concluyó Mariana.

Dicen las malas lenguas y aquellas que no lo son que se debe tener mucha prudencia con las cosas que se dicen en voz alta. Algunas casas corren con la mala fortuna de una acústica tan envidiablemente buena que lo que se dice en cualquier lugar se escucha hasta en el rincón más recóndito de la estructura. Es precisamente por esa razón o circunstancia que alguien acuñó aquella típica frase de advertencia tan famosa en varios países y tal vez en el mundo entero: "¡Cuidado! Aquí hasta las paredes oyen".

Muy difícilmente se habría podido llegar a la comprobación científica que corroborara la capacidad auditiva de las paredes de la casa San Clemente, pero muy fácilmente se podría comprobar que un perro de color gris y pelaje blanco en sus patas había escuchado muy bien la conversación entre Mariana y su fiel empleada doméstica.

Tal vez, al interior de esta casa se debía acuñar una nueva advertencia: "¡Cuidado! Aquí hasta los perros escuchan".

Llegadas las horas de la noche, Mariana y Emilio esperaban que el reloj de péndulo, ubicado en la sala, sonara las ocho campanadas que anunciaban el paseo nocturno del miembro más pequeño del hogar. Esa noche, el perro mostró más agitación que nunca cuando Mariana se acercaba con el collar en las manos.

El recorrido era muy simple. Se trataba de caminar dos cuadras hasta llegar al parque de juegos ubicado en el centro de la urbanización. Allí daban una vuelta completa al área verde, permitían al canino hacer sus necesidades, luego recogían sus excrementos en una bolsa plástica y retornaban a casa para entregarse a la noche de merecido descanso.

Usualmente se encontraban con la doctora Ana que, a su vez, era acompañada con relativa frecuencia por su novio al también necesario y acostumbrado paseo de Leila.

Madre e hijo notaron al perro muy ansioso. Halaba con todas las fuerzas que su pequeño cuerpo le permitía.

—¡Spike! ¿Qué te pasa? —preguntó Mariana.

El perro seguía halando. Cuando llegaron al parque, el pequeño *schnauzer* parecía estar buscando algo por todas partes.

—¿Qué le pasa al perro, mamá? —preguntó Emilio.

—No lo sé, hijo. Hoy está comportándose muy extraño.

Completada la vuelta al parque, Mariana se encaminó a casa con sus dos acompañantes, pero ahora Spike se negaba a regresar.

—Y bien, Spike, ¿qué fue lo que comiste hoy que estás tan raro? —le volvió a preguntar la mujer.

Casi a la fuerza volvían a casa mientras el cuadrúpedo trataba de aferrarse al piso con sus pequeñas patas. Mariana se agachó y lo alzó en brazos. El perro parecía querer soltarse, pero finalmente se calmó.

Ana y su novio venían caminando en dirección al parque mientras Leila marcaba territorio en el mismo poste donde lo hacían al menos unos ocho perros más. Mariana, por su parte, colocó al pequeño gris nuevamente en el piso gracias a que de un momento a otro había recobrado la serenidad.

Las dos vecinas se detuvieron para intercambiar algunas palabras. Ana aprovechó para agradecer de nuevo la deferencia que habían tenido al cuidar una jornada a su mascota.

Nuevamente, sin mover sus hocicos y comportándose lo más perrunamente posible, los perros se comunicaron con una intensidad de sonido totalmente imperceptible al oído humano.

—Hola, Leila.

—Hola, Spike. ¿Qué hay de nuevo?

—El próximo jueves me quedaré solo en casa. La empleada pidió cita al médico a las ocho y media de la mañana. Por lo tanto, creo que llegará más o menos a las diez de la mañana —dijo Spike mientras le olía el trasero a su amiga.

—¡Perfecto! Se lo diré a Lola —respondió Leila mientras suavemente le mordía una oreja.

—¿Crees que habrá tiempo suficiente para contarles todo?

—Al menos estoy segura de que seremos escuchados.

—Ojalá que nos ayuden y que nuestra solicitud sea aceptada.

—Bien lo dices. Ojalá que así sea.

—¿Podrá Lola ir con nosotros?

—Creo que sí, sus amos trabajan todo el día. Regresan a casa hasta casi entrada la noche —Leila lo empujaba con una pata.

—¿Cómo está Luz Marina? —prosiguió Leila.

—Me mira con cierta desconfianza y creo que la solicitud de la cita médica fue culpa nuestra. Parece que nos excedimos en nuestra imprudencia —respondió Spike mientras le mordía su peluda cola.

—Sí. Debemos proceder con más cuidado —agregó Leila.

Las dos vecinas se despidieron, deseándose buenas noches. Los dos canes hicieron otro tanto.

—Hasta luego, Leila.

—Hasta luego, Spike.

La mañana del jueves anticipaba una jornada llena de sol. El canto de los pájaros también era perceptible en la gran ciudad y, como de costumbre, el ruido de los motores, las bocinas de los autos y el humo de buses y camiones también hacían parte del alborotado ambiente del distrito capital.

A las ocho de la mañana, Spike salió de la casa por una ventana de la cocina que siempre permanecía abierta. Caminó en dirección a la esquina sur, donde Leila lo esperaba paciente hacía pocos minutos. Luego de saludarse, caminaron juntos hasta la casa de la familia Guillén, los dueños de Lola. Ella los esperaba frente a la puerta del antejardín.

—¿Pudiste avisarles, Lola? —preguntó Leila.

—¡Sí!... Ya nos deben estar esperando. Pero ¿cómo es posible que yo no estuviera enterada de todo esto? Esa familia me parecía tan normal. Siempre pensé que el caballero de barba era el esposo de Mariana.

—No, el caballero de barba se llama José, es hermano de Andrés y tío de Emilio —intervino Spike.

—Lo sé, Leila me lo contó todo —dijo Lola—. Escúchame bien, Spike. Los miembros de este consejo territorial, al igual que los de todos los consejos sobre la faz de la Tierra, son tres. Ellos nos escucharán y tal vez nos darán una alternativa de solución, pero nada de esto es seguro.

—Es cierto. Procura ser prudente con lo que dices y no los contradigas —recomendó Leila.

—Está bien. ¿Cómo se llaman? —preguntó Spike.

—No te preocupes por eso, ellos mismos se presentarán.

Los tres canes siguieron dialogando mientras marchaban al trote unos ochocientos metros hasta llegar al lugar acordado para la cita. Se trataba de una casa en obra negra que alguien empezó a construir, pero dejó inconclusa.

Antes de ingresar, los tres perros, Spike, Leila y Lola, orinaron al frente de la construcción. Se trataba de una usanza canina para anunciarse por medio del olor de sus correspondientes micciones.

Uno detrás de otro, ingresaron al lugar acordado para iniciar la reunión. Los tres miembros del consejo ya los estaban esperando, debida y elegantemente sentados sobre una no muy alta plataforma de bolsas de cemento puro. De igual manera, los tres visitantes se sentaron frente a ellos; Spike en el centro, Leila a su derecha y Lola a su izquierda.

—¡Buenos días, hermanos caninos! —dijo uno de los miembros del consejo.

—¡Buenos días! —respondieron al tiempo los tres recién ingresados.

—Iniciemos como siempre debemos hacerlo, con el aullido que distingue a nuestra especie —dijo otro de los miembros.

Luego de unos instantes, los seis perros presentes bajaron su cabeza, inhalaron aire, la levantaron de nuevo y dejaron emerger de lo más profundo de sus pechos el aullido de saludo canino para ocasiones solemnes.

A los dos segundos de aullido, Spike desentonó estrepitosamente. Inmediatamente, todos interrumpieron el ceremonial gesto. Leila tuvo que contener una carcajada fingiendo una falsa tos.

—Hermanos caninos... —habló el *rottweiler*—, en vista de la asistencia de un nuevo perro a una sesión extraordinaria, en primera instancia nos presentaremos. Como en este momento yo he tomado respetuosamente la palabra, me permito presentarme en primer lugar, esperando que por esto ninguno de los otros dos miembros de este distinguido consejo se sienta agredido, dado que la finalidad última de nuestra reunión es la de fortalecer nuestros vínculos de hermandad canina y procurar el bienestar para todos y cada uno de los miembros de nuestra especie. De igual modo, quiero agregar...

—¡Óscar! —interrumpió el pastor alemán—. ¡Ya basta! ¡Preséntate de una buena vez!

—¡Oh, sí! Perdón. Suele sucederme que en ocasiones me vuelvo demasiado extensivo y, por esto, me permito presentarles disculpas. Ya que, no siendo mi objetivo ni mi deseo ni mi intención la de molestar a ninguno de mis hermanos...

—¡ÓSCAR! —interrumpió de nuevo el pastor.

—¡Oh, sí!... Mucho gusto, mi nombre es Óscar y pertenezco a la gloriosa raza de los *rottweiler*.

—Buenos días. Mi nombre es Bruno y pertenezco a la raza de los pastores alemanes.

—Buenos días, honorables hermanos. Mi nombre es Li y pertenezco a la raza china de los *chow chow*. Bienvenidos. Nuestro consejo territorial se llama El Círculo. Esto lo digo porque noto que hay un canino nuevo entre nosotros. ¿Podrías presentarte? —preguntó al tiempo que dirigía la mirada al más pequeño de los presentes.

—¡Sí! ¡Por supuesto! Mi nombre es Spike y pertenezco a la raza de los *schnauzer* miniatura.

—En nombre de El Círculo, recibe nuestra cordial bienvenida, pequeño amigo —dijo Li.

—Muchas gracias —respondió Spike.

—Dígannos, por favor, ¿cuál es el asunto por el que nos han citado de manera tan urgente? —preguntó Óscar.

Lola tomó la palabra y dijo:

—Un acontecimiento muy grave venía sucediendo en nuestro territorio, bajo nuestros potentes olfatos, y desafortunadamente permanecía tan bien escondido que ningún canino se había percatado de la triste situación.

Leila prosiguió.

—Es verdad. Hace unas semanas, Spike fue incorporado a la familia San Clemente, constituyéndose en el primer testigo canino de la terrible dificultad de sus nuevos dueños.

—¿Cuál es esa dificultad de la que ustedes nos hablan? —preguntó Li.

—Sucede que, hace más de seis años, el padre de Emilio, Andrés, fue secuestrado por un grupo guerrillero —contestó Lola.

—Esos hijos de...

—¡Bruno! Ni siquiera pienses pronunciar ese tipo de expresiones en mi presencia —amonestó fuertemente Óscar.

—Pero... ¿Por qué no nos habíamos enterado de tan particular situación? —preguntó nuevamente Li.

—Sucede que, cuando esto ocurrió, la familia San Clemente no vivía bajo la jurisdicción de El Círculo —respondió Leila.

—Puede que tengas razón, Leila, pero el consejo de la jurisdicción anterior estaba en la obligación de informarnos —replicó Bruno.

—Eso tiene explicación —aseguró Lola.

—Explícate entonces —solicitó Óscar.

—Los San Clemente vivieron muy corto tiempo en la casa anterior y, después del secuestro, Mariana no soportaba la idea de seguir habitando ese lugar. Dicha casa estaba ubicada en un terreno de muy alto valor, pero hasta ahora empezaba a urbanizarse, por lo que, ante la presencia de no más de cinco familias, todavía no contaban con jurisdicción canina vigente que pudiera dar alguna información respecto de lo sucedido. Es más, ese territorio solo pudo consolidar consejo jurisdiccional hasta unos ocho meses después de que los San

Clemente se marcharon. Dicho consejo fue instituido con el nombre de El Núcleo —concluyó Lola.

—Gracias, creo que tu explicación fue muy clara —dijo Li.

—¿Alguien sabe al menos el lugar aproximado donde esos delincuentes retienen a Andrés? —preguntó Bruno.

—¡No! El lugar exacto no se sabe. Tampoco el aproximado —respondió Spike—. Las informaciones dadas por la guerrilla respecto de la ubicación de sus retenidos suelen decir que se encuentran en algún lugar de las montañas o de las selvas del país. Obviamente, sería completamente absurdo que dieran su posición exacta.

—En conclusión, la situación no podría ser más difícil —expresó Bruno.

—Precisamente por eso, por lo difícil de la situación, hemos querido convocar al consejo. Deseamos solicitar formalmente la ayuda de la hermandad canina para buscar alternativas de solución —explicó Lola.

—Te entiendo bien, Lola —aseguró Óscar—, pero esto no se trata de una pelota perdida en los matorrales o de un invidente al que debamos asistir o de un terreno que debamos proteger. Esto es un asunto verdaderamente grave que escapa incluso a los alcances de nuestras jurisdicciones.

—¿Quieres decir que no se puede hacer nada? —preguntó el *schnauzer*.

—¿Nada? Esa palabra no es una correcta respuesta, honorable Spike. Ya has llegado a hacer parte de esa familia, nos has enterado de tan indeseable suceso y, de una u otra forma, tu presencia al interior de ese hogar tiene su razón de ser —dijo Li.

—¿Quieres decir que todo lo que se puede hacer es que yo permanezca allá? —preguntó el más pequeño.

—¿Acaso te parece poco? Dime... ¿Cuántas veces ha sonreído ese niño cuando juegas con él? —preguntó Li.

—Muchas... —contestó el más pequeño.

—Eso significa que estás haciendo mucho. La razón de ser de nuestra especie no radica en resolver los problemas de nuestros amos. Radica, eso sí, en constituirnos como sus inseparables compañeros, procurar que nunca se sientan solos, hacerles entender que rebosamos de gozo cuando están felices, batiendo alegremente nuestras colas. En los momentos de tristeza, les acariciamos suavemente con nuestra pata e intentamos llenar con amor los espacios de vaciedad que les hace creer que su existencia no tiene sentido. Nuestra misión fundamental es estar presentes. Debes recordar siempre, honorable Spike, que un perro en casa es un bálsamo de amor que sana con la tibieza de su cariño las heridas del alma de aquellos que nos eligieron sus compañeros. Te lo suplico, nunca vuelvas a decir que no estás haciendo nada porque es muy probable que, al mismo tiempo que piensas en el sinsentido de tu misión, seas tú el que más está haciendo por sus amos.

»Recuerda siempre que la fuerza del amor no es tan sonora como lo es la fuerza del odio, hace más ruido un árbol que cae que mil que crecen juntos. Por eso, si somos perseverantes en el amar, seremos los grandes vencedores al final de toda batalla, porque el mal en su propia esencia es estéril. El odio y el rencor están inevitablemente condenados a ser reducidos a ceniza, mientras que el amor ha sido, es y será por siempre la fuerza motora destinada a llevarnos a la preciosa experimentación de la felicidad y de la armonía.

10

MACABRO PRESENTIMIENTO

La oscuridad había llegado esa noche más dispuesta que nunca a cubrirlo todo bajo su negra faz de frío y miedo. Negra noche aliada con la luna que, escondida quién sabe dónde, castigaba a la selva con el látigo de la cruel indiferencia. Negra noche confabulada con las densas nubes para el tétrico acto que dejaba sin aliento el brillo de las estrellas. Negra noche en la que nada era perceptible, excepto el poder de las tinieblas. Negra noche de frío cadavérico, de manos rígidas como hielo, de rostros pálidos como cal. Negra noche de almas en pena, telón de fondo para los condenados, santuario de horribles fantasmas y cárcel infinita de quienes gritan ¡libertad!

Suave, sigilosa y silenciosamente, la abominable criatura se arrastraba sobre su vientre. Avanzaba sin prisa la calculadora traicionera, engendro del mal, inmundicia rastrera. Malévola como ninguna, mentirosa como pocas, maquiavélica como solo ella. ¡Maldita!... maldita desde su lengua hasta su última célula; tan fría como su sangre reptil, oportunista como una hiena, macabra amalgama de maldad, venganza y blasfemia.

Hasta los troncos de los grandes árboles temblaban a su paso, famosa era ella en toda la selva. Las grandes especies y las que no lo eran rogaban al cielo que las protegiera de su implacable maldad, de su ser vil y canalla, de su perfil de apocalíptica fiera.

Asquerosa condenada a vivir sin amor, su corazón tenía forma de piedra; dicen algunos que su sangre no era roja, sino negra.

No era la primera vez que se acercaba. Vigilante había permanecido desde tiempo atrás, ya los había visto y perseguido; ya los había escuchado y analizado.

Úrsula era el nombre de la gigante anaconda, trece metros y trece centímetros de su nariz a la cola; seiscientas sesenta y seis libras de fuerza asfixiante y trituradora. Era la más fuerte de todas. Indeseable tanto como cruel, no le temía a nada, excepto a su propia maldad.

Silenciosamente se iba acercando al cuerpo de Andrés, que dormía profundamente. Suaves y calculados eran sus movimientos, desde los pies empezó a enrollarse a su alrededor, sumergiéndolo en un capullo de espeluznante frialdad. El cuerpo de su nueva víctima ya se encontraba completamente envuelto dentro de la monstruosa corporeidad de la gélida traicionera.

—Andrés... Andrés... Tu hijo sufre, también llora, la presencia de su padre, el niño añora —susurraba la anaconda al oído de su temporal presa, fingiendo ternura.

Ella manipulaba el cuerpo del secuestrado con facilidad aterradora. Macabra coreografía de singular sufrimiento. Los demás cautivos dormían profundamente, los vigilantes subversivos no se percataban de nada extraño, pues Úrsula era protegida por la densa oscuridad en la que se camuflaba perfectamente su fría piel.

—¡Andrés!... ¡Andrés!... Tu hijo está desesperado por estar en brazos de su padre, él lo anhela.

El cuerpo del desafortunado perdía su calor. La constrictora parecía gozar con su desespero y angustia.

—¿Dónde estás, papito? ¡No me abandones, papá! ¡Te necesito! ¡No me dejes! ¡Por favor... ! ¡No me dejes! ¡Te lo suplico! —decía Úrsula, imitando perfectamente la voz de un pequeño niño—. ¡Vuelve, papito! ¡Te lo suplico... vuelve!

Andrés estaba sumergido en una terrible pesadilla. Hacía lo imposible por gritar, pero el reptil presionaba para impedírselo. No muy fuerte como para asfixiarlo, apenas lo suficiente para que se mantuviera con vida. Él intentaba abrir los ojos, pero Úrsula se lo impedía.

—¡Ayúdame, papá!... ¡Ayúdame! —proseguía ella, ahora con voz entrecortada.

La vil depravada lo torturó por largas horas que parecían extenderse por días enteros, no desperdició un solo segundo hasta que ya amenazaba el resurgir de la luz del día. Arrastrándose por donde vino, se marchó, dejando a su víctima cubierta de sudor frío. Andrés se sentía envuelto en una membrana de horror, seguía luchando con todas sus fuerzas por despertar, deseaba gritar.

Al fin llegó el momento en que pudo abrir sus ojos y con una estruendosa fuerza que emergía de su área visceral se incorporó con brusquedad y gritó tan fuerte como nunca en sus años de vida. Incluso Úrsula, que ya se encontraba muy lejos, lo pudo escuchar:

—¡EMILIO!

Al mismo tiempo, el grito de un niño rompía la paz de la madrugada a cientos de kilómetros de ese lugar. De igual manera se había incorporado y, con voz muy fuerte, gritó:

—¡PAPÁ!

Los corazones de padre e hijo se unieron en un momento de singular desesperación. Como si la carga que llevaban sobre sus espaldas no hubiera sido más que suficiente, como si la cuota de sufrimiento que habían pagado en su existencia fuera tan poca como para desestimarla.

El progenitor estaba rodeado ahora por sus compañeros de cautiverio que, impresionados por su grito, se acercaban para darle aliento, compañía y consuelo. Al mismo tiempo, el primogénito era abrazado por mamá que, de nuevo, se enfrentaba al dolor de su pequeño.

Rebosante de alegría, la maligna serpiente se había anotado un punto a su favor. Su plan hasta ahora empezaba a conformarse. Contrariamente a lo que cualquiera se pudiera imaginar, ella no estaba buscando alimentar su organismo. En un ecosistema tan rico y variado como el de aquel lugar, encontrar una presa apropiada jamás había representado un problema para la veloz, inteligente, fuerte e infame criatura.

Ella iba en busca de un alimento diferente. La emocionaba sobremanera sembrar la semilla de la discordia, se complacía con el miedo y, aunque le encantaba el olor nauseabundo de la muerte, se había cansado de matar. Lo hizo tan incontables y repetidas veces que cegar una vida ya no revestía ninguna novedad. Entonces descubrió una nueva forma de satisfacer su sed de crueldad, se las arregló para engañar a otras especies y las enfrentó en duelos que borraron cientos de vidas.

Observó espectáculos de derramamiento de sangre hasta en los confines recónditos de la selva. Aprovechó la enemistad natural entre algunas especies para hacer que se odiaran aún más por medio de sus manipuladoras mentiras y, luego, simplemente se sentaba a apreciar el espectáculo de destrucción y sangre. Fingía estar de parte de algunos, les hacía creer que estaría con ellos en la batalla, para luego hacerse la escurridiza y no aparecer más.

Sin embargo, esta macabra forma de distracción últimamente había dejado de ser entretenida para este ser de sangre fría. Muchos animales resultaron ser tan predecibles y poco sagaces que organizar una cruel carnicería ya no representaba un desafío para ella. Le resultaba tan fácil como asfixiar.

Por eso, un día decidió marcharse del lugar. Arrastrándose y nadando deseaba alejarse de la región aquella, pero un sonido diferente había llamado su atención. Ella se desplazó hasta el lugar de donde provenían los curiosos ruidos, rara vez escuchados en aquel paraje de la selva. Esquivando troncos y deslizando su cuerpo sobre tierra, barro, hierba y raíces, logró acercarse hasta que pudo establecer contacto visual con aquellos que despertaban su macabra curiosidad.

En definitiva, se trataba de una especie diferente. Manipulaban herramientas, una extraña forma de comunicación, se apareaban de manera muy parecida a tantos monos que había visto por ahí, pero al mismo tiempo diferente. Tenían extraños rituales de limpieza, en ocasiones cerraban sus ojos y unían sus manos extrañamente, como si entraran en un curioso estado de trance. No eran tan fuertes como ella, pero manejaban armas y eso los hacía peligrosos. Úrsula empeñó meses enteros para estudiarlos, acercándose apenas lo suficiente para poder pasar siempre desapercibida. Ellos eran definitivamente inteligentes y, aunque mucho le costaba reconocerlo, seguramente más que ella.

Esto se había constituido en un verdadero y excitante reto para la malévola criatura, más aún cuando se dio cuenta de que no se trataba de un grupo homogéneo, sino de dos bandos antagónicos.

Poco a poco los fue comprendiendo, con mucha paciencia siguió estudiando sus costumbres, analizó sus emociones, entendió sus alegrías, también sus miedos. Con el pasar de los meses, nadie sabía más acerca de ellos en kilómetros a la redonda que la abominable anaconda. Este se había constituido en el mejor reto de su vida; haría todo lo que estuviera al alcance de su maligna inteligencia para encaminar a ese grupo de seres humanos por las sendas que conducen hacía un acantilado del que no se conoce fondo… las profundidades de la destrucción.

Y ahora, a pesar de haberse alejado del lugar de su última actuación, Úrsula los podía escuchar al tiempo de regocijarse, pues los resultados de la primera parte de su plan no podían ser mejores.

—¡Ya cálmese! ¡Ya cálmese! No pasa nada —decía Raimundo.

—¡Emilio! ¡Emilio! —seguía gritando Andrés.

Varios guerrilleros, escuchando los fuertes gritos y percatándose de que algo anormal había sucedido, se acercaron con sus armas, rodearon el lugar y observaban en silencio aquello que acontecía. Hablaban entre ellos, intentando buscar una explicación, pero, mientras más lo intentaban, más confundidos se sentían.

—Tome un poco de agua —dijo Javier, otro de los privados de la libertad, alcanzándole un vaso.

Los ojos del agitado hombre parecían desorbitados, al tiempo que su cuerpo temblaba descontroladamente.

—Quitémosle la ropa. Está temblando de frío y empapado en sudor, podría morir de hipotermia —sugirió Raimundo a quienes los rodeaban.

Los subversivos estaban nerviosos. Caminaban de aquí para allá como fieras enjauladas. Temían que los secuestrados, aprovechándose de saber que las fuerzas militares se encontraban cerca haciendo operativos de búsqueda y rescate, hubieran organizado un plan de fuga. Uno de ellos quiso disparar su arma al aire como señal de advertencia, pero sabía perfectamente que, si algún soldado se encontraba cerca, el sonido del disparo revelaría la posición en la que se encontraban, lo cual empeoraría las cosas.

Varios secuestrados quitaron las ropas del cuerpo de Andrés, con la palma de sus manos frotaban rápidamente sus extremidades para darle un poco de calor. En realidad, estaban asombrados de su bajísima temperatura, parecía un cadáver luego de varias horas de fallecido.

—¿Qué le pasa, Andrés? ¿Qué fue lo que sintió? —preguntaba Raimundo.

—Mi hijo sufre, Emilio no está bien —respondió Andrés, agitado.

—Ya, hermano, tranquilícese. Tuvo una pesadilla, eso fue todo. Cálmese un poco —decía Javier mientras frotaba sus brazos.

Fred observaba perturbado la agitación de su amigo mientras pensaba: "Qué extraño... Nunca lo había visto así".

Nuevamente, en un escenario diferente, muy lejos de aquel apartado lugar, Mariana llamaba al colegio para decir que por causa de un percance su hijo no asistiría aquel día a la jornada de clase. Ahora, el niño se encontraba más sereno, pero triste.

—No te preocupes, cariño, cancelaré todos mis compromisos de hoy y me quedaré contigo —dijo mamá.

—Sentí que gritaba mi nombre. Créeme, mamá, lo sentí —dijo Emilio con evidente aire de desconsuelo.

—Te creo, mi vida. Siempre te he creído.

—Sé que papá está sufriendo. Lo sé —aseguraba el pequeño.

—Se trató de una pesadilla, mi niño. Seguramente comiste demasiado antes de dormir, ya pasó, ya pasó.

—¡Tengo miedo, mamá!

—Tranquilízate, vida mía, estoy a tu lado.

Mariana sobaba la cabeza del niño, intentando inducir el sueño de la misma manera como con ella lo hizo algún día su propia madre. Ahora se atravesaban los recuerdos que permanecían en su mente, los recuerdos de aquella pequeña tan llorona y consentida que fue. Sus berrinches siempre eran tomados como algo muy serio, por lo que la entonces niña aprendió a sacar buen provecho de sus rabietas. De una manera u otra sus padres siempre accedían a sus demandas y las cosas terminaban siendo como ella las deseaba. "¡Qué ironía!", pensaba Mariana. "Si resolver los problemas en la actualidad fuera tan fácil como en tiempos de antaño, de seguro que hace más de seis años los habría resuelto". Nuevamente se sentía sola, aunque sabía que bastaba con la marcación de un número para tener a toda su familia rodeándola y mostrándole inolvidables y significativos gestos de apoyo incondicional.

Sin embargo, no quería en esta ocasión la presencia de José, de Alejandra, de su mamá, ni la de su suegra. Tampoco la de la incondicional Luz Marina que, seguramente, en algunos minutos se haría presente para iniciar una nueva faena de orden y limpieza. Y, aunque pudiera parecer un poco cruel, ni siquiera deseaba la presencia de Agustín, su difunto padre, para quien siempre fue su consentida niña frágil, la luz de sus ojos, la razón más importante de su vida.

En aquel momento, Mariana parecía rebelarse incluso contra sus más profundos afectos, negándose a buscar la presencia de quienes siempre estaban disponibles. Ya no quería seguir escuchando las repetidísimas frases de cajón: "Estamos contigo", "no pierdas la esperanza", "deja todo en manos de Dios", "algún día volverá", "hay que tener paciencia", "ten resignación"... Sabía de sobra todas las posibilidades verbales y escritas para dar aliento, pero, después de seis años de escucharlas tan frecuentemente, le parecía no creer ya en ninguna. También estaba cansada de sentir manos sobre su hombro que parecían susurrarle al oído "pobrecita", estaba extenuada de escuchar la misma pregunta una y otra vez: "¿has sabido algo de él?". De una u otra manera, Mariana ya se sentía cansada de todo y de todos, incluso de sí misma y hasta de su propia vida.

Luego de haber pensado todo esto, sabía que Emilio se había quedado dormido de nuevo, su respiración lo delataba. La vieja técnica de frotarle la cabeza había dado resultado nuevamente. Esperaba, eso sí, que esta vez al menos pudiera soñar con angelitos que lo hicieran sonreír en medio de su descanso.

La mano de la joven madre no se detenía, seguía acariciando a su pequeño. Pero a pesar de creer que se encontraba tan sola, algo la hizo pensar diferente, una peluda patita blanca que se posó sobre su vientre.

11

EL SERPENTARIO DISTRITAL

Abatido por la tristeza de su mejor amigo, Spike contó lo sucedido en casa a sus amigas Lola y Leila.

—Es triste cuando alguien a quien amas está pasando por un momento de dolor y, aunque quisieras hacer más por él, simplemente debes conformarte con proporcionar pequeños detalles. Procuro estar a su lado, disfruto inmensamente de sus ratos de risas y alegría, pero cada vez son menos intensos y frecuentes. Créanme que haría cualquier cosa por verlo feliz —dijo tan conmovedoramente el *schnauzer,* echado sobre un tapete, que ambas caninas intercambiaron miradas, sintiendo que aparecía un nudo en sus gargantas—. Si bien es cierto, he pensado mucho en lo que me dijo Li, hace algunos días, en el consejo territorial. Sin duda sus palabras fueron muy acertadas, pero debo confesar que esperaba más de esa reunión.

—Lo sé, Spike, tal vez los tres esperábamos más de la sesión extraordinaria, pero recuerda siempre que cuando las cosas no resultan exactamente como las planeaste, no significa necesariamente que salieron mal. Debemos aprender a esperar y a valorar el profundo significado de muchas respuestas que desestimamos porque no coinciden con lo que esperábamos, pero que no por eso dejan de ser valiosas —explicó Leila con particular ternura.

—¡Vamos, pequeño! ¡Anímate! El hecho de no haber encontrado la respuesta que esperabas no significa que no puedas seguir buscando algo que de verdad satisfaga tus inquietudes —dijo Lola.

—No puedo evitar sentirme triste cuando lo veo tan mal —nuevamente Spike se refería a Emilio—. De hecho, en muchas ocasiones siento que mi estado de ánimo depende de él. Sé que cuando su tío le contó lo del secuestro de su padre, él sintió un profundo dolor que quiso disimular. Si bien es cierto que lloró en brazos de José, también lo es que intentó ser fuerte delante de Mariana para no agregar más angustia a la difícil vida de su mamá. Lo conozco muy bien y sé que fue así. Esa noche en su habitación lloró, o mejor, lloramos. Él se encargó de limpiar mis lágrimas mientras me contaba lo acontecido a su papá.

—¿Quieres decir que te habló? —preguntó Leila.

—Sí, él me habla casi todos los días desde el momento mismo en que llegué a casa. Empezó por cantarme las canciones que le enseñan en su colegio mientras yo dormía sobre sus piernas. Luego comenzó a contarme lo que le acontece. Yo simplemente lo escucho —contestó Spike.

—Por favor, nunca vayas a violar el secreto. Nos pondrías en peligro a todos nosotros y también a ellos —advirtió Leila.

—Lo sé, Leila... lo sé y, aunque nunca sobra recordar que el secreto canino es muy importante, jamás he pensado en violar el gran pacto de silencio, a no ser, obviamente, que sea debidamente autorizado por el tribunal supremo —respondió el más pequeño.

—¿Qué te dijo? —preguntó Lola.

—Simplemente me dijo que ahora sabía toda la verdad. Que su papá estaba secuestrado por un grupo de hombres muy malos y que nadie sabía el lugar exacto de su ubicación. Luego... lloramos los dos —respondió.

Los tres permanecieron en silencio durante unos segundos, hasta que, de nuevo, una voz se escuchó...

—Oigan... Algo se me está ocurriendo —dijo Lola con la emoción de quien aporta una buena idea.

—¿Qué? —preguntaron los otros dos al mismo tiempo.

—¿Han escuchado hablar de Lucrecia?

—Por favor, Lola, eso me suena a nombre de gata, muy posiblemente de color negro, a lo mejor la mascota de alguna lunática que se gana la vida en medio de hechizos, brebajes, lecturas de cartas, palmas de manos y todas esas tonterías en las que creen un buen número de humanos —dijo Leila con evidente tono de reproche.

—¡Por supuesto que no! —enfatizó Lola—. No soporto a los gatos... ¡No los soporto! —gruñó.

—¿Quién es Lucrecia? ¿Acaso nos puede ayudar? — preguntó Spike al tiempo de levantarse de su tapete.

—Es una serpiente que...

—¡Les tengo pánico a las serpientes! —interrumpió Leila—. Si existe algo frente a lo cual soy menos tolerante que con esos horribles gatos, es con las serpientes.

—¡Vamos, querida! Ninguno está hablando de tolerancia, simplemente estoy proponiendo una opción diferente, algo que no se nos había ocurrido —respondió Lola.

—En eso has dicho una gran verdad. A mí no se me habría ocurrido incluir en esto a una serpiente —dijo la *pastor collie*.

—¿Qué pasa con esa serpiente, Lola? Explícame de una buena vez, por favor —interrumpió Spike.

—Bueno, en realidad no se llama Lucrecia. Tiene dos nombres, pero en este momento no los puedo recordar. No se trata de un nombre compuesto, sino de dos nombres diferentes, dado que, por una extraña mutación genética, ella nació con dos cabezas.

—¡Pobrecita! —dijo Leila.

—Bueno, pero ¿de qué manera nos podría ayudar? —preguntó el pequeño.

—Como les decía... antes de ser interrumpida —dijo, observando acusadoramente a Leila—, se trata de una serpiente que, por el hecho de haber nacido con dos cabezas completamente independientes en cuanto al desarrollo de sus capacidades de raciocinio y pensamiento, pero pegadas a un mismo cuerpo, ha podido desarrollar complejas habilidades mentales y extrasensoriales que le permiten mirar más allá de lo que para nosotros es apenas evidente.

—¿Quieres decir que nos podrá decir el lugar en donde se encuentra Andrés? —preguntó Spike, visiblemente emocionado.

—¡No! Lo que quiero decir es que nos podría ayudar a entender si existe alguna manera de ayudarlo, distinta de la que nos dijo Li —respondió Lola.

—Y... ¿si se trata simplemente de una charlatana? —cuestionó Leila.

—No tenemos nada que perder, simplemente estamos buscando respuestas —respondió Lola.

—¿Por qué no buscamos esas respuestas en fuentes más confiables? —respondió la *pastor collie*.

—Me imagino entonces que tienes una mejor idea —sugirió Lola.

—Cualquier idea podría ser mejor que involucrar a una serpiente —dijo Leila.

—¿Quieren dejar de reñir ustedes dos? —amonestó Spike—. Es un secuestrado lo que está en juego, al mismo tiempo que la felicidad de su familia. Estoy dispuesto a hablar con quien sea para buscar una solución a esto. Si esa serpiente me puede dar una luz de esperanza, simplemente díganme cómo encontrarla e iré a donde sea.

—Ella es una atracción del serpentario de la ciudad. A unos dos kilómetros de aquí —explicó Lola—. Para nosotras no existe ningún problema porque nuestros amos no están en casa durante toda la mañana, pero tú...

—Tienes razón —respondió con preocupación Spike—. La encargada de servicios domésticos permanece toda la mañana conmigo y, si notara mi ausencia, inmediatamente llamaría a Mariana. Algo se nos tiene que ocurrir.

—Eso déjamelo a mí —dijo Leila—. Tengo un plan.

Efectivamente, luego de ejecutado el exitoso plan de Leila, Luz Marina tuvo que pedir una nueva cita médica. Ocasión que aprovecharon los tres canes para encaminarse muy temprano al serpentario distrital. Allí se encontraron con Asdrúbal, el musculoso perro guardián de raza *pitbull terrier* americano de color beige y pecho blanco que cuidaba el serpentario mientras el vigilante nocturno se ganaba su salario durmiendo.

—Hola, amigos. Ya los estaba esperando —saludó Asdrúbal.

—Buenos días —contestaron casi al mismo tiempo los tres.

—Síganme, los llevaré hasta donde Lucrecia. El lugar es muy grande y podrían perderse. Siendo sincero, al principio ella no me caía bien —comentó el *pitbull* sin necesidad de que nadie le preguntara nada—. Sin embargo, con el paso del tiempo, descubrí algo propio de su particular naturaleza. Ella se encuentra intrínsecamente impedida de cualquier facultad para inventar falsedades o decir mentiras. Siempre dice la verdad.

—¿Lo sabe todo? —preguntó Spike.

—No. De hecho, supongo que eso es imposible —respondió Asdrúbal—. No creo que ningún ser sobre la faz de la Tierra pudiera soportar el peso de conocer la verdad absoluta.

Caminaron un rato sin decir nada mientras atravesaban otras dependencias diferentes al serpentario. De hecho, el lugar reservado para los reptiles era la última parte a la que se tenía acceso. Antes pasaron por un grandísimo insectario, luego pudieron apreciar una muy completa colección de animales disecados; los tres visitantes se estremecían al observar el realismo de las posiciones de aquellos animales sin vida.

—Sí, lo sé —comentó Asdrúbal—. También yo me estremecí la primera vez que recorrí este pasillo cuando me trajeron a trabajar acá, pero finalmente me acostumbré.

Luego de caminar unos minutos más, llegaron a donde estaba ubicada una puerta muy ancha y alta de vivos colores que evocaba la piel brillante de una exótica serpiente. El marco representaba una enorme víbora enrollada. Empezaba desde su cola en el extremo inferior izquierdo y daba la vuelta por toda la extensión del lugar de acceso hasta terminar en la parte baja del costado derecho de aquella entrada en forma de una cabeza de cobra que, mediante una muy sencilla, pero a la vez realista contorsión mecánica que sugería a la memoria, el movimiento característico de este animal en situaciones de advertencia, defensa o ataque, proporcionaba un toque mágico para quienes ingresaban al lugar.

El perro guardián se levantó sobre sus patas traseras para alcanzar con las delanteras el lugar donde había un interruptor verde que presionó mientras decía:

—Amigos, bienvenidos al serpentario.

La enorme puerta se abrió hacia adentro, siendo perceptible apenas el sonido suave del sistema hidráulico que la movía. En el interior no se veía absolutamente nada, aparte de un fondo negro que crispaba los nervios, pero no era peligroso, pues simplemente se trataba de una ambientación adecuada para dar ingreso a quienes visitaban el lugar.

—Hasta aquí los acompaño —manifestó Asdrúbal.

—¿Cómo? ¿Nos dejas solos? —cuestionó Spike.

—Sí, en cualquier momento el vigilante podría despertar. Caminen unos tres metros hacia adentro y la puerta se cerrará. Luego, el sendero se encargará de llevarlos a Lucrecia. Yo les esperaré cuando salgan al otro lado. ¡Ah!... Casi lo olvidaba. Permitan que ella misma se presente, su verdadero nombre no es Lucrecia.

—Está bien, gracias por tu ayuda. Allá nos veremos —dijo Lola.

Tal como se los habían sugerido, los tres perros caminaron poco más de tres metros hacia adentro del serpentario. La puerta se cerró con la misma lentitud con que se había abierto. De pronto todo quedó tan oscuro que inspiraba temor.

Las luces empezaron a prenderse, incrementando gradualmente su brillo, un espectacular diseño interior transportaba inevitablemente a algún paraje recóndito plagado de vegetación y de vida animal. Los tres perros dijeron lo que tan comúnmente saben decir... "¡Guau!".

No había tiempo para maravillarse con la espectacularidad del lugar. Debían aprovechar para hablar con ella antes de que el serpentario abriera sus puertas al público. Sin embargo, era inevitable no observar, aunque fuera un poco, aquella grandísima variedad de serpientes. Grandes, medianas, pequeñas, brillantes, oscuras, venenosas, inofensivas, peligrosas, tímidas, feas y bonitas. Parecía como si no faltara ninguna especie.

Leila, por su parte, estaba horrorizada, el lugar le producía escalofríos y desde que entró no había pronunciado una sola palabra. Spike, mientras tanto, marchaba adelante, como si nada le importara, excepto encontrar al extraño ser que buscaba. Lola le daba ánimos a Leila:

—Tranquila, los vidrios de seguridad son muy gruesos, aquí todo está muy bien diseñado.

Luego de unos instantes, pudieron observar un lugar en donde había un letrero que decía: "Lucrecia, la serpiente de dos cabezas".

Los tres perros se colocaron uno al lado del otro, como ya era su costumbre cuando interactuaban al mismo tiempo con otros.

Dentro de un inmenso compartimento de fondo verde oscuro, observaron una inmensa serpiente de bellísimo color amarillo intenso y manchas blancas que parecía descansar sobre una gruesa rama.

El pequeño perro fue el encargado de romper el silencio:

—¡Buenos días! —saludó Spike.

—¡Vaya, vaya! Pero... ¿qué tenemos aquí, Roxán? —dijo la cabeza derecha del animal mientras parecía abrir aún más sus penetrantes ojos de color terracota.

—Qué interesante, Abigaíl. Hacía años que no veíamos ningún cuadrúpedo diferente a Asdrúbal —contestó la cabeza izquierda.

—¿Así que ustedes en realidad se llaman Abigaíl y Roxán? —preguntó Lola.

—¡Sí!... Esos son nuestros nombres. ¿Verdad, Abigaíl?

—Así es, Roxán.

La serpiente de dos cabezas se movía mientras observaba a los tres perros. Si hubiera necesidad de describir dicho movimiento, las palabras más acertadas para hacerlo podrían ser sutil y sensual.

—Entonces —prosiguió Lola—, ¿a qué se debe ese nombre de... ?

—¡Oh, por favor! —interrumpió una de ellas—. No pronuncies esa horrible palabra a esta hora. Nosotras odiamos ese nombre. ¿Verdad, Abigaíl?

—Así es, Roxán.

El extraño animal contaba con un singular magnetismo que la hacía un ser apasionante y atrayente. Era como si con sus calculados y suaves movimientos, agregados a la dulzura de sus dos voces, consiguiera un efecto hipnótico en quienes la veían y escuchaban.

—Mucho gusto. Nuestros nombres son... —dijo el *schnauzer* antes de ser interrumpido.

—Sus nombres ya los sabemos. Asdrúbal nos comentó que vendrían a hablar con nosotras. ¿Verdad, Abigaíl?

—Así es, Roxán.

—Tú, el más pequeño, te llamas Spike —dijo Roxán.

—La gorda de brillante pelaje se llama Lola —dijo Abigaíl.

—Y la que aún está temblando de miedo se llama Leila —dijo Roxán.

—¿Me llamaste gorda? —cuestionó Lola.

—¿Y a mí, miedosa? —hizo otro tanto Leila.

—Lo siento, amigas mías, nuestra más grande virtud es que nunca podemos mentir, ni siquiera para quedar bien. Aunque para muchos sea el más detestable de nuestros defectos. ¿Verdad, Abigaíl?

—Así es, Roxán.

—No se puede negar que estás muy pasada de peso —prosiguió una de las cabezas, dirigiendo su penetrante mirada a Lola—. Y tú, Leila... desde el momento en que llegaste, hemos sentido en nuestro cuerpo la vibración de los atemorizados latidos de tu corazón. ¿Verdad, Abigaíl?

—Así es, Roxán.

Ninguna de las perras quedó conforme con las apreciaciones de la bicéfala serpiente; sin embargo, no les quedó más remedio que aguantar. Al fin y al cabo, estaban diciendo la verdad.

—Bueno, ahora que todos nos conocemos, incluso con nuestros más perceptibles defectos, quisiéramos saber la razón de su visita. Sepan que esto ha estimulado sobremanera nuestra reptil curiosidad. ¿Verdad, Abigaíl?

—Así es, Roxán.

A sabiendas de que la situación estaba un poco tensa, dado que sus dos amigas no se sintieron del todo cómodas con la inevitable cualidad de la serpiente, Spike intervino serenamente, esperando no tener que soportar que le refregara en su propio hocico alguno de sus defectos.

—¡Escúchenme!... El motivo que nos ha traído hasta aquí es el siguiente. Hace unas semanas fui incorporado a un nuevo hogar. La situación al principio parecía marchar maravillosamente, pero, al poco tiempo, me di cuenta de que esta familia soportaba un yugo muy pesado. El papá de mi amo se llama Andrés; hace más de seis años fue secuestrado por el grupo guerrillero de las FARC, razón por la que su hijo...

Nuevamente, Spike se tomaba su tiempo para contar la historia que, de tanto repetirla, ya sabía de memoria y con lujo de detalles. Abigaíl y Roxán escucharon atentamente todo el relato del simpático can. Luego de unos veinte minutos de relato, el perro las informó respecto del tema y finalizó:

—Escuché la posición de Li, pero me dijo que lo mejor que podía hacer era permanecer al lado de Emilio y acompañar a la familia. Sin embargo, la situación cada día se torna peor. El niño ha tenido horribles pesadillas y cada vez está más convencido de que su papá se encuentra muy mal. Su estado de ánimo me afecta tanto que a veces me sorprende y es por todo eso que mi pregunta para ustedes es la siguiente: ¿creen que se puede hacer algo distinto? ¿Existe alguna cosa al alcance de nuestras patas que nos permita proceder a favor de Andrés y de Emilio? —concluyó Spike.

Las dos cabezas del animal permanecieron calladas un buen rato, se las observaba meditativas. Al fin, el silencio se fue desvaneciendo con sus dulces voces.

—Apasionante relato. ¿Verdad, Abigaíl?

—Así es, Roxán.

—Entendemos que quieras hacer algo más, pero, a nuestro modo de ver, la recomendación del consejo territorial fue muy sabia —era la primera vez que las dos cabezas de la colorida serpiente hablaban al mismo tiempo—. No debes buscar necesariamente hacer cosas extraordinarias, por el contrario, recapacita respecto de lo extraordinario que ha sido tu aporte, aunque para tu percepción se trate simplemente de algo muy sencillo.

—¿O sea que no se puede hacer nada más? —preguntó el más pequeño, exteriorizando evidente decepción.

—Ninguna de nosotras aseguró eso. Simplemente afirmamos que la recomendación del consejo territorial fue muy sabia. ¿Verdad, Abigaíl?

—Así es, Roxán.

—Ya van a empezar otra vez... —expresó Lola en voz baja. Sin embargo, la penetrante mirada de los cuatro ojos terracota que se clavaron sobre ella provocaron varios segundos de angustiante silencio.

Spike intervino de nuevo:

—¿Qué? ¿Qué es lo que se puede hacer?

Espera, meditaremos un poco. ¿Verdad, Abigaíl?

—Así es, Roxán.

La serpiente se enroscó configurando algo así como una no muy alta pirámide de círculos amarillos que se iban haciendo más pequeños a medida que avanzaba su ascenso. En la parte alta, las dos cabezas apuntando hacia arriba entraron en contacto, uniéndose desde la parte baja de sus cuellos. Ambas cabezas cerraron sus ojos y permanecieron rígidas durante algunos minutos, mientras los tres perros esperaban en silencio.

Al fin, la serpiente acabó de meditar y, nuevamente, empezaron a hablar:

—Hemos acabado ya. ¿Verdad, Abigaíl?

—Así es, Roxán.

—Lola y Leila intercambiaron miradas. Se sintió un ligero gruñido, pero ninguna de las dos dijo nada.

—Recuperar la libertad de Andrés no será nada fácil. Existen muchas fichas que se mueven en el mismo tablero y cada una de ellas tiene sus propios intereses. ¿Verdad, Abigaíl?

—Así es, Roxán.

—Para serte franco, ya sabíamos que no sería nada fácil. Discúlpame de antemano si parezco grosero, pero hasta el momento no has aportado nada diferente respecto de lo que ya teníamos suficientemente claro —expresó Spike.

—Ustedes los perros, siempre tan obsesivos e impulsivos; intentando encontrar soluciones inmediatas a los problemas, como si se tratara de salir corriendo detrás de una pelota y regresar para entregarla a su dueño que, al fin y al cabo, la lanzará de nuevo. ¿Verdad, Abigaíl?

—Así es, Roxán.

Spike permaneció callado durante unos segundos, cerró sus ojos y respiró profundamente un par de veces.

—Les imploro, escuchen mi voz suplicante. Por lo que más quieran, díganme si hay algo que pueda hacer —solicitó el pequeño con sus ojos llenos de lágrimas.

—Todo interrogante tiene una respuesta, mi cuadrúpedo amigo, y, frente a la pregunta que hoy nos formulas, deseamos que sepas que sí hay algo que se puede hacer. ¿Verdad, Abigaíl?

—Así es, Roxán.

—¡¿Qué?! —preguntó Spike.

—No es muy claro aún para nosotras, pero algo nos indica que se acerca el tiempo de una alianza. ¿Verdad, Abigaíl?

—Así es, Roxán.

—¿Alianza? ¿Con quién? ¿A qué te refieres? —preguntó Lola.

—Aún no lo sabemos. Verán, las respuestas no nacen completamente estructuradas. Ellas, con el tiempo, se van consolidando. Al principio pasan completamente desapercibidas, pero, luego de un justo periodo de incubación, van creciendo hasta que logran hacerse claras y sensorialmente perceptibles. ¿Verdad, Abigaíl?

—Así es, Roxán.

—¿Y eso es todo lo que nos pueden decir? —preguntó Leila.

—Ninguna de nosotras ha dicho eso. ¿Verdad, Abigaíl?

—Así es, Roxán.

—Escuchen bien. La respuesta aún no se ha consolidado y la razón es que, muy posiblemente, parte de la respuesta son ustedes tres. Sabemos que la información parece poca, pero no se dejen llevar por las apariencias. En adelante deberán ser muy analíticos y procuren que sus olfatos estén mejor preparados que nunca, especialmente porque existe una fuerza malignamente perturbadora, diferente a la guerrilla, que hará todo lo posible para arruinar lo que ustedes se propongan. ¿Verdad, Abigaíl?

—Así es, Roxán.

—Fuerza perturbadora, diferente a la guerrilla... ¿A qué se refieren? —preguntó Lola.

—No lo sabemos aún, pero tendrán que proceder con cautela. Una enorme sombra de crueldad y odio se está agregando a esta tragedia. Hemos sentido que es fuerte y que su alma es perversa. ¿Verdad, Abigaíl?

—Así es, Roxán.

—Finalmente, también queremos decirles que dos nombres y un punto cardinal fueron revelados en nuestra meditación. ¿Verdad, Abigaíl?

—Así es, Roxán.

—¿Y eso de qué nos servirá? —interrogó Spike.

—No lo sabemos, pero en algún momento les será útil. Los nombres de los que les hablamos son Pierre Harper y

Aurelio, pero no sabemos quiénes son ni dónde están. Por otra parte, el punto cardinal que nos fue revelado es el norte. No olviden esta información. A su debido tiempo les servirá. ¿Verdad, Abigaíl?

—Así es, Roxán.

—Ahora, lamentamos tener que despedirnos, pero debemos descansar, pues meditar es un ejercicio muy extenuante para nuestra especie, así que, simpático perrito, obesa cuadrúpeda y atemorizada *pastor collie*, les agradecemos su visita. ¿Verdad, Abigaíl?

—Así es, Roxán.

—Quiero que sepan que yo estoy muy agradecido con ustedes o con usted, como quiera que sea. Créanme que procuraré utilizar bien la información que nos han dado. Muchísimas gracias —concluyó Spike.

—Nosotras también estamos muy contentas de haberte conocido... ¡LUCRECIA! ¿Verdad, Leila? —dijo la *golden retriever* con evidentísimo sarcasmo.

—Así es, Lola —contestó, uniéndose a la intención de su ofendida amiga.

Abigaíl y Roxán guardaron silencio durante unos momentos. Al fin, una de ellas expresó:

—Pobre especie. Han convivido tanto tiempo con los humanos que ya hay muchas cosas en las que se parecen a ellos.

—Sí, incluso prefieren una mentira bien inventada que una verdad francamente dicha. ¿Verdad, Abigaíl?

—Así es, Roxán.

Spike se sintió un tanto perturbado por el incidente y salió del recinto como si quisiera meter su corto rabito entre las patas traseras. Al llegar a la puerta, Asdrúbal ya los estaba esperando, un tanto apresurado, pues la conversación había sido muy larga y en veinte minutos el serpentario abriría sus puertas al público.

Mientras tanto, en algún otro lugar de aquella misma ciudad, un psiquiatra intercambiaba unas cuantas palabras con una recién conocida paciente.

—Señora... Hágame caso. Estos ansiolíticos son muy recomendables para dar respuesta farmacológica a su situación específica. Ya verá que en pocas semanas usted se va a sentir muy bien —explicaba el especialista.

—¡No! Usted tiene que creerme. Yo me conozco y sé que no estoy loca. Estoy segura... segurísima de que ese par de perros estaban jugando póker sentados muy cómodamente en la mesa del comedor —le dijo Luz Marina.

—Sí, le creo, señora, pero, por su bien, deberá tomar este medicamento.

—¡No! Usted solo me está siguiendo el juego. Y sé que tampoco me creyó que los vi la semana pasada como si estuvieran hablando en el patio. Yo lo sé... Yo los vi.

—Créame que la entiendo, señora. Tal vez lo mejor, en su caso, sea internarla una semana en la clínica de reposo...

12

EL ÁRBOL

En algún sitio a cientos de kilómetros de la capital del país, Andrés escribía:

Desde un lugar en el que jamás quisiera haber estado, 28 de octubre de 2006

Mariana:

¡Hola!

No te imaginas lo triste que es para mí escribir cartas que no sé si algún día llegarán a su destinataria. No me encuentro bien.

Ahora, sumado a la tristeza que me produce estar tan lejos de ti y de mi hijo, una serie de pesadillas me vienen atormentando como no tienes idea. Amanezco más cansado de lo que me acosté en la noche anterior, mi sueño no es reparador, siento que desaparecen todas mis fuerzas. En la mañana, mi cuerpo duele, es como si algo me hubiera presionado con fuerza desde los pies hasta la cabeza.

Siento cosas extrañas, estoy confundido. Pierdo incluso el deseo de estar vivo.

Mi dulce Mariana… ¿Qué me pasa? Dame una respuesta, amor mío. ¿Qué me pasa?

Aquí, simplemente, las horas pasan y pasan. Estoy tan agotado… No se trata solo de mi cuerpo… También de mi alma.

Si acaso he de morir, no tengo miedo, aunque suene duro, mi bella Mariana.

¿Será que el infierno es peor que esto?

Perdóname si aquí me muero… No resisto, Mariana… Esperar no puedo.

No aguanto más, mi vida. No aguanto más, mi dulce consuelo. Tal vez si muriera podría verte de nuevo… Le pediría a Dios una ventana para observarte desde el cielo.

Perdóname, vida mía.

Te heredo mi corazón entero. Compártelo con él; dile lo mucho que lo quiero.

Tuyo,
ANDRÉS

El abatido corazón del hombre tan recordado por su carácter fuerte ahora dependía de una débil y pequeña fibra que lo separaba de la muerte. El secuestro no solo priva de la libertad; es una fuerza tan aplastante que puede oxidar incluso el deseo de conservación y las ganas de vivir.

Sus compañeros de infortunio lo observaban mientras él, más flaco, ojeroso y descuidado que nunca, nuevamente se sumergía en las arenas movedizas de la desesperación y la tristeza. Sin embargo, ellos ya habían decidido no quedarse de brazos cruzados frente a esta adversa novedad.

Estarían más pendientes de él para hacerlo comer, procurarían hablarle de temas que no tuvieran nada que ver con su esposa y con su hijo. Se turnarían en las noches para vigilarlo y descartar, así, que tuviera la posibilidad de atentar contra su propia vida, en caso de que lo intentara.

Pero, no muy lejos de ahí, desde un lugar apropiado, Úrsula observaba y escuchaba con singular atención. Se felicitaba a sí misma, su plan seguía marchando tal como lo esperaba.

Al tiempo, iniciaba para Mariana otra pesada jornada. Ya Emilio había partido en el bus escolar que, como cosa muy rara, ese día llegó tarde. La bella mujer corría de un lado para otro mientras el perro la observaba. De repente, ella le habló al mismo tiempo que secaba su cabello:

—Dichosa tu vida. ¿Verdad, Spike? ¿Quién como tú que no tienes que preocuparte de nada? Ni esposa ni hijos ni trabajo. En fin… nada de nada. Como se lo dije ayer a mi secretaria: "Ojalá yo hubiera sido una perra". Y ¿sabes? Ella se rio. No sé qué cosa se imaginó, lo cierto es que se rio.

Luego de unos segundos que utilizó para aplicar crema humectante a sus piernas, Mariana continuó:

—Tú lo tienes todo en la vida. Tu camita, tu concentrado, tu collar, tus vacunas, tus pelotas de caucho. Te llevamos al peluquero, te sacamos de paseo, jugamos contigo, te consentimos, te acariciamos, fíjate… incluso recogemos tu caca en bolsitas de plástico bio-de-gra-da-bles para respetar la naturaleza. ¿Quién da más, apreciado público?

El teléfono sonó. El identificador de llamadas le indicó a Mariana que era su mamá.

—Hola, mamá.

Obviamente, Spike solo lograba escuchar lo que decía Mariana.

—Sí, hoy y mañana. El fin de semana no te preocupes que yo me encargo, pero de nuevo te pido ayuda para el lunes y martes de la próxima semana. ¿Puedes? No sé, mamá. Ella no fue muy específica que digamos. Ayer me llamó en la noche y me dijo que el médico sugirió que se internara en el hospital para unos exámenes de rutina... Te entiendo, mamá, a mí también me pareció bastante tiempo para unos exámenes, pero ¿qué puedo hacer? No... Siempre he confiado en ella y jamás me ha defraudado. Aunque, para ser sincera, la he notado un poco rara... Está bien, mamá. Te quiero. Chao.

Mariana colgó el teléfono y arrojó el auricular sobre la cama. Al rato volvió a hablarle al perro y le dijo:

—¿Lo ves? Ahora estoy preocupada porque me quedaré una semana sin la señora del servicio doméstico. Afortunadamente, mamá vendrá desde el mediodía. Ni modo... Al mal tiempo, buena cara.

Ya completamente vestida, tomó su cartera y, antes de salir, se acercó a la mascota.

—Hasta luego, consentido de mamá. Pórtate bien porque hoy estarás solo hasta el mediodía —le dijo a su perro con voz graciosa y le dio un beso en su pequeña cabeza.

El animal observó por la ventana cómo Mariana ingresaba a su auto y se marchaba.

Extraña sensación de libertad y cargo de conciencia al mismo tiempo. Es cierto, contaba con toda la casa para él solo, pero sabía que la doméstica no estaba enferma, sino que él, junto a Leila, le habían hecho creer que algo extraño pasaba dentro de su cabeza. "No volveré a dejar que eso suceda", pensó.

El pequeño can saltó de nuevo por la ventana y salió a la calle. Por ser un conjunto cerrado, no había mucho tránsito de autos en la zona y no era extraño que los dueños de las mascotas les permitieran salir un rato solas.

El lugar se componía de no más de cuarenta casas con generosas zonas verdes y cuidados jardines de coloridas flores. Hacía más de cinco años que Mariana vivía en ese lugar. Si de comparar se trataba, su actual casa era muy pequeña comparada con la anterior, pero era cómoda y confortable. El primer piso constaba de dos salas, una grande y una auxiliar; un comedor amplio que casi nunca se utilizaba porque había una mesa de cuatro puestos en la cocina que usualmente era usada cuando se almorzaba o cenaba. Dicha cocina era un lugar muy acogedor, había sido diseñada por el mismo decorador que le había dado algunas ideas a Andrés para la dotación de su antigua vivienda. Había también un cuarto para el servicio doméstico, dotado con baño, que Mariana había adaptado como cuarto de planchado, ya que su fiel empleada no podía vivir con ella porque también tenía hijos pequeños y, por lo tanto, un hogar que atender. Contaba con un patio espacioso, mitad piso y mitad verde hierba. Una de sus paredes había sido decorada con piedra. Todas las casas del sector contaban con dos baños más en la primera planta, pero los antiguos dueños del lugar donde ahora vivía la familia San Clemente habían convertido uno de ellos en un sauna que Mariana nunca utilizaba.

El segundo piso estaba dotado de tres grandes habitaciones, cada una con servicio de baño. También había un corredor central y una sala de televisión que la actual dueña había acondicionado como estudio. Esas eran, en términos muy globales, las características de la casa San Clemente.

Ahora, Spike se encontraba a dos cuadras de casa, en el parque donde todas las noches lo sacaban a pasear. No era muy distinto de algunos parques de la zona; había dos columpios, cuatro sube y baja, un carrusel, tres pasamanos, un curioso laberinto, mucho pasto, senderos de cemento y un gran árbol en el centro. En términos generales, no se trataba de un lugar muy especial, pero se respiraba un ambiente agradable.

Ahí estaba el inteligente pequeño que a nadie esperaba y, por ahora, nadie lo esperaba a él. Una corriente de viento suave estimulaba agradablemente su más sensible sentido. Podía oler varias cosas al mismo tiempo: pan recién horneado, flores coquetas de cautivantes fragancias, perfumes finos y lociones baratas, orines de perros que dejan sus marcas, escapes de autos, cremas para dientes, enjuagues bucales, polvos antipulgas, sales minerales, inciensos, frutas, también vegetales, polvos para pies, axilas impregnadas de desodorante, caucho quemado, cera para pisos, brillo de labios, caca de humanos y también de animales, jugo de naranja, jabón para los trastes, huevos con tocino, pintura fresca, removedor de esmalte...

—¿Qué haces, Spike?

El perro saltó del susto antes de mirar quién era.

—¡Li! —dijo el *schnauzer*.

—Perdona, no quise asustarte —Li se disculpó.

—Yo... estaba... identificando olores y curiosamente no sentí el tuyo.

—La corriente se llevaba mi olor hacia otra parte. De nuevo te presento excusas, no quise perturbarte.

—Despreocúpate, no hay ningún problema. ¿Cómo estás, Li?

—Bien, gracias —respondió el *chow chow*—. Me asomé a la ventana y te vi, honorable amigo. Entonces, quise venir a saludarte.

—Qué bueno que lo hayas hecho. De verdad, te lo agradezco —expresó el pequeño—. Pensaba que estaría toda la mañana solo, pero ahora estás aquí y eso me alegra mucho.

—Cuéntame, ¿cómo está Emilio?

—Li, el niño sufre mucho. La última novedad fue que experimentó terribles pesadillas, se despertó gritando. Afirmó saber que su papá está sufriendo mucho.

—¡Pobre niño!... ¿Y Mariana?

—Esta mañana la vi de muy buen semblante, hasta bromeó, diciéndome cosas. Pero es pasajero, ella también sufre mucho.

Una corriente de viento pasaba por el lugar y el par de perros guardaron silencio mientras permitían a la fuerza de la naturaleza que estimulara de nuevo sus sensibles olfatos.

—Últimamente me formulo tantas preguntas —aseguró Spike, retomando la conversación.

—¿Por qué no me dices una de tantas? Tal vez yo pueda ayudarte a contestar algunas.

—Ahora que he presenciado todo este cuadro de dolor me pregunto: ¿por qué, Li?... ¿por qué existen humanos tan inhumanos? ¿Por qué tanto odio? Por más que lo intento, no lo comprendo.

—Spike, amigo. Los perros nunca podremos comprender la dinámica del odio. Nuestra especie está incapacitada para sentirlo y es mejor que así sea. En cuanto a lo humanos o inhumanos que los guerrilleros sean, eso depende de muchas cosas. No podemos juzgarlos con tanta severidad de buenas a primeras.

—No entiendo —aseguró el pequeño.

—Te explicaré, amigo... Observa ese árbol.

Durante unos segundos, Li guardó silencio con el propósito de permitir que Spike observara bien el árbol ubicado en el centro del parque.

—Muy bien, ahora descríbelo —solicitó Li.

—Pues es un árbol grande de color verde oscuro, da mucha sombra porque cuenta con largas ramas y tupido follaje —concluyó Spike.

—¿Eso es todo?

—Sí, eso es todo.

—Bien, ahora sígueme, deseo que veas algo.

Spike, haciendo caso, siguió a Li, que caminó hasta el otro lado del parque.

—Ahora, honorable amigo, hazme el favor de volver a describir el árbol.

—Bueno, es un árbol grande de color verde claro y brillante...

—¿Qué color dijiste? —interrumpió Li.

—Verde claro y brillante —contestó Spike.

—Pero si cuando estábamos al otro lado del parque me dijiste que era de color verde oscuro... ¿Recuerdas?

—Sí, eso te dije.

—Entonces, dime, ¿es oscuro o es claro y brillante?

—Creo que el color depende del lugar en el que me encuentre. Si lo veo desde el otro lado, la luz del sol no se proyecta directamente, pero desde acá puedo observar que los rayos descienden sobre las hojas y eso las hace ver de color diferente.

—¡Exacto! ¡Tú lo has dicho!... "Las hace ver de color diferente". Pero no significa que verdaderamente lo sean. ¿Qué me dijiste del tamaño? —preguntó Li.

—Te dije que es grande.

—¿Ah sí? Ven corriendo, honorable amigo. Quiero que veas algo.

Ambos perros corrieron, Spike atrás, Li adelante. Subieron por un sendero hasta llegar a la cima de un cerro pequeño que distaba a unos ciento cincuenta metros del árbol aquel.

—Observa de nuevo —pidió Li a su compañero.

—Ahora se ve pequeño —expresó el *schnauzer*.

—¿Ves cómo un sencillo ejemplo nos puede enseñar?

—Sí, pero eso ¿qué tiene que ver con los captores de Andrés?

—¡Mucho! —contestó Li—. Escucha con atención. No son pocos los hombres que esos grupos han reclutado, los convencen de sus principios doctrinales, aprovechándose de su debilidad intelectual y escaso sentido crítico, les prometen cosas que de antemano saben que no van a cumplir y, finalmente, se los llevan a las selvas o a las montañas a delinquir. Puede que alguno diga que no quiere ir, entonces lo señalan como simpatizante de los enemigos, los amenazan a ellos y a sus familias, los despojan de la tierra que les da el sustento. Luego los condenan al exilio y, si oponen resistencia, acaban con sus vidas.

—¿Quieres decirme que también ellos son víctimas?

—No todos, pero sí un grupo bastante numeroso. Piensa en esto, Spike: Ellos reclutan niños de diez, once o doce años, los obligan a cargar armas de fuego, les enseñan a matar, a defender cultivos ilegales, a extorsionar a trabajadores honrados y los convencen de que todo es por una noble y buena causa. Esos pequeños niños también están secuestrados, pero crecen creyendo equivocadamente que son libres. Como si eso fuera poco, muchas niñas también son separadas de sus hogares, les enseñan a utilizar armas y, por consiguiente, a matar. Las utilizan para satisfacer las necesidades íntimas de los líderes guerrilleros; si quedan encinta, las obligan a abortar sus hijos y, en caso de negarse, también las amenazan con quitarles la vida.

—Todo eso es terrible —dijo Spike.

—Tú lo has dicho, mi pequeño amigo. Es por eso por lo que nunca debemos apresurarnos a juzgar. Pronunciar juicios y señalamientos lo hace cualquiera, pero analizar objetivamente la realidad que nos rodea es una difícil tarea.

—No lo había visto nunca de esa manera —reconoció Spike.

—Por eso mismo no te dejes llevar por tus primeras impresiones. Recuerda siempre que también nuestros sentidos nos pueden engañar. Analiza, medita, investiga y llegarás a sabias conclusiones.

—Respóndeme esto, Li: si ellos atacan pueblos y disparan contra la gente, si siembran el miedo, el terror y la muerte, ¿cómo pueden pensar que son víctimas inocentes?

—Ya te lo dije... Los adoctrinaron falsamente. Les han insistido innumerables veces que hacen parte de un grupo que busca justicia e igualdad, pero nada de eso es verdad.

—¿Qué es la verdad? —preguntó el pequeño.

—La verdad, al igual que ese árbol, es una realidad compleja. Y, como ya te lo expliqué, no todos observamos la realidad de igual manera. Estamos supeditados a innumerable cantidad de estímulos que inevitablemente influyen sobre nuestra capacidad de percepción.

—¿Quieres decir que la verdad es una, independientemente de lo que pensemos de ella?

—¡Exacto! La verdad será siempre verdad. Pero lo que tú digas de ella no será otra cosa diferente que tu propia percepción de esa realidad —contestó Li.

—¿Se podría decir entonces que existen millones y millones de verdades?

—Diría mejor que existen millones y millones de maneras de percibirla. Escúchame... Ese árbol es hogar para algunos pájaros, un sitio de sombra para quienes buscan refugio de los rayos del sol, inspiración para un artista, lugar de diversión para los niños que se persiguen rodeando su tronco, un punto de encuentro para enamorados, signo de vida para un defensor de la naturaleza, materia prima para un carpintero, combustible para quien con sus ramas desea calentarse con fuego y orinal para uno que otro perro. Ahora dime, honorable Spike, ¿cuál de los sujetos que te nombré está en lo cierto?

—Creo que todos —contestó el pequeño perro.

—Muy bien. Lo que has dicho es correcto. Pero ahora figúrate esto: Imagina una madre a quien no le gusta que su hijo salga al parque a jugar y prefiere que permanezca encerrado en casa. Sin embargo, el pequeño le pide con frecuencia que lo deje salir hasta que, cansada de tanta insistencia, ella se inventa una historia. Le dice que, entre las verdes hojas de ese árbol, un ogro se suele esconder y lo vieron comerse a varios niños. Entonces, aquel pequeño desafortunado crecerá gestando en su cabeza un terrible miedo a ese árbol y posiblemente a todo árbol que a este se parezca. La inseguridad de la mamá logró que la percepción de su hijo se distorsionara dado que, pudiendo enseñarle a ver el árbol como un amigo, prefirió sembrarle miedos para que de él se alejara.

—Entonces, ¿se podría decir que los subversivos tienen una percepción distorsionada de la realidad?

—Sí, aunque al mismo tiempo se podría decir que algunos hombres motivados por oscuros intereses han contribuido a distorsionar esa percepción. Al igual que te lo expliqué, depende de la óptica desde la cual lo mires —prosiguió Li—. Para nosotros, ellos están equivocados, pero para otros, son ellos los que tienen la razón.

—Entiendo —aseguró Spike—. Li..., si ellos quisieran, ¿podrían cambiar?

—¡Por supuesto!... Pero se requiere voluntad.

Ambos canes callaron durante corto tiempo mientras observaban a lo lejos a un joven que caminaba despacio. Li, de nuevo, formuló una pregunta a su compañero.

—¿Sabes qué puede hacer diferente a ese joven de un delincuente?

—Dímelo —respondió el pequeño.

—El amor, el aprendizaje, la confianza en sí mismo y, más adelante... condiciones favorables para realizarse como un hombre de bien —concluyó el *chow chow*.

—Entiendo... Y una inteligente, audaz y valiente mascota como yo... ¿serviría de algo? —bromeó Spike.

—Jajaja... ¡Egocéntrico! ¡Presumido! —respondió Li.

—No es presunción ni egocentrismo, lo que pasa es que tú tienes una distorsionada percepción de la realidad... —continuó bromeando el pequeño.

Los dos canes de nuevo permanecieron callados durante varios minutos disfrutando del viento. Finalmente, Spike se encargó de romper el silencio.

—Li... Cambiando de tema.

—Dime, pequeño.

—¿Has oído hablar de un hombre llamado Pierre Harper?

—¿Pierre Harper?... Déjame recordar —Li pensó en silencio durante unos cuantos segundos—. ¡No! Nunca escuché ese nombre.

—¿Y de un tal Aurelio?

—No... Tampoco conozco a nadie que se llame así. ¿Por qué preguntas por ellos?

—Por nada... Olvídalo —concluyó Spike.

13

¡VAYA CASUALIDAD!

En aquel entonces, antes de ser secuestrado, Andrés era un hombre de 1.80 metros de estatura y 82 kilos. Su cabello de color castaño claro lo usaba corto, pero, si lo dejaba crecer un poco, se tornaba ondulado. Su piel era trigueña, sus ojos eran verde claro, aunque justo en el centro se apreciaban pequeñas líneas de suave color mostaza.

Su nariz era recta, jamás gustó de bigote ni de barba. Labios no muy gruesos, tampoco muy delgados, dientes sanos y agradable sonrisa; cejas no muy tupidas, orejas acordes al tamaño de su cabeza. En conjunto, su rostro era relativamente armonioso. Su cuerpo se podría definir como normalmente proporcionado y predominantemente lampiño; nada de músculos bien trabajados, dedicó poco tiempo al ejercicio.

Contaba con un buen léxico, era agradable escucharlo hablar. Defendía sus ideas con éxito, contaba con una interesante forma de pensar. Era un hombre de sentimientos extremos, amaba intensamente, pero de igual manera podía odiar.

En pocas palabras, así lo definían quienes lo habían conocido, eso sí, sin llegar a imaginarse que luego de tanto tiempo de cautiverio, las inclemencias del tiempo, la pésima nutrición, las picaduras de insectos, la insoportable ansiedad, el prolongado sedentarismo y muchas cosas más se habían encargado de pasar factura de cobro a su armazón corpóreo.

Si algún día llegaba a ser liberado por sus captores o rescatado por las fuerzas de seguridad, Mariana y Emilio se encontrarían con un Andrés muy distinto del que permanecía prisionero en el portarretrato.

Las cosas iban de mal en peor, Andrés cada día se veía más ausente, ya ni escribir intentaba, parecía como si nada le importara, como si hubiera perdido el sentido de su existencia, como si no le importara vivir.

—Mire, hermano, son lentejas... Nada nuevo, ¿verdad? Pero hoy vienen con un poco de pollo desmenuzado, eso sí que no lo veíamos hace más de tres meses —le dijo otro secuestrado mientras le mostraba un plato con el alimento.

—Gracias, pero no tengo hambre —respondió Andrés.

—Andrés, ¿qué pasa? Usted tiene que alimentarse.

—No tengo ganas de comer. De verdad, no quiero.

Lejos de allí, Mariana se encontraba sentada en su ordenador, redactando el mensaje que semanalmente le leía a su esposo en una emisora local.

Andrés:

¡Hola de nuevo, mi amor!

Aquí me tienes otra vez, sentada detrás de este micrófono, pretendiendo llegar a ti por medio de la fuerza de mis palabras.

Hoy, como todas las semanas, tengo algo nuevo que contarte. Hace unos días le pedí a

José que le dijera la verdad a Emilio. Ocultarlo cada vez era más difícil. Yo definitivamente no me sentía capaz de contárselo, creía que me desplomaría al intentarlo y por eso le pedí a tu hermano que lo hiciera.

La empleada del servicio doméstico, Luz Marina (no sé si te acuerdas de ella), encontró unas hojas escritas por él en las que te mencionaba. Debo confesarte que me conmovió leerlas y por eso determiné que lo mejor era contarle tu situación real.

No sé cómo te parecerá esto, pero creo que al menos tiene algo bueno. La próxima semana vendrá conmigo a la emisora; justo para la fecha de nuestro aniversario, por primera vez te hablará y por primera vez lo escucharás.

Aún no le he dicho esto, pero estoy segura de que se alegrará.

Mi amor, te quiero pedir que no te canses de luchar. Yo te necesito y él también. No desfallezcas, cariño, sé de sobra que esto no debe ser nada fácil para ti, pero ten presente que para mí tampoco lo es.

Este periodo, las calificaciones del niño no fueron las mismas a las que nos tenía acostumbrados. Su rendimiento bajó drásticamente, al tiempo que tuvo un cambio significativo en el colegio. Procuraré estar más pendiente de él.

De todas maneras, a pesar de que en repetidas ocasiones se entristece por tu ausencia, su pequeño amigo ha resultado ser una bendición.

Emilio y Spike son verdaderamente inseparables, cada día me siento más agradecida por su llegada a casa.

Mi amor, sigo elevando mis oraciones por ti todos los días. Confío en que Dios te protegerá bajo el amparo de su misericordia.

Recuerda siempre lo mucho que te amo... Lo mucho que te amamos.

Tuya,
MARIANA

Luego de terminar de escribir cada carta, Mariana archivaba sus redacciones en una carpeta del escritorio de su ordenador portátil, a la que había titulado "Mensajes de amor".

Terminado el proceso, cliqueó en la función de apagado, se metió en el baño mientras su portátil cerraba programas y terminaba el proceso. El teléfono móvil que había dejado sobre el mueble en el que trabajaba comenzó a vibrar, pero ella no se percató. Tres minutos aproximadamente pasaron hasta que ella nuevamente salió. Se sentó en la silla donde antes había estado, cerró su ordenador para luego introducirlo en un maletín de color negro. Nuevamente vibró su celular, ella observó la pantalla que decía "Colegio" e inmediatamente contestó.

—¡Aló!

—¿Señora Mariana San Clemente?

—¡Sí! Habla ella.

—Soy Ángela Rodríguez, del Colegio San Damián de Veuster. Por favor, venga tan pronto como pueda.

—¡¿Le pasó algo a Emilio?! —preguntó Mariana, angustiada.

—Tranquilícese, señora San Clemente, yo misma estoy con él.

Como ruido de fondo, un niño lloraba.

—¡Le exijo que me diga lo que pasa! —Mariana alzó la voz.

—Su hijo llora incontrolablemente... Venga usted, por favor.

Un pensamiento muy sensato pasó por la cabeza de Mariana. Lo mejor sería no conducir, pues, frente a una novedad como esta, inmediatamente se angustiaba. Salió corriendo a la calle, pero olvidó su cartera. Hizo señal a un taxi que paró frente a ella.

—Señor, lléveme al colegio San Damián de Veuster tan rápido como pueda, por favor.

—Con gusto, señora —contestó el motorista.

Mariana llamó a José, pero él no contestó. Acto seguido, le envió un mensaje de texto: "Llámame, se trata de Emilio. URGENTE". Pasados no más de dos minutos, el móvil de la angustiada mujer volvió a vibrar.

—¿José? —preguntó Mariana.

—No, hija. Soy mamá. Figúrate que el perrito está...

—Mamá, me llamaron del colegio del niño. Dijeron que Emilio no para de llorar. Por favor, intenta llamar a José. Pídele que me acompañe.

—Está bien, hija, lo llamaré en seguida. Procura mantenerme informada.

—Lo haré. Un beso —respondió la hija.

—Dios te acompañe —concluyó Elvia.

A pesar de que el motorista conducía tan rápido como podía, a Mariana le parecía interminable el camino... Nuevamente vibró su celular.

—Aló.

—¿Qué pasó? —era la voz de José.

—Me llamaron del colegio y solicitaron que llegara cuanto antes. Escuché a Emilio llorar desconsoladamente. Por favor, acompáñame —Mariana imploró.

—Resulta, preciosa, que no estoy en la ciudad.

—¡Por Dios!... No puede ser.

—Llama a Alejandra, pídele que te acompañe.

—Sí, eso haré —Mariana colgó sin decir nada más.

El taxi al fin se detuvo en la puerta del colegio.

—Llegamos, señora —dijo el conductor.

Hasta ese momento, Mariana se percató de que había dejado su cartera. Revisó sus bolsillos, pero no llevaba dinero.

—Señor, discúlpeme. Olvidé mi cartera —explicó ella.

—No se preocupe, señora, yo también soy papá. Vaya, yo aquí la espero, es probable que me vuelva a necesitar —dijo muy amablemente.

—Gracias, señor. ¡Gracias!

A paso muy rápido, ella ingresó al colegio, una persona la esperaba ya para guiarla hasta la enfermería.

—Por acá, señora, sígame —le dijo un hombre.

Cuando entró al lugar donde se encontraba su hijo, Mariana observó un cuadro conmovedor que inmediatamente arrancó lágrimas de sus negros ojos. Emilio, sentado en una silla, estaba rodeado por cuatro personas.

Ángela, la mujer que la había llamado al celular, sostenía un vaso de agua que acercaba a la boca del niño. Un hombre estaba ubicado atrás de la silla y con sus manos presionaba suavemente los hombros del pequeño. Adriana Campos, la directora de grupo al que Emilio pertenecía, agachada junto a él, le masajeaba suavemente una de sus piernas. Al otro lado, agachada también, una mujer vestida de enfermera sostenía un pañuelo desechable con el que limpiaba las lágrimas y la nariz del niño.

Mariana percibió todo como en cámara lenta. Caminó hacía su hijo, que con sus ojos muy irritados la miró y le abrió sus brazos. No paraba de repetir esas palabras que a todos los presentes conmovían:

—¡Papito está sufriendo! ¡Nadie lo quiere ayudar!... ¡Papito está sufriendo! ¡Nadie lo quiere ayudar!... ¡Papito está sufriendo! ¡Nadie lo quiere ayudar!...

Mamá levantó en brazos al fruto de su vientre, presionó suavemente el pequeño cuerpo contra el suyo. Los rostros de madre e hijo se unieron en singular gesto de conmovedor cariño y sus saladas lágrimas se integraron en un solo caudal.

—¡Señora San Clemente! Escúcheme —era la voz de Ángela—. Yo creo que usted debe llevar al niño a un hospital. Si lo desea, le podemos proporcionar trasporte.

Mariana observó los ojos de Ángela, tan irritadamente solidarios en ese conmovedor momento.

—Sí, por favor. Llévennos.

El niño seguía llorando tan desgarradoramente inconsolable que mostrarse indiferente ante su dolor era prácticamente imposible.

A los pocos minutos, habiendo olvidado el ofrecimiento del amable taxista, un auto salía del colegio llevando a Mariana y a su pequeño rumbo al hospital. Allí, el niño fue atendido rápidamente por uno de los médicos de turno.

La joven madre se mantuvo siempre al lado de Emilio que ahora dormía sobre una camilla.

—Dígame usted, señora, ¿ya se había presentado una crisis como esta? —el médico preguntó.

—Sí, hace algunos días me llamaron del colegio para informarme respecto de cambios en el comportamiento del niño —respondió Mariana.

—¿O sea que no es la primera vez?

—De hecho, es la segunda.

—¿Conoce usted algún factor que suscite estos cuadros de tristeza en el niño?

—Sí, mi esposo, el papá del niño, está secuestrado. Ya se había tornado imposible ocultarle la verdad, por lo que autoricé que le contaran todo, aunque ahora no sé si mi decisión fue inteligente.

Esta fue la primera vez en más de seis años que Mariana abordó el tema del secuestro de Andrés sin sentir que se desplomaba. Al mismo tiempo, era la primera vez que ningún otro miembro de su familia la acompañaba en una urgencia. Pasados unos segundos de silencio, el doctor en medicina retomó la palabra.

—Entiendo... Lamento lo de su esposo... Verá usted, lo que hice simplemente fue inducirle el sueño. Permanecerá así durante unas horas más. Puede salir cuando quiera, no me parece necesario que el niño permanezca en el hospital. Sugiero que se comunique cuanto antes con su médico de cabecera. En lo personal, creo que sería muy recomendable llevar al pequeño con un terapeuta, preferiblemente un especialista en psicología infantil.

—Lo tendré en cuenta. Gracias, doctor —respondió ella.

El médico salió de la habitación. Mariana se mantuvo de pie en el lugar donde estaba mirando fijamente a su hijo. El celular volvió a vibrar, se trataba nuevamente de Elvia que cada quince minutos la había llamado para saber cómo estaba.

—Hola, mamá.

—Hola. ¿Qué ha pasado, hija?

—Acabo de hablar con el doctor, me dijo que ya nos podemos ir a casa. Indujo el sueño en el niño, ya vamos para allá.

—Bueno, hijita, yo me tomé la libertad de revisar tu agenda de teléfonos, pues se me ocurrió llamar a don Arnulfo, ¿lo recuerdas? Uno de los antiguos conductores de Andrés.

—Sí, mamá, lo recuerdo.

—Gracias a Dios encontré su número y me dijo que en diez minutos llegará hasta donde te encuentras.

—Está bien, mamá, aquí lo esperaré.

—Bueno, hijita, nos vemos al rato.

—¡Mamá!

—¿Qué, hija?

—Te amo tanto.

—Y yo a ti, hijita. Ven pronto, te estaré esperando.

Finalmente, Mariana ya iba camino a casa con el niño en sus brazos. No pasaron desapercibidas para ella las abundantes canas de don Arnulfo. Definitivamente, el paso del tiempo no es tan misericordioso con unos como con otros.

Al llegar a casa, ya Elvia esperaba de pie junto a la puerta abierta, sostenía una cobija en sus manos para abrigar al niño cuando llegara. Don Arnulfo se encargó de cargar al niño desde el auto hasta la cama.

Justo al pasar por la puerta de entrada, Mariana observó algo fuera de lo habitual. No solo mamá era la que se encontraba en casa.

—Buenas noches, señora San Clemente.

—Buenas noches, doctora Ana.

Mariana imaginó rápidamente que mamá le había contado a esta vecina lo acontecido con Emilio, pero, frente a la actitud de extrañeza de su hija, Elvia inmediatamente explicó:

—Hija, la primera vez que te llamé en la tarde era para explicarte que encontré al perrito muy mal. Como si estuviera enfermo. Fue cuando me contaste lo que sucedía con el niño e inmediatamente me decidí a llamar a don Arnulfo y en esa misma página leí otro nombre que decía Ana (veterinaria). Aproveché para llamarla, pero no te dije nada, no quise agregar más preocupaciones a tu jornada.

—¿Qué le pasa a Spike, doctora? —Mariana preguntó.

—Lo revisé meticulosamente, pero no encontré nada fuera de lo normal. Si usted me autoriza, lo llevaré conmigo a la clínica veterinaria. Me gustaría practicarle algunos exámenes y tenerlo bajo observación —sugirió Ana.

—¡Por supuesto que sí! Llévelo, doctora. Pero ¿dónde está?

—Arriba, en su cama —contestó Elvia.

Las tres mujeres subieron hasta la habitación de Emilio. Allá estaban el niño profundamente dormido, el conductor que lo había subido y Spike. Mariana entró al lugar junto a sus dos compañeras y observó al canino echado sobre su cama, ella se agachó y acarició su cabeza.

—¿Qué te pasa, mi pequeñín? —le preguntó.

El *schnauzer* movió levemente su cabeza, lamió una vez la mano de su ama. Ella lo levantó con enternecedor afecto y lo entregó en manos de la veterinaria.

—Espero que su hijo mejore pronto —dijo Ana.

—Gracias, doctora, ojalá se trate de algo pasajero —contestó Mariana.

—Hijo y mascota enfermos el mismo día —expresó Elvia—. ¡Vaya casualidad!

—Me marcho ya, no quiero perder más tiempo para hacer análisis de laboratorio a su perro —expresó la doctora.

—Avíseme, por favor, cuando sepa lo que tiene —pidió Mariana.

—Por supuesto. La llamaré cuando sepa de qué se trata —contestó Ana.

—Yo también me voy. Si necesitan de mis servicios, no duden en llamar —intervino el conductor.

—Gracias, don Arnulfo. Gracias, doctora. Han sido ustedes muy amables —Mariana concluyó.

Elvia acompañó hasta la puerta a quienes se marchaban. Mientras tanto, la madre del niño se sentó, pensativa. Durante algunos minutos reflexionó respecto de la última frase que su señora madre había pronunciado.

14
DELIBERACIÓN

Poco después de que la luz de un nuevo día diera la señal de aviso para el inicio de la jornada, la mayoría de las personas caminaban de aquí para allá, unos estudiando, otros trabajando y muchos otros buscando empleo.

El ritmo de las grandes ciudades es absorbente tanto como apasionante. Diferentes razas, culturas, costumbres y dialectos se mezclan. Mujeres y hombres altos, bajos, delgados y obesos; niños, adolescentes, adultos y viejos. Pobres y ricos, también los de clase media; letrados, estudiantes, uno que otro analfabeto; casados, solteros, parejas de novios y los cada día más comunes "felizmente divorciados". Pacíficos y agresivos; malolientes y perfumados; campesinos y citadinos; religiosos y laicos; críticos y conformistas; algunos estúpidos y otros no tanto. Tramposos y honrados; misioneros de la paz y también de la guerra. Muchos de derecha, muchos de izquierda; chismosos y chismosas, prudentes e imprudentes. Unos a pie, otros en auto, algunos cabían como fuera en un trasporte no tan barato. Enfermos mentales y aquellos convencidos de que no lo eran, pero lo eran. Camuflados entre los ciudadanos, uno que otro psicópata y dos o tres políticos honrados. Católicos, protestantes, algunos budistas y también judíos. En otras palabras, de todo se puede encontrar en esa ciudad.

No había necesidad de ser bailarín para integrarse en la coreografía. Incluso los que no se podían mover tenían su lugar en el diario y desordenado acto.

Ahí, en ese inmenso plano, una joven veterinaria examinaba a un pequeño can. Ella tomó el teléfono e hizo una llamada a sus dueños.

—Aló —contestó Mariana.

—¿Señora San Clemente? —preguntó Ana.

—Sí, con ella.

—Estoy llamando de la clínica veterinaria.

—Entiendo. ¿Cómo está mi perro?

—Pues los exámenes realizados no arrojaron ningún resultado del cual deba preocuparse —respondió la doctora.

—Gracias a Dios. No sabe cuánto se lo agradezco.

—¿Su hijo cómo está?

—Aún condicionado por la acción del medicamento. Lo desperté hace poco y le di algo de comer, pero volvió a quedarse dormido —respondió Mariana serenamente.

—Entiendo. ¿Sabe usted? Quisiera quedarme con el perro hasta las horas de la tarde. Deseo observarlo un poco más. ¿Tiene algún reparo?

—No, en absoluto.

—Gracias, señora. Siendo así, la llamaré más tarde.

—Gracias a usted. Hasta pronto.

—Hasta luego.

Al mismo tiempo, cinco perros procedentes de distintos lugares se aproximaban a una casa en obra negra, aquella donde antes se habían reunido ya. La puntualidad resultaba ser una exquisita característica de este consejo; cuando llegaron Leila y Lola, ya las estaban esperando Bruno, Óscar y Li.

El aullido canino era obligatorio para marcar el inicio de todo ceremonial perruno. Era una manera de recordar a los ancestros lobos de los que hacía tanto tiempo se habían separado a causa de la domesticación de alguna ramificación de la especie. Al tiempo, el aullido significaba para ellos la invocación de la sabiduría canina para comprender los mejores pasos a seguir ante los problemas que inevitablemente siempre se presentaban.

La noche inmediatamente anterior, Leila se enteró de todo. Ana la había dejado en la clínica veterinaria para su ritual de baño de cada tres semanas, al mismo tiempo que para la aplicación de una vacuna. Horas más tarde, mientras aún la esperaba, la cuadrúpeda observó a su ama que cargaba en brazos a un *schnauzer*.

No había ninguna duda, ese cabello brillante de color gris ratón, esas patas peludas tan blancas como leche y ese singular olor que solo a él identificaba hicieron comprender a la *pastor collie* que algo anormal pasaba.

Por tratarse de la fiel mascota de la veterinaria, Leila se movía en la clínica como pez en el agua. Una vez que secaron su cabello y le atomizaron ese horroroso perfume canino que la hacía estornudar, el bello ejemplar caminó hasta la sala de observación.

Las palabras no hicieron falta, aunque de todas maneras intercambiaron algunas. Una frase corta que emergió de los labios del pequeño amigo quedó tan grabada en Leila como la marca que un ganadero, con un hierro al rojo vivo, imprime en las nalgas a su ganado: "Amiga, me siento destrozado".

Leila simplemente permaneció allí. No había necesidad de decir absolutamente nada. Tampoco era necesario solicitar explicaciones, ella sabía perfectamente lo que pasaba.

Luego, al dar su acostumbrada vuelta al parque, se encontró con algunos perros. Entonces solicitó, por medio de ellos, una nueva convocatoria al consejo territorial. Esta vez, de carácter "1–A", lo que quiere decir... extrema urgencia.

—Amigas, para evitarnos perder tiempo en innecesarias repeticiones, queremos que sepan que ya estamos enterados de lo acontecido en el día de ayer —expresó Óscar, dirigiéndose en nombre del consejo a Lola y Leila.

—La situación cada vez se pone peor. Ya no se trata solamente del niño, sino también de un miembro de nuestra especie —contestó Leila.

—¿Tienes alguna propuesta? —preguntó Bruno.

—¡Sí!... Debemos hacer algo —aseguró Leila.

—Honorable Leila, bien sabes que no es tan sencillo —intervino Li.

—Entonces hagamos lo más sencillo, señores del consejo —dijo Lola—. Echémonos sobre verdes pastos y esperemos a que ambos mueran de tristeza.

—Lola... —antes de proseguir, Li suspiró—. Ellos están vivos porque así debe ser. Sufren porque el sufrimiento también hace parte de la dinámica de la existencia, no solo de la especie humana, también de la nuestra. Y, definitivamente, un día tendrán que morir, no solo ellos, también nosotros. No tenemos potestad sobre la vida, tampoco sobre la muerte. Eso le corresponde a una fuerza que está por encima de nuestras especies.

—Yo no estoy pidiendo que se luche en contra de lo inevitable. No se trata de decidir sobre la vida o la muerte. Estoy sugiriendo que los amemos de una manera diferente —dijo Leila.

—¿Cómo? —preguntó Bruno.

—¡Interviniendo directamente! —contestó Leila.

—¡Eso jamás! —dijo Óscar—. Nuestras reglas son muy claras.

—Tú y tus reglas, Óscar —expresó Lola.

—Pues esas reglas que poco te gustan, amiga Lola, son las que durante los últimos siglos nos han asegurado un lugar al lado de la especie humana. No fueron elaboradas por simple capricho y, por lo tanto, son necesarias —enfatizó Óscar.

Luego de unos segundos de sepulcral silencio, Bruno tomó la palabra:

—Tal vez deberíamos pensarlo.

—Por mi parte, ya lo pensé. Mi respuesta sigue siendo la misma —dijo el *rottweiler*.

—Leila, Lola, amigas mías —dijo Li—. Más que un problema de cumplimiento de reglas se trata de una situación compleja. Crean que no estoy del todo en contra de una intervención directa, pero tampoco a favor. Tengan en cuenta que, si Andrés estuviera secuestrado en la ciudad, todo sería más fácil, daríamos la alerta a los diferentes consejos territoriales y ubicarlo con nuestros olfatos sería, como dicen los humanos, "un juego de niños". Pero a ciencia cierta sabemos que está en la selva. Los pocos perros que allá habitan no están bajo el amparo de ninguna jurisdicción. Tampoco contamos ahora ni con el más mínimo rastro del olor del padre de Emilio. Como si lo anterior fuera poco, siglos de historia en que nuestros genes han sido modificados por el fenómeno de la domesticación han mermado considerablemente nuestro ancestral instinto salvaje. No nos podemos aventurar de buenas a primeras a una misión tan peligrosa, los efectos podrían empeorar la situación en vez de mejorarla. Entiendan, no se trata de negar ayuda simplemente por negarla; comprendan, por favor, que las condiciones no están dadas.

Leila no tenía ya necesidad de decir nada. Su rostro lo decía todo, se sentía verdaderamente frustrada.

—Si de mí dependiera —intervino Bruno—, buscaría a esos secuestradores y los haría trizas con mis...

—¡Eso también está prohibido, Bruno! —aseguró Óscar.

Nuevamente, el silencio reinaba.

—¿Y si buscamos ayuda? —preguntó Lola.

—Explícate —solicitó Bruno.

Lola miró a Leila; la *pastora collie* asintió con la mirada.

—Hace unos días, Leila, Spike y yo estuvimos de visita en el serpentario distrital —contó Lola—. Asdrúbal, el perro guardián, nos ayudó a entrar. Una vez allí, dialogamos con Lucrecia, ella es una serpiente que...

—¿Involucraron a otra especie? —Óscar de nuevo interrumpió—. La regla dice muy claramente que...

—¡Tú y tus malditas reglas! —Leila protestó.

Intempestivamente, Óscar se abalanzó en disposición de ataque sobre el cuerpo de Leila. Todos fueron tomados por sorpresa. La *pastor collie* chilló. Revolcada en el piso, fue mordida en su pata delantera izquierda.

—Óscar... ¡DETENTE! —gritó Li con voz tan fuerte que a todos causó un efecto casi petrificante.

El silencio reinó durante interminables segundos.

Leila, desde el suelo, muy lentamente se fue incorporando sin apartar ni por un instante su mirada de los ojos del *rottweiler*. Al fin, indescifrablemente indignada, pero al mismo tiempo dueña de sí misma, le dijo:

—Dime, Óscar, ¿esta agresión hace parte de las reglas que tanto te precias de conocer? Adelante... Mátame con el poder de tu quijada para que cumplas tus reglas a cabalidad.

—Yo... No sé qué pasó —contestó quien ahora ocupaba el lugar de agresor.

Óscar se sentó, bajó su cabeza y redirigió su mirada. Ahora observaba el piso.

Nuevamente, Leila se encargó de romper el incómodo silencio y, mirando a los otros dos miembros del consejo, les dijo:

—Gracias, Li. Gracias, Bruno. Procuraré no volver a molestarlos —luego se dirigió a su agresor—. Te deseo un buen día, Óscar.

Óscar levantó muy lentamente su cabeza. Observó a Leila, que se marchaba cojeando y sangrando de una pata junto a su amiga que la acompañaba.

—¡Leila! —Óscar la llamó.

Ella se detuvo y lo miró sin decir nada.

—¡Perdóname! De verdad, lo siento —dijo el agresor.

—No, Óscar. Tú no lo sientes... Emilio lo siente y Spike también. Sus almas están tan heridas como ahora lo está mi pata. Lo único que tú sientes son tus reglas. Adiós.

Las dos amigas se alejaron.

—Óscar, cómo pudiste... —dijo el pastor alemán antes de ser interrumpido.

—Bruno... ¡Por favor calla! Hacer señalamientos no resolverá nada —solicitó Li.

Bruno obedeció y, haciendo otro tanto, también se fue.

—Hasta pronto, honorable amigo, nos veremos después —le dijo Li a Óscar, como si nada, y emprendió camino de regreso a su casa.

El *rottweiler* permaneció solo durante largas horas en el mismo lugar.

15

EMERGENCIA

Aprovechando la cercanía de su casa a la clínica veterinaria, Mariana decidió caminar un poco la tarde del día aquel. Había sacado del cuarto donde usualmente se guarda lo que ya no se usa el viejo coche de bebé que durante sus primeros años usó Emilio.

—¿Y ese coche? —le preguntó Elvia antes de que saliera.

—Es para su majestad Spike, no sé si esté en condiciones de caminar —contestó su hija.

Aquella tarde era verdaderamente soleada. Valía la pena hacer un poco de ejercicio.

Emilio, por su parte, jugaba con su tío José. Ya había preguntado unas quinientas veces por su mascota; Mariana había preferido decirle la verdad: que el perro se había indispuesto, pero que más tarde llegaría.

Mientras avanzaba por las calles que la conducían hasta el lugar donde debía llegar, pensaba especialmente en la última crisis de su hijo, al tiempo que elevaba oraciones para que una cosa como esa no volviera a suceder jamás.

Al llegar a la clínica, subió dos pequeños escalones que la colocaron frente a una puerta de vidrio. Luego de empujarla, ingresó tímidamente al espacio de la recepción, pero no había nadie.

—¡Buenas tardes!

—¡¿Señora San Clemente?! —gritaron desde adentro.

—Sí, soy yo —respondió.

—¡Siga por el pasillo, por favor! —le gritaron de nuevo.

Mariana, obedeciendo la solicitud, caminó por el pasillo hasta encontrarse con una puerta abierta de donde suponía había salido el sonido de la voz de quien la había llamado.

Prudentemente asomó su cabeza y observó a la doctora que hacía una curación a su mascota Leila.

—Pero ¿qué sucedió? —preguntó Mariana.

—Un perro la mordió —contestó Ana, visiblemente afectada—. No sé cómo pudo haber sucedido, la dejé sola en casa y con las puertas cerradas.

—¿Es grave la herida?

—Realmente no. Ya tomé radiografía y no hay fractura. Eso sí, fue profunda, sangró demasiado.

—¡Pobrecita! —Mariana se acercó y le sobó la cabeza.

—Mejor ni enterarme de cuál fue el perro que le hizo esto porque no respondo de mí —dijo, enojada, la veterinaria—. Spike se encuentra mucho mejor, no del todo bien, pero sí mucho mejor. Y su hijo... ¿cómo está?

—Emilio se encuentra mucho mejor, no del todo bien, pero sí mucho mejor.

Ana observó a Mariana y sonrió.

—¿Está usted bromeando? —preguntó la doctora.

—No... ¿Por qué? —respondió Mariana al tiempo que también preguntaba.

—Porque usted me contestó lo mismo que... Nada, olvídelo —luego bajó a Leila de la camilla y la colocó sobre el piso. Se incorporó—. Acompáñeme, Spike debe estar agitado si ya sintió su olor.

Las dos mujeres y una perra que cojeaba se dirigieron al tiempo al mismo lugar. Ingresaron a una dependencia donde Mariana observó varias jaulas de distintos tamaños, en una de ellas, Spike estaba de pie y movía alegremente la colita, aunque sin el entusiasmo que otras veces lo caracterizaba.

Nuevamente, utilizando la facultad de hablar a una frecuencia imperceptible a los oídos de los seres humanos, se comunicó con Leila.

—¿Qué le pasó a tu pata? —Spike preguntó.

—Óscar me atacó —respondió Leila.

—¿¡Óscar!? ¿Por qué?

—Caímos en una tonta discusión cuando fuimos con Lola a solicitar una intervención directa.

La conversación fue interrumpida por Mariana, que quitó el seguro de la jaula y sacó a su mascota. Spike le dio unos cuantos lengüetazos en la cara.

—¿Cuánto le debo por sus servicios, doctora Ana?

—Por el momento no he sacado la cuenta total. ¿Qué le parece si en el trascurso de la semana hago llegar la cuenta de cobro a su casa? —propuso.

—Me parece muy bien —contestó Mariana. Luego se dirigió a Spike—. Bueno, jovencito, Emilio te está esperando.

—¿Vino usted en auto? —preguntó la doctora.

—No. Traje el coche de bebé de Emilio para que Spike no tenga que caminar.

—Oh... qué ternura. Si quiere, espéreme un momento y salgamos juntas que ya debo cerrar —propuso Ana.

—Claro que sí. La esperaré.

Al llegar al hogar, Mariana ayudó a bajar al pequeño perro del coche de bebé. Había un exquisito aroma a torta de naranja, se notaba que Elvia estaba en la cocina.

Por la relativa proximidad con la clínica veterinaria, los dos canes habían aprovechado para hablar y actualizarse en las últimas novedades acontecidas, sobre todo, lo que había sucedido en el fatídico consejo territorial que terminó con la *pastor collie* malherida y un avergonzado *rottweiler*.

El *schnauzer* subió las escaleras a ritmo sostenido, pero no tan rápido como otras veces. Al ingresar a la habitación, Emilio estaba en la cama, hasta donde el perro saltó y le dio muchos lengüetazos en la cara. El tío José, sonriendo, los observaba.

Al rato, el timbre de casa sonó. Eran Alejandra e Isabel que venían también a visitar al niño. Así, todos los integrantes de la pequeña familia se reunieron en torno a Emilio.

De muchas cosas hablaron aquella tarde, entre ellas, de si Emilio debía regresar a clases el siguiente lunes. Mariana le dijo a su hijo que se sintiera en completa libertad de ir al colegio el primer día de la semana o de quedarse en casa si lo deseaba. Ciertamente, mientras las horas pasaban, el niño y el perro se veían mucho mejor.

Las cosas parecían ir regresando lentamente a la normalidad. Curiosamente, el único que se percató de algo extraño fue Spike, luego de haber saludado a su amigo percibió una extraña energía. El instinto de un canino es muy difícil de engañar; sin embargo, el pequeño can no sabía de qué se trataba; lo único de lo que no le quedaba duda era que Emilio estaba tramando algo.

Efectivamente, el lunes siguiente, Mariana despertó al niño muy temprano para ir al colegio. Él se incorporó y quedó sentado sobre su cama.

—Mami...

—¿Qué, cariño?

—Me siento mareado, tengo náuseas.

Spike lo miró, sabía que estaba mintiendo.

—No me digas, hijo —dijo Mariana.

Ella se acercó y le tocó la frente. Su instinto maternal le avisó que su niño no tenía fiebre.

—¿Se tratará todavía del medicamento? —sugirió Emilio.

—Posiblemente, hijo, aunque me parece extraño que el efecto haya sido tan prolongado. Espérame, llamaré a mamá.

Mariana marcó a casa de su señora madre.

—Aló —respondió Elvia.

—Hola, mamá. Soy Mariana.

—Buenos días, hija, ¿cómo sigue el niño?

—De eso te quería hablar. Dice que se siente mareado y que tiene náuseas. ¿Será posible que vengas a estar con él?

—Sí, hija, con gusto, pero debo pasar antes a cobrar mi cheque porque no tengo dinero —respondió Elvia.

—¿A qué hora crees que puedes llegar acá? —preguntó Mariana.

—Entre las diez y las diez y media a más tardar.

—¡Perfecto! Yo debo salir a las nueve. Espérame un instante, no vayas a colgar.

Mariana tapó la bocina del teléfono y le habló a su hijo.

—Millo.

—¿Qué, mami?

—Debo salir a las nueve, tu abuela dice que puede llegar entre las diez y las diez y media. ¿Crees que puedes esperar solito poco más de una hora?

—Sí, mamá.

Mariana de nuevo le habló a Elvia.

—¿Mamá?

—Te escucho, hija.

—Emilio me dice que no hay ningún problema, que se siente capaz de esperarte.

—Me parece bien, hija. Me apresuraré para hacer esa diligencia cuanto antes. ¿Hasta cuándo estarás sin servicio doméstico?

—Hasta mañana o pasado mañana, por lo que creo —contestó Mariana—. ¿Tienes las llaves de la casa?

—Sí, hija mía, siempre cargo un juego en mi cartera.

—Está bien, mamá. Te encargo a mi hijo de nuevo y también a su perro.

—Con gusto, hijita, que Dios te bendiga.

—Hasta luego, mamá.

—Hasta luego.

La señora San Clemente colgó el teléfono y se metió al baño. Mientras graduaba la temperatura del agua de la ducha habló con su hijo.

—Abuelita vendrá a estar contigo.

—Está bien, mamá.

Spike observaba a Emilio, había algo que no estaba bien.

Mariana realizó su acostumbrado ritual de baño y maquillaje. Luego se vistió y se perfumó. Faltando escasos minutos para las nueve de la mañana, su teléfono móvil vibró.

—¡Aló!

—Hola, Mariana, soy José.

—Hola. ¿Cómo estás?

—Bien. ¿Cómo está Emilio?

—Lo veo mejor, pero no lo envié hoy al colegio. Me dijo que no se sentía del todo bien.

—Entiendo. ¿Nada fuera de lo normal? —preguntó José.

—Pues, aparte de un esposo secuestrado y dos enfermos el mismo día, no. ¿Se te ofrecía algo más? —respondió con cierto sarcasmo.

—¿Con quién se quedará el niño? —preguntó.

—Se quedará solo durante una hora, luego llegará mi mamá. José... ¿qué te pasa?

—Nada... Nada, no me hagas caso. Si algo se te ofrece, por favor llámame.

—Siempre lo hago, José. Gracias por ser quien eres.

—Por nada... Hasta pronto, Mariana.

—Hasta pronto.

La joven madre bajó a la cocina y preparó un plato con cereales para su hijo. También frutas picadas y un vaso de yogur. A los pocos minutos subió a la habitación.

—Toma, mi niño, desayuna con esto. Abuelita llegará al rato y te dará algo más.

—Gracias, mami.

—Me voy.

—Que te vaya bien, mamá.

Mariana le dio un beso en la frente a Emilio.

—¡Mami!...

—¿Qué, mi vida?

—Te amo.

—Yo a ti, mi amor. Nos vemos más tarde.

Mujer y perro bajaron la escalera. Ella tomó de una silla su cartera, luego viró su cuerpo en dirección a la puerta y la mascota estaba ahí, parada, como si quisiera obstaculizar su camino.

—No, señor, tienes que cuidar a Emilio. Además, tu paseo es en horas de la noche —le dijo Mariana a la mascota.

Spike puso resistencia. Ella lo retiró de la puerta y, esta vez, con más trabajo que de costumbre, logró salir a la calle. El perro se trepó sobre una silla y, mientras Mariana subía a su auto, él ladraba sin dar tregua, observándola desde la ventana. Emilio hacía otro tanto desde el segundo piso, donde observó hasta que Mariana finalmente se marchó.

El perro subió a toda prisa a la segunda planta. Ya Emilio estaba de pie sin el más mínimo rastro de ningún malestar. Se encontraba junto al armario, metiendo algunas prendas de vestir dentro de un maletín.

—Escúchame bien, Spike, tendrás que ser valiente y proteger a mamá. Yo no me aguanto más esto. Me voy a buscar a papá.

El perro quedó frío ante las palabras de su amigo, pero más impactado quedaría aún luego de observar y escuchar lo siguiente que hizo. Tomó el teléfono y marcó un número.

—Distrital de Taxis. Buenos días —contestó una voz femenina.

—Necesito un servicio, por favor —dijo Emilio, fingiendo una gruesa voz.

—Confirme su dirección, si es tan amable.

—Urbanización Trigales del Norte, costado occidental. Manzana cinco, casa número tres —dijo el niño, sosteniendo un recibo de la energía eléctrica en sus manos, pues no sabía de memoria la dirección.

—¿Su nombre, por favor?

—Andrés San Clemente.

—En ocho minutos, la unidad 7201 estará en la puerta de su casa.

—Gracias. Muy amable, señorita —respondió Emilio con su fingida voz.

—Gracias a usted por escoger los servicios de Distrital de Taxis. La mejor opción para trasportarse en la ciudad.

Emilio colgó el auricular. Sacó varios billetes de altas y bajas denominaciones del lugar donde sabía que Mariana guardaba el dinero. Spike bajó a toda prisa, la única opción que se le ocurrió fue salir por la ventana e ir a buscar la ayuda de sus amigos, pero estaba cerrada.

El niño bebió el vaso de yogur, sacó la fotografía de su padre del portarretrato donde se encontraba y la introdujo en su maletín. Spike lo observaba.

La bocina de un auto sonó frente a la casa. Emilio tomó su pequeño maletín y se dispuso a salir de la habitación. El perro mordió la bota del pantalón del niño y, gruñendo, jaló hacia atrás.

—No insistas, Spike. Alguien tiene que hacer algo por papá.

Emilio lo levantó, con el perro en sus brazos salió de la habitación, lo arrojó hacia adentro y cerró rápidamente antes de que Spike pudiera salir.

El niño bajó las escaleras y abrió la puerta de salida. Al percatarse de que el conductor lo observó de manera extraña, se devolvió y gritó:

—Hasta luego, mamá, te amo.

Spike, desde el segundo piso, ladraba angustiado. Emilio salió, caminó hasta el taxi e ingresó a él.

—Buenos días, pequeño caballero.

—Buenos días, señor.

—¿A dónde quiere que lo lleve? —preguntó el conductor mientras lo observaba por el espejo retrovisor.

—Al terminal de buses intermunicipales, por favor —contestó Emilio.

El taxi arrancó con destino al terminal, mientras el perro, desesperado, no paraba de ladrar y ladrar.

Cuarenta minutos más tarde, el taxi llegó al terminal.

—¿Le parece bien en esta entrada? —preguntó el conductor.

—Sí, aquí está bien —respondió el niño—. ¿Cuánto le debo?

El conductor le señaló con el dedo índice el contador electrónico donde se leía el precio del servicio.

—Aquí tiene —dijo Emilio, al tiempo de entregarle dos billetes.

El taxista le devolvió algunas monedas.

—Gracias, muy amable —dijo Emilio.

—¡Niño! Discúlpeme, pero... ¿alguien lo está esperando aquí?

—Sí, mi papá —contestó Emilio sin titubear.

—Okey. Feliz día —dijo el conductor.

—Gracias señor, lo mismo para usted.

El niño tomó su maletín y descendió del auto. Caminó en dirección a la entrada del terminal. El taxista le observó mientras se alejaba y pensó: "¿Cómo sus padres lo pueden dejar salir solo a esa edad?".

Emilio se acercó a un policía de turismo y le solicitó una información. El hombre aquel le señaló el lugar hacia donde debía dirigirse.

Caminó el pequeño San Clemente por aquellos amplios corredores que lo llevarían finalmente a una ventanilla donde una joven señorita atendía. Él hizo fila y esperó su turno. Al fin, luego de pocos minutos, le correspondió ser atendido.

—Buenos días —dijo Emilio.

—Buenos días. ¿A dónde va?

—A la ciudad de Florencia, Caquetá.

—¿Cuántos boletos?

—Uno.

La señorita lo miró extrañada y le dijo:

—Discúlpeme, niño, pero usted no puede viajar solo. Se necesita de la compañía de un mayor de edad.

—Verá usted. El boleto no es para mí, es para mi padre. Tuvo una urgencia y por eso se encuentra en el baño... Usted entiende. Me envió con el dinero para comprar su pasaje, ya que no quiere perder el próximo bus —contestó Emilio con tal seguridad que muy difícilmente aquella mujer se habría percatado de que le estaba mintiendo.

—Entiendo —contestó ella.

La vendedora de tiquetes terrestres observó la disposición de lugares libres en el bus. Con un suave movimiento volteó el monitor y dijo:

—Los lugares de color verde están vendidos, los de color azul están disponibles. ¿Qué puesto crees que le gustaría a tu papá?

—Este —señaló Emilio.

La mujer digitó algunas cosas.

—¿Nombre de tu papá?

—Andrés San Clemente.

—Muy bien, este es el tiquete.

Emilio dejó sobre el mostrador un billete de alta denominación. La mujer devolvió el sobrante y le dijo:

—Ve y dile a tu papá que en quince minutos saldrá el bus por la puerta número dieciocho.

—Gracias, muy amable.

Elvia, mientras tanto, ya había cobrado el cheque. Luego abordó un taxi no muy lejos de la casa de su hija y su nieto, pero un grupo de personas que protestaban por el deficiente servicio de trasporte público obstaculizaron la principal vía del sector, provocando un monumental congestionamiento que retrasaba considerablemente la llegada de la abuela a su destino.

Emilio, mientras tanto, subía al bus. Se sentó en el puesto señalado para su padre mientras las demás personas ocupaban sus respectivas sillas. Se trataba de un vehículo grande y confortable que contaba con una fila de dos sillas al lado izquierdo y una fila de una sola silla al lado derecho. Emilio había escogido la fila del costado derecho, por lo tanto, nadie viajaría a su lado.

Un supervisor se subió al automotor y solicitó a los pasajeros que prepararan sus boletos. Uno a uno los fue pidiendo. Al llegar al puesto del niño, Emilio extendió el brazo y le entregó el suyo.

—¿Con quién viajas, campeón? —preguntó el supervisor.

Emilio, sonriendo, señaló con el dedo al señor que estaba sentado en el puesto de adelante.

—Buen viaje, pequeño.

—Gracias, señor.

Así, a las diez y veinte minutos de la mañana, el bus donde se encontraba Emilio partía con destino a la ciudad de Florencia, ubicada a quinientos diecinueve kilómetros de Bogotá.

A esa misma hora, Mariana estaba a punto de entrar a las dependencias de un banco. Dada la prohibición de ingresar a estos lugares con los teléfonos móviles encendidos, ella aprovechó para llamar a Elvia antes de apagar su dispositivo de comunicación.

—Aló —contestó Elvia.

—Hola, mamá. ¿Ya llegaste?

—No, hija, había un congestionamiento terrible en la avenida y eso me retrasó. Pero ya estoy ingresando a la urbanización. No te preocupes.

—Está bien, mamá. Sabiendo eso ya puedo estar más tranquila. Apagaré mi celular porque estaré en el banco más o menos una hora. Tengo que preguntar respecto de unos movimientos extraños que aparecieron en los extractos bancarios y aprovecharé para diligenciar un préstamo para la remodelación del consultorio. Cuando todo termine, te volveré a llamar. ¿De acuerdo?

—Bueno, hija, que todo te salga bien.

—Gracias, mamá. Te amo.

—Y yo a ti, hija. Dios te bendiga.

Elvia guardó su celular y le dijo al taxista:

—En esa casa de frente blanco a su costado derecho, por favor.

—Con gusto, señora.

Luego de pagar el servicio, Elvia bajó del auto y pudo escuchar los agudos ladridos de Spike, que desde la ventana del segundo piso la estaba observando. La servicial abuelita, a paso lento, se dirigió a la puerta y sacó un manojo de llaves de la cartera que llevaba. Fácilmente abrió la puerta e ingresó a casa.

Una vez cerró adentro, siguió escuchando los ladridos del perro y el sonido de sus uñas que agitadamente raspaban la puerta. Elvia colocó su cartera sobre la mesa de la cocina, abrió la cremallera y sacó algunos chocolates que había comprado.

—¡Ya voy! ¡Ya voy! Con esos ladridos cómo se va a recuperar mi nieto —dijo, dirigiéndose al perro mientras subía la escalera.

Al fin, Elvia abrió la puerta. A la velocidad de una flecha, el perro bajó las escaleras, sus ladridos continuaban.

—¿Emilio? Nietecito mío... ¿Dónde estás? —preguntó mientras caminaba hasta el baño, esperando encontrarlo ahí, pero no estaba.

Elvia empezó a sentir que algo, nada bueno, estaba sucediendo. Mientras tanto, el perro, muy agitado, continuaba ladrando.

—¡Emilio! ¡EMILIO!

Elvia empezaba a angustiarse.

La abuela recorrió todo el segundo piso. Millones de terribles pensamientos se movían, causando conmoción dentro de su cabeza. El perro, a lo lejos, no paraba de ladrar.

—¡Hijito de mi alma! ¡¿Dónde estás?! —los ojos de la anciana ya estaban llenos de lágrimas.

La anciana mujer bajó las escaleras, peligrosamente rápido, teniendo en cuenta su edad. Entró de nuevo a la cocina, revisó los baños, recorrió la sala, también el comedor y el patio. El perro seguía ladrando junto a la puerta de entrada.

Elvia tomó su celular, con sus manos temblorosas logró marcar el número de Mariana.

—El teléfono al que usted ha marcado se encuentra apagado. Por favor, deje su mensaje después de escuchar el tono. Gracias —contestó una máquina.

—¡Hija! ¡Llámame! ¡Emilio no está! ¡Emilio no está! —dijo, desesperada.

Luego marcó el número de Alejandra.

—Aló —respondió su hija.

—¡Hija, ayúdame!

—¡¿Qué pasa, mamá?!

—¡Emilio no está! ¡Emilio no está!

—¡Mamá, tienes que calmarte! Explícame qué es lo que pasa.

Los ladridos de Spike no permitían que Elvia escuchara. Se acercó a él y abrió la puerta. Nuevamente, a toda velocidad, el perro corrió fuera de casa.

—¡¿Alejandra?!

—Si mamá, te escucho.

—¡Emilio no está! ¡Emilio no está! —la anciana se echó a llorar.

—Mamita, cálmate por favor. ¿Dónde te encuentras, mamá?

Un sonido fuera de lo común impactó a Alejandra.

—¿Mamá? ¡Mamá, contesta! ¡Mamá! ¡MAMÁ!

La puerta de acceso a la casa de los San Clemente estaba abierta. Adentro, una anciana de grises cabellos yacía en el piso, desmayada.

Spike corrió hasta la casa de Li. Nuevamente ladró desesperado. Rápidamente, el *chow chow* percibió que algo malo estaba pasando, se desplazó rápidamente hasta la puerta de entrada, donde se encontraba el *schnauzer*.

—¿Qué pasa, Spike? ¿Por qué ladras así?

—Li, Emilio escapó —contestó Spike, agitado.

—¡¿Qué has dicho?!

—Me dijo que alguien tenía que hacer algo por su padre, luego me encerró en la habitación y se fue.

—¡Rápido! Trae una prenda que haya usado —sugirió el *chow chow*.

—No servirá de nada. Solicitó un taxi; ya hemos perdido su huella. ¿Qué podemos hacer?

—Iremos a tu casa, honorable pequeño, me entregarás la prenda de vestir que te pedí, pasaremos la información de su olor a toda la población canina que encontremos a nuestro paso. Informaremos a todos los consejos territoriales de la ciudad. Alguien tuvo que haber visto algo; alguien nos tendrá que decir dónde está.

16

INTELIGENCIA MILITAR

Los últimos dos días, Andrés había comido y se encontraba mejor de ánimo. Ya no se veía tan ojeroso; cuando le hablaban, lo sentían menos disperso. La variabilidad del carácter y los cambios abruptos en las estructuras de comportamiento no deben ser más perceptibles en ningún hombre que en un secuestrado.

Tal vez pocos lugares sobre la faz del planeta representen un desafío tan fuerte para la sensible homeostasis de los individuos como aquel donde se desarrolla la injusta realidad del cautiverio.

Podían salir a flote diversidad de conductas que se podrían considerar éticamente cuestionables.

Es apenas comprensible, una de las más crueles consecuencias del secuestro es la deshumanización de sus víctimas.

El complejo, pero real sistema de interacción de estos individuos bien podría ser señalado, calificado o juzgado por algún hombre o mujer diferente de aquellos que tuvieron que cargar con la cruz del secuestro y, al mismo tiempo, fueron los protagonistas de estos prolongadísimos calvarios que, sin necesidad del sanedrín o de los crueles legionarios romanos, se constituía en una de las formas más terribles, inventadas por el hombre, para pisotear cruelmente la dignidad de sus semejantes.

Si bien es cierto que el comportamiento de una víctima del secuestro es digno de ser estudiado, también es cierto que nadie, diferente a Dios, puede atribuirse el derecho de juzgarlo, señalarlo o cuestionarlo.

El complejo sistema, tanto como el reducido espacio en donde estos hombres y mujeres son sometidos a una tortura permanente, es un caldo de cultivo para que afloren los pequeños y grandes monstruos que los seres humanos llevamos dentro. Allí, el instinto de supervivencia, los rencores y odios se fusionan de singular manera; por lo tanto, no se pueden esperar comportamientos "normales" en situaciones tan adversas.

¿Se debe hablar de los secuestrados? ¡Sí! Lo peor en situaciones como esta sería relegarlos al olvido.

Algunos niños hicieron dibujos, otros sembraron flores. Jóvenes y adultos marcharon por las calles con camisetas blancas y banderas de tres colores. Algunos cantaron canciones, otros compusieron poesías. Muchas lágrimas fueron derramadas por desesperadas madres. Oraciones procedentes de las bocas de obispos, curas, monjas y pastores se escucharon en lo alto. Algunos gritaron consignas. Otros echaron la culpa al gobierno. Un inmenso conglomerado repudiaba a los subversivos, otros guardaban silencio, unos pocos les daban la razón.

Sin embargo, una cosa era cierta: valía la pena seguir luchando. A pesar de que las fuerzas físicas fueron mermadas por los maltratos y la insuficiente alimentación, por condiciones tan precarias sumadas a jornadas enteras de incertidumbre y profundo dolor, los secuestrados, como titanes desnutridos, enfrentaban a sus captores sin mucha fuerza en sus músculos, pero con un espíritu fortalecido que había sido probado durante años por el crisol de una realidad tan dolorosa como absurda.

Algo bueno debía resultar de todo esto. Al menos, una cosa era muy cierta... nadie en ese país había podido secuestrar a la esperanza.

—Es bueno verlo comer de nuevo, mi buen amigo —dijo William.

—Gracias, estos frijoles no están tan mal —contestó Andrés.

—»Cualquier porquería es cariño», decía mi abuela —bromeó William.

—De verdad no creo que esta «porquería» la preparen con cariño.

Ambos rieron.

—También es bueno reír de vez en cuando. Ya estábamos preocupados de verte tan aislado —con esas palabras, uno de los norteamericanos se metió en la conversación, haciendo uso de su particular acento.

—Gracias, Thomas —respondió Andrés—. Afortunadamente, hubo algo que le escuché decir a mi esposa por medio del programa radial. Eso indudablemente me ha dado ánimo.

—¿De qué se trata? Si se puede saber —preguntó Thomas.

—Resulta que ya no pudieron ocultarle la verdad a mi hijo. Ahora, Emilio lo sabe y pronto escucharé su voz porque mi esposa lo llevará a la emisora. Me muero de ganas de escuchar por primera vez su voz —expresó, sonriente.

—Me uno a tu alegría, yo también lo quiero escuchar —expresó William.

Los tres secuestrados siguieron comiendo su mazacote de frijol.

A una considerable distancia del selvático lugar, los corazones oprimidos de los miembros de esa familia, que a lo largo de los últimos años acumularon tristezas y relativas e incompletas alegrías, estaban reunidos en la casa de los San Clemente, viviendo un nuevo capítulo de una pesadilla que parecía interminable.

José caminaba de extremo a extremo del espacioso lugar, sus ojos estaban irritados, su rostro descompuesto.

Mariana estaba sentada en una silla del comedor, despeinada de tantas veces que pasó sus dedos entre sus bellos cabellos cuando lloró y gritó cual esquizofrénica desesperada. Su escaso maquillaje corrido por el caudal de lágrimas de inmenso dolor y dos botones de su blusa perdidos cuando histéricamente intentó arrancar la ropa de su propio cuerpo eran las pruebas irrefutables de la profunda huella que a su paso había dejado la desesperación.

Dos policías ubicados a lado y lado de ella le formulaban preguntas:

—¿Observó movimientos sospechosos en torno a su casa a lo largo de los últimos días?

—No.

—¿Notó comportamientos extraños en su hijo en las últimas jornadas, algo que pudiera ser considerado fuera de lo normal?

—No.

—¿Recibió llamadas extrañas de alguna persona que estuviera... ?

—No... —interrumpió Mariana—. ¡No! ¡No! ¡No y mil veces no! —respondía, enfurecida, levantándose de la mesa—. Hace más de seis años me hicieron las mismas malditas preguntas de mierda... —era la primera vez en años que Mariana pronunciaba una palabra de grueso calibre delante de otros—. Y ¿qué resolvieron? ¡¿Qué?! ¡Maldita sea! ¡¿QUÉ!? Ya llevo seis años esperando que ustedes hagan algo. ¡¿Y qué tengo?! Un esposo secuestrado, dos malditas pruebas de supervivencia, mi madre en un hospital y mi hijo desaparecido. ¡Púdranse! ¡PÚDRANSE! Los odio tanto como a ellos... ¡los odio!... ¡los odio!... ¡LOS ODIO!... tanto como a ellos —Mariana se dejó caer y, arrodillada, lloró amargamente, cubriendo su rostro con ambas manos.

Tomando impulso, José pateó tan fuerte como pudo la puerta de acceso a uno de los baños. Una y otra vez hasta que los agentes del orden reaccionaron y, sujetándolo fuertemente de los brazos, lo detuvieron mientras le decían que eso no resolvería nada y que podría hacerse daño.

Isabel, por su parte, sentada en el quinto escalón de la escalera, observaba ese tétrico cuadro de dolor, sintiendo los efectos de la angustia desbordante que le presionaba el pecho y le hacía doler la espalda.

Mientras tanto Alejandra, en el hospital, deseaba recibir noticias respecto del estado en que se encontraba su señora madre, al tiempo que no dejaba de pensar en su sobrino, sentada y sola en aquella fría sala de espera.

A varios kilómetros de allí, Emilio completaba cuatro horas de viaje en un bus grande y moderno. La monótona panorámica que desde la ventanilla pudo observar acabó por envolverlo en un manto de profundo sueño. Allí viajaba el pequeño que buscaba a su papá sin generar sospechas entre sus compañeros de viaje.

Días atrás, Emilio había recibido clase de informática en el colegio, su maestro insistía en enseñarles a sus estudiantes que muchas cosas, hasta las más impensables, podían ser encontradas en Internet. Sólo bastaba con acceder a una página de información e introducir algunas palabras clave. Algunos niños, accediendo a la web con una destreza que envidiarían sus propios padres, buscaban información respecto de equipos de fútbol, juegos de video, personajes de programas de televisión, ofertas de diversión en famosos parques, accesorios para bicicletas y monopatines... en fin... la lista fue tan grande que incluso algunos niños buscaron información sobre ovnis y vida en otros planetas.

Emilio Josué tenía una pregunta fija en su mente: ¿dónde quedaba la selva? Aquel lugar en donde su tío José le contó que tenían secuestrado a papá.

El joven catedrático se desplazaba por todas partes en aquel laboratorio de informática, donde los niños empezaban a familiarizarse con el vocabulario técnico y con los infinitos recursos que para todos tenía la web.

—¿Qué buscas, Susana? —preguntó el profesor.

—Información sobre la preparación de chocolates —contestó la regordeta niña.

—Muy bien, eso significa que posiblemente serás una empresaria de la industria del chocolate —dijo su maestro.

—¿Qué buscas, Santiago?

—Información sobre el Barcelona y el Manchester United.

—Niños... Santiago va a ser futbolista y luego director técnico de su equipo favorito —dijo el profesor.

—Miguel, cuéntanos qué buscaste.

—Busqué en qué lugares del país se puede y cuánto cuesta nadar con delfines.

—Niños... Cuando Miguel sea grande será biólogo marino.

—Erika, ¿qué buscaste?

—Ropa y accesorios para mis muñecas.

—Niños, Erika será diseñadora de modas.

—Emilio, háblanos de tu búsqueda.

—Busco la selva. Para conocer el lugar donde la guerrilla tiene cautivos a los secuestrados...

El profesor se quedó sin palabras durante algunos segundos.

—Niños, cuando Emilio crezca trabajará en inteligencia militar. Así contribuirá para que Colombia sea un mejor país.

Emilio había salido de aquel salón de informática con un conocimiento nuevo que no le habían enseñado aún sus profesores, sino la web. Una pequeña ciudad al sur de Colombia llamada Florencia era conocida al mismo tiempo como «la puerta de entrada a la selva del Amazonas».

Hablaban dos de los investigadores asignados al caso de la familia San Clemente.

—No existe, hasta el momento, ninguna señal que nos indique que se trató de un rapto. Las puertas no fueron violentadas y ninguno de los vecinos consultados hasta ahora se percató de nada sospechoso.

—¿Llamaron a los amigos del niño, sus compañeros de colegio?

—Sí, pero nadie sabe nada. Sabemos ya que el niño extrajo dinero de donde su mamá lo guardaba. No se trata de una suma muy grande, pero sí algo considerable teniendo en cuenta su corta edad.

—¿Cómo saben que lo hizo el niño?

—Un ladrón no suele dejar sobrantes.

Un tercer hombre bajó las escaleras y se unió a los que deliberaban.

—Agentes, encontré algo.

—¿Qué?

—Una llamada a una central de taxis justo después de la hora en que la señora San Clemente nos dijo que salió de casa.

—¿Llamaste ya?

—Eso estoy haciendo.

El agente hizo una llamada y una voz femenina, no muy agradable, contestó.

—Distrital de taxis, buenos días.

—Señorita, buenos días. Habla con el agente Fonseca de la oficina de investigación criminal.

—¿En qué le puedo ayudar, agente? —preguntó ella.

—En el registro de comunicaciones hechas desde este mismo teléfono encuentro que se realizó una llamada desde acá a esa dependencia a las 9:09 am. ¿Estoy en lo cierto?

—Espere un momento, por favor, observaré el registro del día de hoy —contestó ella.

—Gracias.

Luego de unos segundos, la mujer nuevamente habló.

—¿Sigue usted en la línea?

—Sí, señorita, aquí estoy.

—Efectivamente, agente Fonseca, a las 9:09 am recibimos una llamada de ese teléfono. Un señor de nombre Andrés San Clemente solicitó un servicio de taxi que, a su vez, confirmó su llegada a la Urbanización Trigales del Norte, costado occidental. Manzana cinco, casa número tres, a las 9:17 am —informó la recepcionista.

—Señorita, ¿es factible que usted me pueda informar a dónde se dirigió ese auto? —preguntó el agente.

—No contamos con esa información, pero, si lo desea, me puedo comunicar vía radioteléfono con el conductor y preguntarle la información que usted necesita.

—Sí, por favor. Hágalo.

Nuevamente, el agente esperó, esta vez mucho más tiempo.

—¿Permanece en línea? —preguntó al fin ella.

—Sí, aquí estoy.

—Disculpe la tardanza, pero el taxista no se encontraba en la unidad.

—¿Averiguó usted algo?

—Sí. Me informó que trasportó a un niño de unos siete u ocho años de edad. El pequeño le pidió que lo llevara al terminal de buses intermunicipales. Iba solo, vestía un saco de lana gris y llevaba un morral de color azul oscuro. Finalmente, me dijo que lo dejó en el terminal aproximadamente a las 10:00 am.

—Muchas gracias, señorita —concluyó el agente.

—Por nada, hasta pronto.

Los tres agentes se desplazaron rápidamente hasta la cocina, donde se encontraban Mariana, Isabel, José y Spike.

—Señora San Clemente, ya tenemos claros indicios del lugar adonde se dirigió su hijo.

—¿A dónde? —preguntó ella.

—Al terminal de buses intermunicipales de la ciudad. Todo parece indicar que el niño solicitó un taxi que lo llevó hasta allá. Nada de lo que sabemos hasta ahora nos indica que se haya tratado de un rapto —explicó el agente Fonseca.

—¿Un taxi?... ¿Terminal de buses?... Agente, le confieso que cada vez estoy más confundida — dijo Mariana.

El hombre interrumpió su conversación con ella y, dirigiéndose a sus dos compañeros, les dijo:

—Señores, encamínense inmediatamente al terminal. Hagan las averiguaciones pertinentes y manténganme informado.

Acto seguido, los dos hombres caminaron, obedeciendo la solicitud que les acababan de hacer.

—¡Agentes! —dijo Mariana, obligándolos a detenerse—. Por lo que más quieran… encuentren a mi niño.

—Créanos, señora, hacemos todo lo que podemos —contestó uno de los dos antes de retomar su camino.

Nuevamente, el agente Fonseca se dirigió a Mariana.

—Lo que le dijo mi compañero es verdad, señora, hacemos lo que podemos. Y, en lo personal, créame que la entiendo —el hombre dio media vuelta para retirarse.

—Agente —lo llamó Mariana.

—¿Sí? —contestó él, girándose de nuevo.

—Le presento mis disculpas más sinceras por lo que le dije hace rato. Créame que lo siento.

—No se preocupe, señora, ya le dije que la entiendo. Mi padre también estuvo secuestrado.

—¿Lo liberaron?

El agente permaneció unos instantes en silencio.

—No, señora. Luego de un intento de fuga, la guerrilla… lo fusiló —respondió al fin.

Mariana, compadecida, lo observó. Por milésima vez, sus ojos se llenaron de lágrimas.

—Lo lamento tanto, señor agente —dijo ella con voz entrecortada.

—Gracias, señora. Seguiremos buscando a su hijo —contestó él secamente.

Se escucharon ladridos fuera de casa. Spike gruñó y salió corriendo como can dispuesto a defender su territorio, pero bien sabía que se trataba de Bruno.

—Buenas noticias, pequeño.

—¿Lo encontraron? —preguntó Spike.

—No. Pero ya sabemos exactamente hacia dónde va —respondió Bruno.

—¿A dónde?

—En un bus, con destino a una pequeña ciudad a más de quinientos kilómetros de aquí.

—¿Qué debemos hacer? ¿Vamos por él? —preguntó el *schnauzer*.

—No, pequeño. Espera y mantén la calma —contestó Bruno. Luego prosiguió explicándole a su amigo—. Todos los consejos territoriales por donde pasa esa ruta ya fueron avisados. Se declaró la alerta máxima. La orden fue muy clara: no podrán perder de vista el vehículo y cuando Emilio baje, a distancia prudente, los perros lo custodiarán.

—¿Y si corriera peligro? ¿Si alguien intentara hacerle daño?

—También eso se contempló, pequeño amigo. Si algo o alguien intentara hacerle daño, todos los perros del perímetro tienen la orden de defenderlo en manada. Cualquier ser vivo que amenace o intente lastimar a Emilio se las verá con todos los canes de la zona —aseguró el pastor alemán.

Mientras tanto, casi seis horas después de haber salido de Bogotá, es decir, poco más de la mitad del tiempo requerido para llegar hasta el destino final, una pequeña niña que viajaba junto a su madre en el mismo bus en que se encontraba Emilio la movió suavemente para que despertara.

—¡Mami! ¡Mami!... ¡Mamá!

—¿Qué quieres, María Fernanda? —respondió la adormitada madre.

—¿Has visto todos esos perros al lado de la carretera? Parece como si estuvieran mirando este bus —aseguró la pequeña.

—Sí, hija... ¡Qué lindos!... Duérmete.

Luego de unos minutos más, el autobús fue reduciendo progresivamente su velocidad hasta que se detuvo por completo para hacer una parada técnica.

—Permaneceremos aquí durante veinte minutos —les dijo a los pasajeros el auxiliar del conductor—. Todos deben bajar, nadie podrá quedarse en el bus.

Todos los viajeros bajaron. Aprovecharon para estirar un poco las piernas y para comer algo. Emilio, inmediatamente después de bajarse del vehículo, se dirigió al baño sin percatarse de que lo estaban observando.

Aristóbulo y Renán, dos oportunistas ladronzuelos de un pueblito cercano, no tardaron mucho en percatarse de un niño que, sin compañía de nadie, ingresaba al servicio sanitario.

—Por el morral de fina marca que lleva ese chiquillo nos pueden dar al menos lo que necesitamos para unas tres botellas de licor. ¿Qué dices? —preguntó Renán.

—Bueno, yo creo que tres botellas de ron no estarán del todo mal para el próximo fin de semana —contestó Aristóbulo, sonriendo.

Los dos se levantaron de la rústica banca de madera y se aproximaron a la puerta de ingreso al sanitario donde se encontraba su potencial víctima, pero algo curioso sucedió: Coquito, un perro pekinés de alguna casa vecina, se interpuso entre ellos y la puerta de acceso al servicio sanitario, mostrando agresivamente sus pequeños y poco atemorizantes dientes. Los dos delincuentes intercambiaron miradas y simultáneamente rieron.

—Hazlo volar de una patada —sugirió Renán.

Su compañero prefirió agacharse para agarrar una piedra y lastimar al can lo más fuerte posible luego de arrojársela con fuerza, pero antes de consumar su intento, se dio cuenta de que el pekinés no estaba solo.

Rocky, Anastasia, Boris, Chispas, Franco, Irma, Igor, Jackie, Dick, Telma, Pecas, Drácula y Sabrina, mestizos todos de considerable tamaño, rodeaban a los dos desafortunados al tiempo de mostrar la desnudez de sus mandíbulas y sus cabezas bajas en evidente disposición de ataque. Pocos metros atrás de la formación canina se aproximaban Nerón, Sindy, Sombra, Dago, Roque, Chómpiras y Eugenia, listos también a dar la pelea. Emilio, sin saber nada de lo que ocurría afuera, estaba terminando de orinar.

Aristóbulo abrió su mano para dejar caer la piedra por efecto de la gravedad mientras las gotas de sudor que emergían de su frente caían de igual manera. Los dos hombres levantaron sus manos y, diciendo lo que se les ocurría en voz baja, intentaban calmar a los perros presentes que ya sumaban veinticinco. Emilio lavaba sus manos.

Desplazándose lentamente, los canes abrieron paso para que los malvivientes se fueran antes de dejarlos como coladores a punta de mordiscos. El niño se secaba bajo una máquina de aire caliente. Finalmente, al salir de nuevo, observó una poco habitual cantidad de perros que allí se encontraban; movían sus colas y parecían amigables. A lo lejos, a un costado de la carretera, dos hombres corrían delante de seis perros que fieramente los perseguían.

Emilio prosiguió su camino hacia la fuente de soda, compró un refresco, un sándwich de queso y jamón, un chocolate con maní y otro con arroz crocante.

Sujetando sus comestibles, se dirigió a una mesa al aire libre y se sentó a comer. Hacía algo de calor. Luego de unos minutos, al acabar su merienda, antes de entrar nuevamente al bus, Emilio contó los perros que había en el lugar. Eran veintisiete en total, a lo lejos se acercaban otros tres.

Tripulantes y pasajeros emprendieron camino de nuevo.

Mientras, aquel lunes, el niño viajaba en búsqueda de la puerta de entrada a la selva, allá en medio de los árboles gigantescos, Andrés esperaba, impaciente, la comunicación de Mariana. Su esposa siempre se comunicaba los viernes, pero ese lunes se cumplía el octavo aniversario de su vínculo matrimonial. Esa era una buena razón para esperar, pero, además, ella ya le había prometido que en la siguiente ocasión, el niño la acompañaría y por primera vez lo podría escuchar. Andrés supuso que Mariana esperaría a la fecha del aniversario para obsequiarle como regalo la voz de su hijo, y estaba en lo cierto, eso era exactamente lo que ella había planeado.

A pesar de las terribles contrariedades del día, Mariana no se había olvidado de la fecha tan significativa para ambos, pero no le había dicho nada a nadie. Así, con su cara lavada, sin gota de maquillaje y su cabello sostenido por un caucho, formando una cola de caballo, contó a los presentes respecto de la importancia de la fecha y advirtió que nunca, desde el inicio del cautiverio, había dejado de hablar a su esposo en cada aniversario.

Pidió a José e Isabel que se quedaran en casa, alguien debía permanecer allí en caso de que el teléfono sonara. Solicitó que la mantuvieran informada de cualquier eventualidad y, finalmente, el agente Fonseca accedió a llevarla hasta la sede de la emisora radial.

Durante el camino Mariana le pidió al agente que le contara cómo se había desarrollado aquella triste historia del secuestro y posterior fusilamiento de su padre. Tuvieron algo de tiempo para hablarse y escucharse. Incluso tuvieron algunas cuantas lágrimas para derramar.

Rato después, la señora San Clemente estaba de nuevo hablándole a su esposo, pero sin poder escucharlo. Exactamente como había sucedió repetidas veces durante los últimos seis años.

—Buenas tardes, apreciados radioescuchas. Les habla de nuevo Carlos Plata, trasmitiendo para todo el país este su programa... *La voz de los ausentes*. Espacio dedicado para llevar palabras de esperanza y voces de aliento a todos aquellos que, en las montañas o en las selvas de Colombia, son víctimas del infame flagelo del secuestro. Hoy, lunes 20 de noviembre de 2006, le damos la bienvenida nuevamente a la señora Mariana San Clemente, esposa de un secuestrado que hace más de seis años ha sido privado de la libertad por parte de la guerrilla —concluyó el locutor.

—Buenas noches, Carlos, buenas noches a todos los radioescuchas y de manera muy especial a todos los secuestrados.

Ya Andrés, en la lejana selva, había notado algo extraño en la voz de Mariana. Ella seguía hablando.

—Agradezco nuevamente a esta emisora la feliz oportunidad que nos dan de poder comunicarnos con nuestros seres amados.

Mariana prosiguió. Andrés escuchaba.

—Mi amor. Esta es la primera vez en tantos años que vengo sin ninguna hoja escrita en mis manos.

La voz de la mujer era como pintura sobre lienzo, pero la intencionalidad del pintor era dramáticamente melancólica.

—No han sido unos días muy fáciles que digamos. Mi mamá está hospitalizada, pero a Dios gracias, ya nos dijeron que no corre peligro. Casi que no puedo venir, pero sabía que te habría dolido no decirte nada en nuestro aniversario, por eso estoy aquí para decirte... te amo.

Andrés no se sentía feliz de escucharla. Sabía que algo estaba ocultando.

—Emilio te envía muchos besos. No quiso apartarse de su abuelita, ya sabes cómo la quiere. Pero... procuraré... que venga... la próxima vez.

"Nunca aprendiste a mentir, Mariana", pensó su esposo.

—Te reitero mi amor. Hasta pronto.

El locutor prosiguió. También él supo que algo le sucedía a Mariana, pero no preguntaría nada. La mujer no esperó a despedirse, lo dejó hablando solo en el estudio.

Caminó rápidamente hacia la puerta de salida, allí prácticamente se estrelló de frente con el agente Fonseca.

—Señora San Clemente, le tengo noticias nuevas —dijo entusiasmado.

—Dígame... ¿De qué se trata?

—Su hijo compró un boleto de bus en el terminal. Utilizó el nombre de su esposo. En este momento se dirige a la ciudad de Florencia, en el departamento de Caquetá. Sabemos que es él, mis agentes ya lo confirmaron en los videos de seguridad.

El ánimo de Mariana subía mientras el de Andrés bajaba. No era ningún tonto como para no haber comprendido la terrible carga emocional en el mensaje de su esposa. Era necesario hacer algo, era necesario hacerlo ahora. Ya nada lo podría evitar...

17

LA FUGA

Al llegar a casa de nuevo, la angustia de Mariana era diferente, aunque seguía presente. Afortunadamente había aparecido ya una luz al final del túnel que redirigía la inesperada situación. No era lo mismo saber que su hijo estaba perdido y que nadie daba razón de él que saber que seguía perdido, pero que ya contaban con una pista muy clara que les permitía plantearse estrategias de búsqueda y solución.

Cuando Isabel abrió la puerta, Mariana abrazó a su suegra como nunca antes lo había hecho. Acto seguido, hizo lo mismo con su cuñado. Ellos ya estaban enterados, Mariana misma los había llamado antes de emprender camino de regreso desde el edificio sede de la emisora.

—No perdamos tiempo, vámonos ya en mi auto, Mariana —sugirió José.

—Perdonen que me involucre, pero no es prudente —intervino el agente Fonseca—. Ustedes han tenido una jornada muy desgastante. Aunque no lo sientan, sus cuerpos han sido exigidos al máximo. Ya casi caerá la noche y el camino es demasiado largo —advirtió.

—¿Qué nos sugiere, agente? —preguntó Mariana.

—Escúchenme, ya la policía fue avisada en la ciudad de Florencia. Están a la espera de la llegada del bus. Se comunicarán con nosotros apenas tengan al niño. Les sugiero que busquen en Internet disponibilidad de vuelos para mañana, que se calmen, tomen una ducha tibia, comamos algo y esperemos juntos la anhelada llamada. ¿Qué dicen?

Mariana observó a José; el lenguaje no verbal de su cuñado la hizo entender que estaba de acuerdo con la propuesta del agente. Procedieron a buscar pasajes en la red que fácilmente encontraron.

Spike, a escondidas, hizo uso de su salida secreta —al menos nadie lo había visto salir por esa pequeña ventana— y actualizó a Lola respecto de las novedades de la jornada. Ella se encargaría de comunicárselo a los demás.

Al mismo tiempo, una conversación, en muy bajo volumen, se desarrollaba en la selva.

—¡¿Esta noche?! A ver, hermano..., le doy tres opciones: a) Usted está loco. b) Usted está loca. c) A y b son verdaderas. ¿Cuál de las tres es la correcta? —le preguntó Fred.

—Es en serio, Fred. Yo no puedo seguir acá. Hace días estuve a punto de enloquecerme, creí que moriría. Y hoy... Mi esposa estaba muy rara, mintió todo el tiempo. Yo lo sé —aseguró Andrés.

—Para serle franco, yo también la noté muy diferente, pero piense que no necesariamente tiene que ser algo tan grave. Por qué no espera al próximo viernes a ver qué ha pasado. Su esposa siempre le habla ese día —sugirió Fred.

—No. Me fugaré esta noche. Algo grave está sucediendo. No me quiero imaginar siquiera que se trata de mi hijo.

—Pero si ella dijo muy claro que la mamá está hospitalizada, yo también la escuché. ¿Qué quería usted, Andrés? Una noticia de esas no se da riéndose a carcajadas.

—Había algo más... Ella me ocultó algo.

—¿No será que le está poniendo el cuerno con su hermano? —preguntó Fred, sonriendo cínicamente.

—¡Váyase al carajo! Esto es en serio, idiota —respondió Andrés, disgustado.

—Es que hay que pensar en todas las posibilidades. ¿Qué tal usted les llegue de sorpresa y los encuentre divirtiéndose? —dijo Fred al tiempo de reír.

—¡Míreme a los ojos, Fred!... ¡Me voy esta noche!

—Andrés, hermano. ¡Escúcheme!... No haga eso. Le propongo que hagamos un plan y nos escapemos juntos luego. Yo he analizado mucho los movimientos de esta gente. ¡Hágame caso! ¡No se vaya!

Andrés guardó silencio. Al fin volvió a tomar la palabra.

—¿Cuándo? —preguntó.

—Cuestión de semanas, uno o dos meses a lo sumo. Tenemos que aprovisionarnos un poco y hacer un plan. Escapar de esta gente no es tan fácil, Andrés. ¡Hágame caso! Si usted intenta escaparse y esos guerrilleros lo capturan..., lo fusilan, mi hermano. Si de verdad quiere a su esposa y su hijo, no les haga esto —insistió Fred.

Andrés nuevamente permaneció callado. Luego de unos segundos, dijo:

—Está bien, hoy no intentaré fugarme, pero me quedo con su palabra... diseñaremos un plan de escape.

Muy bien camuflada por la oscuridad de la noche, Úrsula lo había escuchado todo. Ya era hora de dar paso a la siguiente parte del plan. El terreno estaba abonado para sus macabros propósitos...

Simultáneamente, dos policías hablaban en la ciudad de Florencia. Ellos habían recibido instrucciones muy precisas respecto del niño que llegaría hacia las diez u once de la noche en un bus procedente de Bogotá que, por lo tanto, no debería demorar mucho tiempo en aproximarse.

Mientras tanto, el vehículo que ya había ingresado a la población de destino avanzaba por las vías que lo conducían hasta el pequeño terminal de buses.

—¡Mami!... ¡Mami!... —dijo la niña.

—¿Qué quieres ahora, María Fernanda? —contestó su progenitora.

—Ya estamos en Florencia. ¿Por qué habrá tantos perros en la calle?

—No sé, mi vida. Cómete este caramelo.

Los dos policías observaron al fin el bus que llegó a las 10:37 pm. Los pasajeros se fueron bajando poco a poco. La gente intercambiaba besos y abrazos, dándose la oportunidad de exteriorizar preciosos sentimientos; muchos no se veían desde años atrás, algunos rostros se veían llenos de alegría desbordante, también se vieron lágrimas de felicidad. Otros llegaron solos, estaban pendientes únicamente de solicitar sus equipajes al encargado de la bodega inferior del autobús, luego se dejaban conquistar rápidamente por un taxista que, como todos, prometía trasportarlos por el precio más bajo.

La perspectiva del lugar era obstaculizada por vendedores de bebidas frías que, aprovechando el cansancio y la sed de los recién llegados, procuraban vender sus productos para ganar algunos pesos necesarios para su sustento. Otros ofrecían confortables habitaciones en hoteles tres estrellas, esperando encontrar entre los pasajeros algún despistado que no tuviera donde quedarse ni supiera dónde hacerlo.

Como si lo anterior fuera poco, el lugar se encontraba saturado de perros. Si bien era cierto que había muchos canes callejeros en la ciudad, esa noche parecían haberse colocado cita todos y al mismo tiempo en el pequeño terminal.

Los policías observaron que nadie más bajó del autobús luego de que una señora con su pequeña hija hubiera colocado punto final al lento ritual de desocupación del vehículo. Así, uno de los encargados de supervisar la llegada del esperado servicio intermunicipal ingresó al interior de la confortable máquina. No había nada anormal, aparte de un ambiente un poco denso, producto de diversas transpiraciones y exhalaciones que, a lo largo de doce horas, se revolvieron con el aire acondicionado.

El funcionario de la seguridad pública caminó lentamente en dirección a la parte trasera del bus, observando cada fila de sillas, iluminándolas un poco más con su pequeña linterna que, gozaba esa noche del privilegio de unas baterías casi nuevas.

Una vez que llegó a la segunda mitad del vehículo, un bulto ubicado sobre una de las sillas llamó su atención. Al retirar la cobija de lana que la empresa de trasporte ofrecía a cada uno de los pasajeros, observó que, debajo de su extensión, proporcionaba suave tibieza a un pequeño niño de unos siete años, vestido con un saco de lana gris y que debajo de su silla había dejado un morral de tonalidad azul oscuro.

El joven y regordete policía inmediatamente realizó una llamada desde su teléfono celular.

—Aló —le contestaron.

—¿Agente Fonseca? —preguntó.

—Sí, habla con él.

—Buenas noches, soy el sargento Roberto Arteaga de Florencia, Caquetá.

—Buenas noches, sargento. Espero, de verdad, que me tenga noticias alentadoras.

—Así es, agente Fonseca. Frente a mí tengo a un niño profundamente dormido. Viste como ustedes nos informaron y su rostro coincide perfectamente con la fotografía que nos enviaron.

—Gracias, teniente, no sabe usted...

Mariana le quitó el teléfono al agente.

—Teniente... Soy la mamá del niño.

—Buenas noches. Aquí está su hijo, señora, no se preocupe.

—¡Pásemelo! Quiero hablar con él.

—Está profundamente dormido. ¿Quiere que lo despierte?

—¡Sí!... ¡o no! Déjelo que duerma. Teniente, no sabe cómo se lo agradezco —Mariana empezó a llorar—. Ese niño es la mitad de mi vida.

—Tranquila, señora, su niño está en buenas manos.

La mujer devolvió el teléfono al agente Fonseca y buscó el abrazo de José para seguir llorando. Él la recibió en sus brazos con sincero cariño y le dio un beso en algún lugar de su abundante cabellera.

—Teniente, sobra pedirle que custodien al niño todo el tiempo. La mamá y el tío ya tienen tiquetes aéreos para volar mañana a las doce horas. Espérenlos en el aeropuerto junto con el menor. El nombre del pequeño es Emilio Josué —indicó el agente.

—Con mucho gusto, agente Fonseca, allá los estaremos esperando —concluyó el teniente de la policía.

Luego de dar por terminada la llamada, el joven teniente levantó al niño y lo llevó en brazos. Otro servidor de la institución policial lo esperaba a la bajada del bus. Al observar que su compañero bajó cargando al pequeño, se cruzaron las miradas y se intercambiaron sonrisas.

—¿A dónde lo llevamos? —preguntó el que esperaba.

—A la estación de policía. Allá lo cuidaremos y estaremos pendientes de él toda la noche —contestó Roberto.

A pocos metros, algunos perros también hablaban.

—No será necesario que estemos todos. Es mejor que nos dispersemos porque ya empezamos a levantar sospechas —expresó Jaime, un elegante dálmata.

—Como tú digas, daré la orden de retirada —contestó Marcela, una *cocker spaniel.*

—¡Espera! Que no todos se retiren. Recuerda que se trata del hijo de un secuestrado, también podría ser de interés para algún grupo insurgente.

—¿Qué propones? —preguntó Alirio, un fornido mestizo.

—Quédate con otros tres a hacer guardia durante toda la noche frente a la estación de policía —ordenó Jaime—. Si algo fuera de lo común llegara a suceder, bastará con que aúlles para que lleguemos todos. Y no lo olviden, si el niño estuviera en peligro o alguien intentara hacerle daño, lo defenderemos atacando con toda nuestra fuerza. Seguiremos en situación de máxima alerta hasta que Emilio sea devuelto a su mamá. ¿Entendido?

—Entendido.

De tal modo que Alirio, Samanta, Federico y Ester, los mestizos más grandes y fuertes en varios kilómetros a la redonda, quedaron encargados de vigilar el lugar durante toda la noche. Los demás irían a sus casas, pero estarían pendientes de cualquier señal de peligro.

Al mismo tiempo, en otro lugar del mapa del país, los secuestrados dormían ya, encerrados en el cambuche. Las noches para ellos empezaban muy temprano. Regía la prohibición de la utilización de cualquier elemento que pudiera producir el más mínimo destello de luz, dado que también eso podría delatar su posición y producir alguna intervención militar por parte de las fuerzas nacionales.

Úrsula se había encargado de romper los tres candados de seguridad en la puerta del cambuche. Aquel detestable engendro de maldad y muerte se arrastraba silenciosamente por entre la humanidad de aquellos que dormían en medio de su prolongada desdicha de privaciones y cautiverio. Se escuchaban algunos ronquidos, la mejor señal para corroborar que yacían profundamente dormidos.

Antes de ingresar, la despreciable rastrera hipnotizó a los cuatro subversivos que tenían la responsabilidad de vigilar el área. Los sumergió en un sueño profundo, del que no despertarían hasta que se diera la oportuna señal.

Con la punta de su cola enrolló los pies de Andrés, que también dormía. Lentamente lo fue arrastrando hacia la salida. Una vez lo colocó fuera del lugar de cautiverio, liberó sus pies, desenrollando la cola, y, antes de desaparecer entre la muy oscura maleza, le propinó un golpe.

El hombre despertó, conmocionado. «¿Qué fue lo que me golpeó así? Estoy seguro de que sentí algo», pensó. Al percibir su entorno, supo que no se encontraba en el mismo lugar donde lo había sorprendido el sueño. Varios segundos tardó en asimilarlo.

—Estoy fuera... estoy fuera del cambuche —se dijo—. ¿Qué significa esto?

—¡Papá!... ¡Ayúdame!... —Úrsula, colgando ahora de una fuerte rama, a escasos centímetros por encima de la cabeza de Andrés, imitaba perfectamente la voz de un niño que, aparentemente, gritaba desde muy lejos.

—¿Emilio? —expresó el secuestrado en voz muy baja.

Andrés ingresó lentamente a donde antes se encontraba. Con torpeza y cuidado al mismo tiempo, buscó en medio de la oscuridad el elemento depositario de todas sus riquezas... su mochila de lana.

Retomó cuidadoso camino hasta la salida y antes de partir volteó a mirar al lugar donde usualmente su amigo se acostaba a dormir sobre el suelo.

—¡Deséame suerte, Fred! Oren por mí, compañeros —fueron sus últimas palabras antes de fugarse.

Andrés emprendió camino. Algunos metros a la redonda los tenía muy presentes en su mapa mental, pero luego ya no conocía nada. El hombre avanzaba, a paso firme caminaba. Úrsula, mientras tanto, a escasos metros lo seguía y observaba.

Ella permitió que Andrés avanzara una gran cantidad de tiempo y terreno. Entonces, cuando ya se había alejado lo suficiente, la perversa anaconda dio la orden a sus partidarios, los murciélagos, de romper el hipnótico efecto somnoliento que operaba aún en los subversivos.

Inmediatamente, los oscuros voladores obedecieron. Sacaron del sueño a quienes dormían profundamente. Bastarían tan solo unos pocos minutos para que se dieran cuenta de que, de todos los secuestrados que tenían, uno había desaparecido.

Hubo violento caos, también revuelo, acusaciones fueron y volvieron. Los guerrilleros estaban atónitos; los secuestrados, sorprendidos.

Los subversivos se organizaron rápidamente para salir en búsqueda del fugado. Los nuevamente encerrados, luego de que sus captores reemplazaran los retorcidos candados, empezaron a rezar para que el poder del cielo no desampa-rara a quien había escapado, buscando su reencuentro con la libertad.

Con el correr de las horas, la luz se fue abriendo lugar entre las verdes ramas, los pasos de Andrés fueron un poco más seguros y rápidos. Se detuvo unos instantes para comer un paquete de galletas, inteligentemente guardó el empaque en su mochila para no dejar rastros y, sin dar tregua, siguió su camino.

Al tiempo que esto sucedía, Emilio abría lentamente sus pequeños ojos. Se encontró en un desconocido ambiente y con la mirada serena de un hombre uniformado de policía.

—Buenos días, Emilio —le dijo el teniente de la policía con voz amable.

—Hola… ¿Quién eres tú? —preguntó el niño.

—Mi nombre es Roberto.

Emilio al fin se incorporó como si algo hubiera recor-dado, provocándole agitación.

—Tengo una misión. Dígame dónde estoy… ¿Es esta la ciudad de Florencia? —preguntó Emilio.

—Así es. Esta es Florencia —respondió el policía—. ¿Qué necesitas hacer acá?

—Necesito encontrar la puerta de entrada a la selva. ¿Usted sabe dónde queda? —preguntó el niño con singu-lar ternura.

Roberto no supo qué contestar.

—¿La puerta de entrada a la selva?… No, nunca escuché hablar de ese lugar —dijo.

—¿Sabe usted de alguien que me pueda ayudar a encontrarla? Es muy importante para mí.

—Emilio, no estoy seguro de que ese lugar exista.

—¡Existe!... En Internet lo dice muy claro: Florencia, Caquetá. La puerta de entrada a la selva.

Algunos segundos reinó el silencio.

—Ahora sí te entendí, tal vez alguna vez si escuché hablar del lugar del que me hablas —dijo el teniente para no desanimarlo—. Pero cuéntame, Emilio: ¿para qué quieres llegar a esa puerta?

—Mi papito fue secuestrado por la guerrilla. Mi tío me contó que lo tienen en la selva. Luego, en clase de informática, mi profesor me dijo que podría encontrar cualquier información que necesitara en Internet. Y encontré que la puerta de entrada a la selva está en esta ciudad. Vine para encontrar esa puerta, entrar en la selva y buscar a mi papá.

El sargento sintió que casi todo su corazón se le partía en pedazos dentro del pecho.

—Entiendo, Emilio. No quiero desanimarte, pero la selva es un lugar muy peligroso. Muy difícilmente, un niño podría ingresar ahí solo.

—¿Usted me podría acompañar?... Se lo suplico, no conozco a mi papá.

El único fragmento de corazón que conservaba el buen sargento se acababa de romper en miles de pequeñísimos pedazos.

—Escucha, Emilio. Los guerrilleros son hombres malos y peligrosos. Conocen muy bien la selva, además son muy numerosos. Caminan armados y pueden causar la muerte. Yo no te puedo acompañar a ese lugar y tú tampoco debes ir solo.

—Pero... Nadie lo está ayudando y sé que él está sufriendo mucho —dijo el pequeño con lágrimas en sus ojos.

—En eso te equivocas, Emilio. Sí hay gente que lo está ayudando —dijo el uniformado.

—¿Quiénes?

—Todos aquellos que luchamos para que la paz vuelva a reinar en nuestro país. Y te aseguro, pequeño amigo, que no somos pocos los que lo hacemos.

—¿Tú también haces parte de esa lucha? —preguntó el niño.

—Sí, pero luego de escucharte, te prometo que lucharé aún más de lo que lo había hecho. Créeme pequeño, de hoy en adelante será diferente —prosiguió Roberto—. Ahora levántate y báñate, hay jabón, agua tibia y una toalla limpia en el baño aquel. Aquí te espero. Luego iremos juntos a desayunar, quiero que me cuentes todo lo que puedas respecto de tu padre.

El niño, obedeciendo, entró a bañarse.

Por su parte, desde muy temprano, Mariana intentaba comunicarse, pero complicaciones técnicas en la zona donde se encontraba su hijo, así como una tormenta eléctrica que dejó su cuota de daños en algunas antenas, hicieron que ese día las comunicaciones telefónicas fueran realmente difíciles. La joven madre se veía desesperada.

—Cálmate, Mariana. Ya sabemos que el niño se encuentra bien —dijo José.

—Tienes razón, pero me muero de ganas de hablar con él. Deseo al menos escuchar su voz —respondió ella.

—Te entiendo, pero procura calmarte. No remediarás nada con tu desesperación. Mejor alístate lo más pronto posible, tenemos tiempo suficiente para pasar a la clínica, visitaremos a tu mamá y de allá nos desplazaremos al aeropuerto. ¿Te parece? —propuso José.

—Sí, me parece. José, quiero preguntarte algo.

—Dime.

—Ayer en la mañana, cuando me llamaste para preguntar por Emilio, te noté muy extraño. Incluso te pregunté si te pasaba algo, lo recuerdo muy bien. Después vino todo esto. Ahora, te lo pregunto de nuevo... ¿Te pasaba algo? —preguntó su cuñada.

José guardó silencio unos instantes.

—Era un horrible presentimiento, Mariana. Como si en mi interior algo me avisara que esto sucedería.

—¿Por qué no me lo dijiste?

—¿Qué querías que te dijera, Mariana? ¿Enciérrate con el niño y no lo dejes salir? A ciencia cierta no sabía de qué se trataba.

—¿Te puedo pedir algo?

—Sí, lo que quieras —respondió José.

—La próxima vez que sientas algo parecido, por favor dímelo.

—Te lo prometo, lo sabrás.

Luego de bañados y vestidos, de comer algo de cereal acompañado de fruta fresca, de visitar a la hospitalizada pero recuperada Elvia, de hacer unos trescientos infructuosos intentos de llamar al teniente que cuidaba a Emilio y de desplazarse al aeropuerto con suficiente tiempo de anticipación, Mariana y José ya volaban en un avión de mediana capacidad con destino a la ciudad de Florencia, capital del departamento de Caquetá.

El vuelo había despegado de Bogotá, tal como lo decía el tiquete, a las doce en punto del mediodía. Poco más de una hora y veinte minutos más tarde, se pedía a los pasajeros colocar sus asientos en posición recta y abrochar sus respectivos cinturones de seguridad, dada la proximidad al aeropuerto Gustavo Artunduaga.

A la 1:38 pm, el avión aterrizó suavemente sobre la pista. Rodó hasta el lugar previamente indicado para que los pasajeros pudieran bajar. Signos de evidente agitación se observaron en Mariana, quien desde la ventanilla ya podía observar a su hijo parado junto a un policía. Cuando al fin abrieron la puerta del avión, Mariana salió de primera y bajó rápidamente las pequeñas escaleras. Corrió en dirección a su hijo. A corta distancia la seguía José. Al fin llegó hasta donde se encontraba su pequeño, lo abrazó y lo besó. Luego, lo sujetó de los hombros, lo sacudió con relativa fuerza y mirándolo a sus ojos le dijo con voz fuerte y entrecortada:

—Hijo, ¿por qué nos has hecho esto? José y yo, angustiados, te andábamos buscando.

—¿No sabías que estaría buscando a mi padre? —respondió el niño.

Al escuchar esa respuesta, Mariana no pudo continuar amonestando a su hijo y, por el resto de su vida, guardaría esas palabras en su corazón.

18

EL GRAN CONSEJO

De nuevo, en una casa en obra negra, los tres miembros de El Círculo se daban cita para tratar un tema de innegable importancia.

—Amigos y hermanos. Los he convocado para que podamos dialogar nuevamente respecto del particular caso que durante tanto tiempo estuvo escondido al poder de nuestros olfatos y que, al paso de los últimos días, ha ido agregando una fuerte dosis de angustia y dolor a varios pobladores de nuestra jurisdicción —dijo Li.

—En primera instancia, te agradezco que hayas convocado a esta nueva sesión de consejo territorial. Ahora, ya un poco más serenos, luego del perturbador percance de la última vez, creo que nuestras cabezas están lo suficientemente frías para que podamos determinar cuál será el alcance de nuestra injerencia, al tiempo de nuestros límites en este penoso asunto —habló Bruno.

—Antes de que prosigamos, quiero presentar ante ustedes dos mis más sinceras y sentidas disculpas por el bochornoso momento que suscité en la pasada sesión. Créanme que estoy muy arrepentido y molesto conmigo mismo dada la reacción que tuve frente a nuestra hermana Leila. De verdad, lo siento mucho —expresó Óscar.

—Por mi parte, tus disculpas están aceptadas, honorable Óscar. Propongo sencillamente dos cosas. La primera es sugerirte más autocontrol en los momentos en que se plantean posibilidades diferentes a las que tú consideres correctas; la segunda es no volver a mencionar este tema —dijo Li.

—Por mi parte también acepto tus disculpas, no sin antes decirte que me sentí muy sorprendido por tu reacción, tanto como indignado y decepcionado, pero mi labor no es juzgarte. Finalmente, acepto las dos propuestas sugeridas por Li —dijo Bruno.

—Bien, no se diga más respecto de este tema —prosiguió Li—. Pasemos esta página y empecemos una nueva. Tenemos aspectos muy importantes para reflexionar. Como ustedes bien lo saben, la paz que reinaba en nuestra jurisdicción no era completa; sin embargo, los aspectos que atentaban contra ella estaban bien escondidos de frente a nuestro entendimiento. Lo que se quiso conservar como un secreto ahora es de conocimiento general y de una manera u otra ha empezado a afectar a otros, incluso a nosotros.

—Así es, Li —prosiguió Bruno—. De la noche a la mañana, casi que sin proponérnoslo, hemos resultado involucrados en esta situación.

—Lo cual, a mi modo de ver, resulta cada vez más peligroso —acotó Óscar.

—Esos peligros de los que nos hablas, Óscar, son parte fundamental de lo que debemos dialogar en el día de hoy. Los debemos tener en cuenta. No podemos apresurarnos a tomar una determinación final sin considerar los riesgos en los que nos veríamos involucrados —manifestó Li.

—Por mi parte, y teniendo en cuenta lo que Óscar dice, he dedicado mucho tiempo para pensarlo y me parece que toda decisión que se tome en la vida implica riesgos —dijo el pastor alemán.

—Riesgos, apreciado Bruno, que no se pueden asumir de cualquier manera. Una cosa es permanecer al lado de nuestros amos para darles compañía en los momentos de dificultad o jugar con ellos cada vez que lo desean o prestar nuestros cuellos para que los acaricien cuando necesitan demostrar cariño. Incluso defendemos fieramente a nuestros amos cuando es requerido, pero esto es muy distinto. Se trata de involucrarnos en un conflicto político y militar con una historia de más de cuarenta años. Al mismo tiempo se trata de poner en riesgo la estabilidad de nuestra especie. No pierdan de vista, hermanos Bruno y Li, que la última vez que decidimos formar parte de un conflicto humano, los resultados finales fueron desastrosos, tanto para ellos como para nosotros —explicó el *rottweiler*.

—Entiendo perfectamente tu postura, Óscar —respondió Li—. Pero también debemos tener en cuenta que los resultados desastrosos de los que hablas acontecieron hace más de tres mil años. Ambas especies hemos evolucionado. Nunca como ahora, los humanos nos habían conocido tanto, así como nosotros a ellos. Los tiempos han cambiado, Óscar. No debemos perpetuarnos en los errores de nuestro pasado.

—En eso tienes razón, Li, pero tampoco debemos desconocerlos y mucho menos olvidarlos. No quiero aparecer frente a ustedes como un ser terco y obstinado, pero tampoco quiero ser el responsable de una nueva debacle. No deseo que repitamos los errores que ya hemos cometido. Se supone que hemos aprendido de ellos y, por lo tanto, decidimos no volver a involucrarnos directamente en los asuntos de la especie humana —dijo Óscar.

—Te faltó agregar algo, Óscar —intervino Bruno—. Decidimos no volver a involucrarnos en los asuntos de los humanos hasta que hubiéramos evolucionado lo suficiente como especie. De tal manera que, siendo conscientes de nuestros pretéritos errores, pudiéramos dar respuestas nuevas y acertadas que contribuyeran a aliviar los dolores de los humanos.

—En eso tienes razón, Bruno. Me faltó agregar esa parte, pero, como bien lo has dicho, la condición para involucrarnos nuevamente es madurar lo suficiente como especie. Contéstame esto, querido amigo... ¿Qué nos da la certeza de haber evolucionado lo suficiente como para inmiscuirnos en un asunto como este sin temor de que nos estemos equivocando de nuevo? ¿Qué sistema de medición hemos utilizado para concluir que nuestra especie está ya lo suficientemente preparada? —preguntó Óscar.

Bruno permaneció callado. No supo qué contestar.

—Temo, honorables amigos... —intervino Li—, que, de seguir como vamos, esta reunión terminará por convertirse en un complejo duelo de retórica canina.

—Creo que no debemos apresurarnos. Una determinación como esta no se debe tomar de la noche a la mañana —expresó Óscar.

—Fue de la noche a la mañana, apreciado Óscar, que Emilio decidió no quedarse con los brazos cruzados —acotó Bruno.

—Sí, pero bien sabes que cometió un error —contestó Óscar.

—En eso tienes razón, Óscar, cometió un error. Ojalá que eso le sirva en el futuro para aprender de su pasado y proceder con sabiduría en la búsqueda de alternativas nuevas de solución, en vez de lamentarse por el resto de su vida, sin atreverse a dar un nuevo paso por el temor de volver a equivocarse, quedando condenado de manera inevitable a contemplar perpetua e inoficiosamente los errores que quedaron atrás —manifestó el pastor alemán.

Esta vez fue Óscar el que no supo qué contestar.

—Amigos... —intervino de nuevo Li—, independientemente de la decisión que tomemos, debemos llegar a una propuesta. ¿Tienen alguna?

—Propongo dejar de lado nuestros miedos e intervenir a favor de los humanos —dijo el pastor alemán.

—¿De cuáles humanos, Bruno? ¿De los secuestrados o de los secuestradores? —preguntó Óscar—. Recuerda que los buenos y también los malos son parte de la misma especie. Intervenir nos obligará a tomar partido y, cuando lo hagamos, ya seremos parte de una guerra que, como todas, no tiene sentido.

—Aunque me cueste reconocerlo, honorable Óscar, lo que acabas de decir es sensato —dijo Li.

—¿Y si nuestra propuesta fuera intervenir sin entrar en guerra? —preguntó Bruno.

—Por favor explícate, honorable amigo —solicitó Li.

—Entremos sin considerar enemigos a ninguno de los dos bandos. Así no violaremos nuestra ley canina.

La ley canina a la que Bruno se refería era aquella que le confiere a un perro atacar a un humano exclusivamente como opción de defensa cuando peligrara la integridad de su amo.

—Pero ¿acaso es eso posible? ¿Cómo intervendremos a favor de unos sin estar en contra de los otros? —cuestionó Óscar.

—No me parece tan complicado, intervendríamos en el conflicto a favor de la libertad, no de un grupo en particular.

Tal como Li me contó que se lo enseñó a Spike. Los únicos secuestrados no son los que están encerrados en un cambuche, también lo son aquellos que han sido reclutados injustamente para hacer parte de una realidad tan turbia. Procedamos de tal manera que podamos invertir nuestros esfuerzos por la recuperación de la libertad de la mayor parte de implicados posible —respondió Bruno.

—¿Cómo? —volvió a preguntar Óscar.

—El procedimiento exacto lo definiríamos mediante el diseño de un plan, el cual requeriría de los aportes de todos nosotros luego de un exhaustivo estudio de todas las variantes que tendríamos que intervenir. No solo nos enfocaríamos en la libertad de los civiles en cautiverio, sino también la de aquellos que, mediante falso adoctrinamiento, terminaron perdiendo su oportunidad de trabajar por el bien mientras siguen creyendo equivocadamente que son libres —contestó Bruno.

—Para serte franco, tu postura me parece demasiado idealista y muy poco realista —dijo Óscar.

—Sin embargo, honorable Óscar, recuerda que las ideas son el primer paso requerido para que la realidad se consolide. No creo que debamos desestimar del todo la posición de Bruno —expresó Li.

—¿O sea que no solo se tratará de liberar a una persona en cautiverio, sino también a sus raptores? Disculpen, apreciados Bruno y Li, pero mi respuesta sigue siendo ¡no!

—No hablé de liberar subversivos —nuevamente intervino Bruno—. Hablé de esforzarnos por recuperar la libertad de la mayor parte de implicados posible. En últimas, quienes decidirán si siguen formando parte de los grupos al margen de la ley humana o, por el contrario, escogen reincorporarse a la sociedad que ya está cansada de este conflicto, serán ellos mismos. Nuestra misión será hacerles ver de alguna manera que la única opción que tienen al alcance de sus manos no son las armas.

—Suena muy bien, Bruno, pero la pregunta sigue siendo la misma: ¿cómo lo haremos, en caso de que quisiéramos intervenir de manera directa? —preguntó Óscar.

—Esa es una pregunta que, por el momento, no tiene respuesta, Óscar. Pero, si decidimos intervenir, podremos buscarla entre los tres. Incluso podríamos solicitar ayuda. Recuerda que no solo debemos pensar en el cumplimiento exacerbado de la normatividad, sino que también debemos confiar en que podemos aportar algo diferente a nuestros mejores amigos que solo lamerles la cara y acercarles el periódico o las pantuflas —expresó Bruno.

—Dicho de otra manera —dijo Óscar—, intervengamos, aunque no tengamos ni la mínima idea de cómo hacerlo.

—La idea surgirá, Óscar. No somos parte de una especie estúpida. Sobrevivimos durante milenios siendo los destinados a permanecer cerca de la raza humana. Hemos sido compañeros inseparables de aquellos que han transformado la historia; tal vez ha llegado el momento de dejar de ser simples canes espectadores y constituirnos en entes de ayuda en un proceso que los encamine a buscar de mejor manera, las alternativas de paz que tanto anhelan —dijo el pastor alemán.

—Tal vez ha llegado el momento, Bruno, tú lo has dicho. Y yo te digo que tal vez no. Es una fuerte posibilidad que también hay que contemplar. ¿No crees? —contestó el *rottweiler*.

Li se había limitado graciosamente a girar su cabeza de lado a lado mientras escuchaba el juego de tenis retórico en el que se habían incrustado los otros dos miembros del consejo territorial. Al mismo tiempo, aceptaba con sabiduría que, de una u otra manera, ambos participantes tenían razón. Finalmente, luego de haber escuchado por espacio de cuarenta y siete minutos más las posturas de Bruno y de Óscar, el sabio *chow chow* intervino de nuevo.

—Amigos..., hermanos..., créanme que entiendo las posiciones de ustedes dos y hasta el momento yo mismo me he inclinado por mi deseo infinito de ayudar a ese pobre niño mediante el recurso de una intervención directa. Sin embargo, no puedo desconocer que el aporte conceptual de Óscar es tan válido como el de Bruno. Pero, finalmente, debemos llegar a una conclusión y, posteriormente, a la determinación definitiva de si debemos ayudar o no. Como es bien sabido por ustedes, se requerirá de la totalidad de los votos a favor. Un solo voto en contra provocará que la determinación final sea de carácter negativo. ¿Les parece si procedemos a votar? —propuso Li.

—¡Sí! —dijo Óscar—. Pero aún me queda una duda por resolver.

—Haznos conocedores de ella, por favor, honorable amigo.

—Siendo nosotros animales domésticos, que desde hace muchos siglos empezamos a perder nuestra genética salvaje y nos hemos adaptado exitosamente a la vida en ambientes hechos para humanos, ¿cómo realizaríamos una intervención directa en una selva? ¿En un lugar que prácticamente desconocemos? —preguntó Óscar.

—Tu pregunta es buena, amigo, pero, como ya te lo había dicho anteriormente, somos tres cabezas que pensarán más que una. Buscaremos soluciones que puedan dar respuesta a cada desafío —contestó Bruno.

—Ya que contamos con más preguntas que respuestas, amigos Bruno y Li, ¿por qué no solicitamos la guía del tribunal supremo? —sugirió el *rottweiler*.

—Bien sabes que el tribunal supremo procura no involucrarse nunca en los asuntos de los consejos territoriales y, en la medida que lo que se les consulte no se refiera a la revelación del gran secreto canino o la utilización del gran poder, suelen terminar guardando silencio o recomendando que los consejos tomen sus propias decisiones —respondió Li—. Honorables hermanos, necesitamos una decisión. Sugiero, si no hay objeción, que sometamos el asunto a votación en este instante.

Óscar y Bruno asintieron con la mirada. Bien parecía que las cartas estaban echadas. Dos votos a favor y uno en contra del inamovible *rottweiler*, lo cual obstaculizaría de raíz cualquier intento de intervención.

—Bruno, te escuchamos —dijo Li.

—Creo que no es un secreto para ninguno de ustedes dos hacia dónde se inclina mi voto. Por creer que podemos hacer algo más que pasear con los humanos y agitarles nuestras colas, mi voto es sí —dijo Bruno.

—Permitiéndome hacer uso de la palabra en este momento, quiero aclarar mi posición ante ustedes dos —intervino Li, interrumpiendo a Óscar, quien creía que le permitirían hablar en segunda instancia—. Luego de haberlos escuchado durante largo rato, llegué a la conclusión de que sus posturas están muy bien fundamentadas y, por lo tanto, los felicito. Sé que a conciencia, cada uno de ustedes ha defendido la posición que considera justa, aunque no se trate de la misma. Créanme que, independientemente de la decisión a la que lleguemos, me siento muy orgulloso de integrar un consejo territorial con perros tan valiosos como lo son ustedes, Óscar y Bruno. Finalmente, les digo que, luego de meditarlo, de escuchar sus diferentes opiniones y de haber visto los momentos tan angustiantes de tantos hombres y perros que, sin quererlo, se han visto involucrados en este conflicto, he llegado a la conclusión de que debemos intentar hacer algo para la resolución de esta terrible tragedia. Por lo tanto, al igual que Bruno, mi voto es positivo. Deseo que haya intervención directa.

Óscar de nuevo bajo la mirada, como si estuviera organizando las palabras en su cerebro para justificar su votación negativa. Al fin, él mismo se encargó de romper su propio silencio y dijo:

—Como ustedes bien lo saben, no me gusta la idea de una intervención. Siento, como ya se los había indicado, que respecto de esto existen más preguntas que respuestas, lo cual nos ubica en una posición demasiado vulnerable. Créanme que lamento mucho si los defraudo, pero, al mismo tiempo, les pido que me comprendan. Mi conciencia no me permite dar un voto afirmativo como respuesta...

Hubo un denso y pesado ambiente en aquel lugar. Bruno no pudo ocultar su frustración. Li parecía estar tranquilo. Finalmente, Óscar, como ya lo había hecho antes, se encargó de romper nuevamente el silencio.

—Sin embargo, después de todo lo que he visto y oído, mi conciencia tampoco me permite dar un voto negativo de manera definitiva. La norma canina me confiere una facultad que nunca pensé usar, pero hoy haré uso de ella: «Ceder el voto es una posibilidad de cualquier perro que integre un consejo territorial. Esto sucederá única y exclusivamente cuando haya elementos que, luego de considerarlos muy seriamente, le imposibiliten como miembro de la terna para tomar una decisión sabia, prudente y adecuada». Por lo tanto, me valgo de mi derecho para considerarme inhabilitado de votar. Y finalmente, como dicha declaración de inhabilidad me confiere el derecho de designar a qué miembro de la terna le cedo mi facultad de sufragio, he determinado concedérselo a Bruno.

El pastor alemán miró fijamente a Óscar a los ojos como si no creyera lo que acababa de escuchar y tragó saliva. El *rottweiler* prosiguió:

—Debes tener en cuenta, Bruno, que en la ley canina, al igual que en la humana, todo derecho implica un deber. Por lo tanto, deberás votar con responsabilidad porque ahora tú tienes la última palabra y, por lo tanto, cargarás con el peso de las consecuencias que implique tu determinación. Ahora, mi voto es tuyo y, por tanto, tu responsabilidad será doble.

Bruno sintió que sus patas temblaban. La forma como Óscar expuso su postura fue impactante, tanto que hasta el casi inexpresivo Li parecía no poder esconder su sorpresa.

—Debo decir en primera instancia, queridos hermanos —expresó Bruno—, que me sorprende sobremanera la posición de Óscar y jamás me habría imaginado que llegaría a recaer sobre mí la responsabilidad de su voto. Les confieso que aún no salgo de mi asombro.

—Al igual que yo —interrumpió Li—. Tu decisión me ha dejado sorprendido —dijo mirando a los ojos a Óscar.

No era fácil para Bruno tomar nuevamente la palabra y mucho menos acceder a su recién e inesperado derecho a un segundo voto. Sería Li el encargado de encaminarlo a concluir este episodio.

—Muy bien, Bruno, haznos partícipes de tu voto. Es lo único que nos falta para concluir esta reunión —expresó el *chow chow*.

—No sin antes agradecer a Óscar por entregarme tan inesperadamente esta posibilidad, quiero solicitarles que pidamos la compañía permanente de la sabiduría canina para entender mejor por dónde debemos encaminar nuestras patas en este nuevo proceso que se aproxima. Mi segundo voto, entrañables amigos Óscar y Li, es positivo —concluyó Bruno.

Dicho esto, se empezaba a sentir una atmósfera mucho menos densa en torno a los tres cuadrúpedos.

—Se ha votado de acuerdo con nuestra ley y conforme a lo que dictaron nuestras conciencias —dijo Li—. Hermanos caninos, la decisión se ha tomado. Con tres votos a favor, el consejo territorial de El Círculo procederá al planeamiento y la posterior ejecución, por primera vez en miles de años, de una intervención directa en un conflicto humano.

19

EL TRÍPODE DE CONEXIÓN HUMANA

Al contacto con la piel de la inmunda rastrera, la hierba se secaba perdiendo su vida y su verde color. Por lo tanto, dejaba en su camino una huella tan perceptible que los subversivos no habían demorado mucho tiempo en identificarla, al mismo tiempo que encontraban las inconfundibles huellas de las suelas de las botas de caucho de Andrés que, como elemento de dotación, daban los guerrilleros a los secuestrados para que calzaran durante sus largos años de privaciones y dolor.

Andrés continuaba avanzando en su itinerario de reencuentro con la libertad, pero, de alguna manera, sentía que no estaba solo. La falta de descanso, el hambre y la sed ya empezaban a menguar las fuerzas de todo su cuerpo. Tan solo contaba con una provisión de tres paquetes de galletas, dos arepas y un dulce de jalea de guayaba que conservaba en su mochila de lana.

Nada se veía, aparte de troncos, ramas y maleza. Su velocidad cada vez era inferior y la distancia que lo separaba de sus captores también se reducía dramáticamente.

Muy lejos de aquel lugar, Emilio caminaba por las calles de la pequeña ciudad de Florencia, donde se encontraba con su mamá y su tío. Ya la peor parte de la última pesadilla había pasado. Dos perros los escoltaban a distancia prudente; sin embargo, el estado de alerta máxima ya había pasado.

—Mami.

—¿Qué, mi amor?

—Me estás lastimando —reclamó Emilio.

Mariana observó con extrañeza a su pequeño hijo.

—¿Lastimando?

—Sí, mamá. Mi mano me duele, me la estás apretando demasiado fuerte.

Inmediatamente, Mariana soltó la mano de su hijo y la observó enrojecida. Sus dedos estaban marcados sobre la suave piel del pequeño.

—Perdóname, mi amor. No era mi intención hacerte daño.

—No te preocupes, simplemente sujétame más suave.

Luego de caminar unos metros más...

—¿Sabes, mamá?

—Dime.

—Tampoco mi intención era hacerte daño. Perdóname.

—Lo sé, mi amor. Estoy convencida de que mi hijo no intentaría hacer daño a su mamá.

Mariana, Emilio y José aprovecharon para caminar un poco por las calles de la pequeña ciudad antes de regresar al aeropuerto. No se trataba de un lugar que contara con muchos atractivos, pero al menos valía la pena dar un paseo por ahí en vez de quedarse haciendo nada mientras esperaban la salida del otro vuelo.

—Tío —dijo Emilio, dirigiéndose a José.

—¿Qué quieres, campeón?

—¿Qué es eso? —preguntó el niño mientras señalaba con el dedo índice un extraño elemento que colgaba del techo en un almacén donde se vendían productos para animales.

—No lo sé. ¿Quieres que preguntemos al encargado de la tienda?

—Sí.

Los tres personajes entraron al lugar y José se encargó de preguntar al tendero qué era aquel extraño objeto que colgaba en la puerta de ingreso.

—Es un bebedero para colibríes. Se agrega agua con un poco de azúcar, tal como lo indica el manual de instrucciones, y luego habrá que tener paciencia hasta que los pajaritos lleguen a beber de él —respondió el amable señor.

Emilio no disimuló en absoluto su gran interés por el curioso bebedero.

—Regálamelo, mamá —pidió el pequeño.

—Millo... Donde vivimos no hay colibríes.

—Para serle franco, señora —intervino el tendero—, estos pequeños animales viven en todo el país. Sucede que no en todas partes hay flores para que extraigan su néctar, pero, si usted coloca el bebedero, tarde o temprano llegarán a disfrutar del agua azucarada.

Obviamente que la franqueza de la que el tendero hacía alarde se revestía de su evidente interés por venderles el producto.

—Mami, por favor regálamelo. Yo lo quiero. ¿Sí? —insistió el niño.

—Está bien, Emilio. No me quiero imaginar la cantaleta que vas a hacer luego por tu dichoso bebedero —dijo Mariana al tiempo que sacaba unos billetes de su cartera.

Finalmente, los tres caminantes recorrieron algunas calles más, luego comieron algo antes de volver al aeropuerto para abordar el avión que los llevaría de regreso, ese mismo día, a la ciudad de Bogotá.

Al mismo tiempo, Lola, Leila y Spike eran enterados por los miembros del consejo territorial respecto de la determinación de realizar una intervención directa. La alegría no se pudo disimular por ninguno de los tres canes, incluso a Leila parecía habérsele olvidado la agresión de Óscar y lo lamía con cariñosa ternura como señal de agradecimiento. La escena era tan feliz que al mismo tiempo se veía sobrecogedora.

Vale la pena explicar que los perros están impedidos por su propia naturaleza de experimentar prolongados sentimientos de odio. Muchos humanos se preguntan por qué un canino, luego de haber recibido una fuerte patada de su amo, es capaz de acercarse nuevamente después de unos minutos y manifestarle su cariño. La respuesta es simple: los caninos no atentan contra la felicidad presente, por mucha o poca que esta sea, recordando permanentemente las ofensas ni las agresiones del pasado.

Antagónicamente, los humanos somos capaces de recordar la fecha y la hora en que una persona nos lastimó. Incluso podemos dar detalles, muy puntuales, como las prendas de vestir que llevaba colocadas quien nos agredió, los gestos que hizo cuando nos procuró una ofensa y las personas que rodeaban el lugar del percance. También somos capaces de rememorar todos los días una ofensa y nos preciamos de decir: “Lo recuerdo como si hubiera sucedido ayer”. Muchos crecieron odiando al niño aquel que se burló de ellos en clase o que les comió lo que llevaban en la lonchera. Muchas mujeres, después de años de casadas, no perdonan a la que quince, veinte o más años atrás les robó un pretendiente.

Tantas veces nos hemos preciado de ser la especie más exitosa sobre la faz de la Tierra. Ojalá que para perdonar a quienes nos han ofendido, algún día seamos tan exitosos como los perros.

—¿Cuándo lo decidieron? —preguntó Lola.

—Hoy, hace menos de dos horas —contestó Li.

—¿Tienen ya un plan? —preguntó Spike.

—Ja ja ja ja. Aún no, mi pequeño amigo. No somos un trío de super canes —dijo el *chow chow.*

—No sabes lo feliz que me siento —expresó Leila—. No paraba de pensar en la desdicha de esa familia, al tiempo de sentir frustración por el hecho de no poder hacer casi nada.

—Y entonces... ¿cuándo empezaremos? —preguntó de nuevo el emocionado *schnauzer*.

—Antes de eso, debemos diseñar un plan de acción —respondió Bruno.

—¿Qué esperamos? ¡Hagámoslo ya!

—Cálmate, Spike —dijo Óscar—. Es cierto que ya se ha decidido una intervención directa, pero al mismo tiempo, sabemos que tenemos más preguntas que respuestas. Dicho de otra manera... Habrá intervención, pero aún no sabemos cómo hacerlo ni cuándo empezaremos.

Los seis perros guardaron silencio por un momento. Lola, Leila y Spike intercambiaron miradas.

—El día de la última sesión en la que nosotros estuvimos y que fue interrumpida por aquel percance, estábamos a punto de decirles que habíamos averiguado una información que podría ser de ayuda... Bueno, al menos eso nos aseguraron —dijo Spike.

—Recuerdo que dijeron algo respecto de una serpiente que visitaron en el serpentario distrital. ¿Es a eso que se refieren? —preguntó Li.

—Sí, es a eso —respondió el pequeño.

—Muy bien, espero que ese aporte sea de ayuda. Te escuchamos.

—Luego de una larga charla con una curiosa serpiente que cuenta con dos cabezas, ella nos dio el nombre de dos personas, también nos habló de un punto cardinal y, finalmente, nos aseguró que había algo que no veía con mucha claridad, pero que intuía algo así como el nacimiento de una alianza —explicó Spike.

—¿Cuáles son, honorable amigo, los nombres de los que me hablas? —preguntó Li.

—Ya te los había dicho, Li. ¿Recuerdas aquella vez que reflexionamos en torno al árbol y luego subimos al cerro para observarlo desde lejos?

—Por supuesto que lo recuerdo.

—Te pregunté si conocías a un hombre llamado Pierre Harper, me respondiste que no. Luego, si mal no recuerdo, te pregunté si conocías a otro hombre que responde al nombre de Aurelio y tu respuesta también fue negativa.

—No recuerdo a nadie con esos nombres y, además…

—¡Li! —interrumpió Óscar—. Me parece extraño que no recuerdes el nombre de Pierre Harper. ¿Tú lo recuerdas, Bruno? —preguntó al pastor alemán.

—Te parecerá doblemente extraño, pero no recuerdo haber escuchado ese nombre antes. Tampoco recuerdo a ningún Aurelio diferente a un hermano mío. Nacimos en la misma camada, pero lo regalaron, nunca más volví a saber de él —respondió Bruno.

—Les recuerdo, apreciados amigos Bruno y Li, que la norma dice que todos los canes, especialmente aquellos que hemos sido escogidos para hacer parte de las ternas que conforman los consejos territoriales a lo largo y ancho del planeta, tenemos la obligatoriedad de mantenernos actualizados respecto de los diferentes cambios que se suscitan en todas y cada una de las instancias que conforman, en conjunto, la estructura organizativa de la hermandad canina. Dado que, de no hacerlo, se correrá el peligro de tener que afrontar situaciones propiciatorias de confusión, sobre todo en aquellos casos en que...

—Óscar... —interrumpió Li con voz serena—, ¿quién es Pierre Harper?

—Oh, sí... Disculpen. Suelo extenderme demasiado en mi discurso, sobre todo cuando he experimentado emociones fuertes. Recuerdo que cuando era pequeño mi papá me decía: "¡Oye, cachorro! Ladra de una vez, en cambio de hablar tanta mi...".

—Óscar... —interrumpió Bruno—, Pierre Harper, ¿quién es?

—Discúlpenme de nuevo, por favor. Pierre Harper... Oh, sí, ese es su nombre completo. Se trata de uno de los integrantes del trípode de conexión humana.

—El trípode de conexión humana... ¡Por supuesto! —dijo Li—. Hacía años que no escuchaba hablar de ellos.

—Tampoco yo —intervino Bruno—. Ni siquiera recuerdo el nombre de los otros dos.

—Pierre Harper de los Estados Unidos, Ayira Gumaneh de Ruanda y el polémico Bao Min de Vietnam, aquel que para muchos fue escogido por error, pero la naturaleza nunca se equivoca —intervino Óscar.

Lola, Leila y Spike, mientras tanto, no habían entendido nada.

—Nos quieren explicar de qué están hablando —solicitó Lola.

—Por supuesto —respondió Óscar—. Esta es una información que, se supone, todo canino debería conocer, pero, en realidad, casi ninguno en nuestra zona le da mayor relevancia, tal vez porque a lo largo de nuestra historia regional no hemos conocido a ninguno. El trípode de conexión humana está constituido desde hace siglos por tres personas escogidas exclusivamente por la raza canina. Ellos son los únicos seres humanos sobre la faz del planeta a quienes se les confía que podemos hablar.

—No tenía idea de eso —expresó Spike.

—En realidad, por lo que me he podido dar cuenta, son pocos los que lo saben, al menos en nuestra región. Se trata de una información que ha ido perdiendo relevancia entre nosotros. Para el caso, ya te has podido dar cuenta de que ni siquiera los que integramos los consejos territoriales lo tenemos muy presente, a pesar de que deberíamos hacerlo —dijo Óscar—. Pero ¿cómo es posible que una información tan delicada sea del conocimiento de una serpiente?

—Realmente, ella no lo sabía —intervino Leila—. Sus estados de trance le proporcionan información que desconoce. De hecho, nos dijo que revelaba dos nombres, pero al mismo tiempo aseguró que no sabía quiénes eran, sino que en algún momento esta información nos sería de utilidad. Además, de la misma manera como nosotros estamos impedidos para sentir odio, ella, por alguna extraña particularidad, está imposibilitada para mentir.

—Tengo una pregunta —dijo el *schnauzer*.

—Me parece que todos las tenemos, honorable amigo —dijo Li—. Sin embargo, formúlala, será la única manera para saber si tenemos respuesta.

—Si Pierre Harper es uno de los integrantes del trípode del que ustedes hablan y Ayira Gumaneh junto a Bao Min completan a los tres humanos necesarios para su conformación, ¿quién es Aurelio?

—¿Alguno de ustedes sabe de un individuo con ese nombre? —preguntó Bruno.

—En realidad, no, aparte del hermano de camada que dices tener, no sé de nadie más con ese nombre —contestó Lola.

Había que reconocer que lo que aseguraba el *rottweiler* era cierto. El grupo aún tenía más preguntas que respuestas.

—¿Qué más les dijo esa serpiente? —preguntó Óscar.

—Nos dijo que se acercaba el tiempo de una alianza, pero que debíamos proceder con cuidado y mucha cautela porque una fuerza malignamente perturbadora y de alma perversa intentaría arruinarlo todo —contestó Leila.

—También nos reveló un punto cardinal, el norte —agregó Lola.

Luego de continuar hablando por algún tiempo más, los seis perros se dieron cuenta de que carecían de mucha información de carácter importante, pero, al mismo tiempo, sabían que por alguna parte tendrían que empezar.

—Bien, al menos tenemos un nombre. ¿Qué les parece si comenzamos por intentar comunicarnos con él? —propuso Bruno.

Los otros cinco canes respondieron afirmativamente. Comunicarse con Pierre Harper sería el primer paso por seguir en el desarrollo de esta nueva fase.

20

PAGAR CON LA VIDA

Andrés seguía desplazándose tan rápido como se lo permitían las escasas fuerzas que lo acompañaban. Rogaba al Dios de las alturas poder encontrarse con algún miembro de las fuerzas públicas en su camino, pero al mismo tiempo pensaba en la posibilidad de ser confundido con un guerrillero y recibir un disparo por error.

"Ahora sí, ¿dónde diablos están esos helicópteros cuando se les necesita?", se preguntaba mientras continuaba desafiando la selva que lo veía caminar en medio de sus verdes parajes.

Mientras tanto, tan solo unos cuantos cientos de metros atrás, tres guerrilleros de las FARC distinguían con claridad sus huellas y aceleraban el paso. No podían permitirse perder a un capturado, se trataba de una falta gravísima que se cobraría con un fuerte castigo que bien podía ser el fusilamiento.

Un arroyo en el camino le dio una luz de esperanza al recién fugado. Beber de sus cristalinas aguas saciaba su sed al mismo tiempo que lo rehidrataba. Nuevamente emprendió camino. Valía la pena seguir luchando por la libertad. Estaba dispuesto a continuar muy a pesar de las pocas fuerzas con que contaba.

Úrsula se percató de algo que momentáneamente la agitó. Andrés se estaba acercando peligrosamente a un sector en donde el animal había visto en varias ocasiones movimientos del ejército.

—Si tan solo fueran más guerrilleros en este evento, llevarlos directamente a donde están los soldados, mi anhelado circo de dolor y sufrimiento, sangre, vísceras y también mutilados.

La despiadada analizó rápidamente el terreno. Se desplazó por el flanco izquierdo de Andrés a una velocidad sorprendente y lo aventajó unos ciento cincuenta metros hasta que se colocó en su camino, calculando lo que haría en el momento en que el fugado pasara por allí.

Enroscó parte de su cuerpo en el tronco de un pequeño árbol. Su cabeza, a unos cincuenta centímetros del suelo, lograba una buena perspectiva del lugar por donde muy seguramente intentaría pasar el desafortunado Andrés en contados segundos. La vibración del suelo evidenciaba para Úrsula la cercanía de su víctima; en el momento justo, desenrolló su cola, que yacía camuflada entre el espeso follaje, a unos diez metros de donde se encontraba su cabeza.

La zancadilla provocó una brusca caída del escapado, que no supo con qué cosa había tropezado. Su cuerpo rodó unos quince metros por una cuesta, con tan mala suerte que se lastimó una rodilla. El dolor era tan intenso que Andrés se revolcaba en el piso, cual sanguijuela bañada en zumo de limón.

No supo cuánto tiempo pasó, si fueron segundos que parecían horas o minutos eternos de indescriptible dolor.

Lloró como lo hace un verdadero hombre; se lamentó como lo hace un secuestrado; maldijo como un inocente que es privado de la libertad. Finalmente habló a los tres subversivos que ahora veía parados junto a él.

—¡Mátenme! ¡Disparen ya a mi cabeza! ¡Terminen ya con mi vida! ¡Háganlo como quieran! Pero... no me lleven de regreso a ese infierno. Por favor, no.

Los subversivos no respondieron nada. Uno le ató las manos y lo amordazó para evitar que gritara. Sabía que el terreno era muy peligroso. Regresar sería más difícil que haber llegado hasta ahí. Contaban con un secuestrado que tenía una pierna en muy mala condición, tal vez un hueso fracturado. Sería una carga bastante difícil de llevar, pero, al mismo tiempo, el pasaporte necesario para evitar que los mataran.

Úrsula, enrollada en un árbol a unos veinte metros de altura, se decía a sí misma: "Mi plan sangriento no puede así terminar, espero ver muerte al regresar al campamento, estoy deseosa de un trágico final, o yo misma infringiré sufrimiento".

Dos extenuantes días demoraron los guerrilleros en regresar con su trofeo, un extenuado y malherido hombre que había fracasado en su intento de escapar.

Andrés se sentía desintegrado en su espíritu. En el camino de regreso ya lo habían golpeado dos veces en el rostro. Un ojo negro, la boca con restos de sangre y una inflamada rodilla se constituyeron en su paga por haber buscado reencontrarse con uno de sus más fundamentales derechos, la libertad.

Cuando pensó que su intento no había podido concluir de peor manera, algo aterrador estaba por suceder. Corroboraría que la crueldad del hombre no conoce límites. A unos metros de distancia, logró observar el cambuche del que se había escapado, pero, dentro de él, las cosas eran diferentes.

Gruesas cadenas fueron colocadas con sendos candados en el cuello de cada cautivo, la cruel medida de prevención tomada por los subversivos para que a ninguno se le ocurriera seguir el ejemplo del recién fugado. Cadenas, como las que fueron utilizadas por los esclavistas que bañaron las costas del continente americano con la digna sangre de la raza negra, ahora eran parte de la indumentaria de aquellos que eran víctimas de un complejo sistema que buscaba sacar provecho del dolor, del llanto y de las lamentaciones de quienes no tenían más opción que aguantar y seguir aguantando mientras se tragaban a pequeños pedazos su indignación y desconsuelo.

Muchos se atrevieron a decir que los trataban como a desafortunados perros, pero no tenían razón. A los canes no les colocan cadenas, sino collar.

—Miren al héroe que hace días aplaudieron —dijo Rafael, alias Diente Sucio, uno de los más despiadados guerrilleros, dirigiéndose a los encadenados dentro del cambuche—. A ver, quiero escuchar los nuevos aplausos de todos ustedes. ¡Vamos! ¡Aplaudan!

Los secuestrados apenas miraban, pero, obviamente, ninguno aplaudió. Al darse cuenta de que ninguno le obedecería, el guerrillero propinó un fuerte golpe con la culata del fusil AK-47 en el abdomen de Andrés. Este cayó al piso y nuevamente se retorció de dolor.

Luego, Rafael retrocedió algunos metros que utilizó para tomar impulso e impactarle un feroz puntapié. Posteriormente se volvió a dirigir a los secuestrados.

—Apláudanlo o lo mato a golpes.

La única mujer que hacía parte de ese grupo de secuestrados empezó a aplaudir. Acto seguido, los demás la secundaron para evitar más dolor en torno a la humanidad del ya suficientemente humillado Andrés.

—¿Se dan cuenta de que sí podían aplaudir? Lo que pasa es que a veces se necesita un poco de motivación. Yo lo entiendo. Con sinceridad se los digo: cuando necesiten motivación, no les dé pena, sólo tienen que pedírmela y yo con mucho gusto se las doy —expresó al mismo tiempo de sonreír con cinismo.

Luego miró de nuevo al abatido recapturado y apuntó el cañón de su fusil directamente a su cabeza. La situación fue tan tensa como perturbadora. Más de la mitad de los secuestrados creyeron que escucharían la detonación que acabaría con la vida del pobre infeliz. Andrés, por su parte, tuvo tiempo suficiente para agradecer a Dios por las cosas buenas de que gozó en la vida y encomendó al poder de lo alto a su esposa y a su hijo.

—La próxima vez que uno de ustedes intente fugarse —dijo Rafael, mirando al grupo mientras seguía apuntando su fusil a la cabeza del capturado—, yo mismo me encargaré de matarlo.

Luego, mediante un brusco movimiento, sujetó fuertemente a Andrés de sus cabellos y, acercando su rostro al de él, le dijo:

—Hoy fue tu día de suerte.

Posteriormente lo escupió en la cara.

Luego volvieron a meter al maltratado hombre dentro del cambuche, lo encadenaron al cuello como a todos los demás y cerraron los candados que, de nuevo, lo apartaban de la libertad que fugazmente había conseguido.

Úrsula, mientras tanto, sentía que su sangre hervía. Todo el despliegue de su maligna inteligencia no sirvió de nada: "Apenas le golpearon el rostro y patearon su abdomen, luego lo humillaron y en su cara escupieron, ¿de qué manera razonan, piensan y comen, que acabar con su vida no pudieron?".

Rafael se retiró unos metros luego de ser felicitado por su victorioso acto al impedir que un fugado se saliera con la suya. Ahora buscaba entre los árboles un lugar adecuado para orinar. Ya estaba fuera del campo de visión del grupo y desabrochaba el botón de su pantalón camuflado cuando, en un abrir y cerrar de ojos, se vio envuelto en una pesada masa de carne fría.

—¿Quién eres? —preguntó ella, mirando fijamente a los ojos del desdichado que, lleno de pavor, no pudo dar respuesta.

—Ahora no pienses siquiera en pedir ayuda, ahorra aire para tu último respiro, siente la fuerza que tus huesos fracturarse, luego de morir, tu sendero será el olvido.

Le dijo la anaconda al tiempo de ejercer sobre él su monstruosa fuerza aplastante.

El guerrillero estaba tan terriblemente atemorizado como sorprendido. El horrible animal le hablaba a no más de cinco centímetros de su rostro.

—Disfruté tanto la muerte de mis víctimas, pero el placer mismo se tornó aburrido. Por no cumplir mis condiciones ínfimas, trágico será el final de tu recorrido.

El hombre sentía los efectos rigurosos de la presión asfixiante que ejercía la gigante anaconda sobre todo su cuerpo que, ahora reclamaba furiosa:

—Largas semanas diseñando mi plan vil, finalmente, arruinado por un inepto, tan solo debías accionar tu fusil, penosamente, disculpas no acepto.

Los ojos del subversivo ya empezaban a salirse de sus cavidades al tiempo que un chorro de sangre brotaba por su boca producto de la monstruosa fuerza aplastante de la indignada Úrsula.

—De veras que mucho lo siento, Rafael, sencillas son las reglas de la anaconda, me huele a terror el sudor de tu piel, en mis entrañas tendrás una tumba muy honda. Adiós.

21

NO ES LO MISMO

Luego del retorno de Emilio a casa y de un extenso diálogo con su mamá y su tío, las cosas poco a poco parecían volver a la normalidad. El niño recuperaba progresivamente su ritmo de actividades escolares, frecuentaba a un psicólogo infantil dos veces a la semana, lo cual, aparentemente, le servía de mucho.

Elvia, por su parte, fue dada de alta en el hospital unos días después del percance aquel del que ya no quería ni acordarse. Le fueron recomendados nuevos medicamentos para contrarrestar sus problemas de tensión y le sugirieron algunas variaciones en su acostumbrada dieta.

Luz Marina al fin salió de la clínica de reposo y se reintegró a las actividades propias de su trabajo. Le fueron formulados algunos medicamentos para ser utilizados por los siguientes tres meses y empezaba a admitir que la causa de esas curiosas alucinaciones visuales bien pudo haber sido la ansiedad de la que tanto le habló el psiquiatra o el exagerado nivel de azúcar que le encontraron en la sangre.

Alejandra decidió sacrificar unas cuantas horas de las que invertía en su taller de diseño de modas y empeñarlas en visitar un poco más a su sobrino. Tal vez, al tiempo de contribuir en algo, eso podría servir para limar un poco las viejas asperezas que durante tanto tiempo caracterizaron su relación con Mariana.

José propuso actividades de fin de semana para su sobrino. Él con gusto lo acompañaría. Quería que Emilio tuviera nuevas cosas en que pensar para que acontecimientos tan angustiantes como los vividos unos pocos días atrás no se repitieran.

Isabel ahora llamaba con más frecuencia, procuraba estar un poco más pendiente de su nieto, a quien verdaderamente amaba, pero le costaba mucho trabajo fortalecer el vínculo de familiaridad con él. A diferencia de Elvia, que reunía todas las características propias de una abuelita tierna y consentidora, Isabel era una mujer altiva y, para ser francos, muy centrada en las apariencias, los protocolos, la moda y las relaciones sociales con personajes de alto perfil; cosas que muy extraña vez le interesaron a Mariana, pues siempre sintió que ese mundo de superficialidad era completamente ajeno a sus intereses personales, lo cual parecía ser una característica que Emilio había heredado de su mamá, dado que sus afectos se inclinaban más por preferir la sencilla imagen de su tierna abuela materna.

Spike, mientras tanto, observaba aquella mañana una extraña cosa que Emilio había colgado en el jardín, al tiempo que se preguntaba cuál sería la función del colorido elemento. Como no tenía nada más que hacer, el pequeño can esperaba y esperaba.

En el serpentario distrital, nuevamente había caninos movimientos en el inicio de la jornada. Asdrúbal ayudaba a ingresar a tres miembros de la hermandad canina; esta vez, Óscar, Bruno y Li eran los que deseaban entrevistarse con Lucrecia o, más bien, con Abigaíl y Roxán.

—¡Vaya! Pero ¿qué tenemos aquí, Roxán? —preguntó Abigaíl.

—Otro trío de canes que hacen nuestra vida menos monótona en este serpentario. ¿No crees?

—Así es, Roxán.

Los tres miembros de El Círculo se acercaron hasta donde se encontraban los curiosos animales.

—Buenos días —saludaron los tres perros casi al mismo tiempo.

—Verdaderamente que son buenos días, simpáticos mamíferos. Sabíamos que llegarían a consultarnos, pero desconocíamos que lo harían tan rápido. ¿Verdad, Abigaíl?

—Así es, Roxán.

Los canes intercambiaron miradas. Sabían de antemano que tendrían que acostumbrarse a soportar la curiosa manera de comunicarse de la serpiente de dos cabezas. Al fin y al cabo, fueron advertidos por los tres anteriores visitantes.

—En primera instancia, permítannos darles a conocer nuestros nombres... —dijo Li, pero fue interrumpido.

—Sus nombres los conocimos desde que el día en que Spike nos contó todo lo acontecido con lujo de detalles. Sin temor a equivocarnos, sabemos que ustedes ya conocen los nuestros. Suponemos que sus tres amigos debieron hablarles mucho de nosotras. ¿Verdad, Abigaíl?

—Así es, Roxán.

—No pierdan el tiempo con innecesarios protocolos. Sin dar tantas vueltas al asunto, vayan de una vez al grano. ¿Verdad, Abigaíl?

—Así es, Roxán.

Li no pudo evitar sentirse sorprendido con aquel extraño animal. Luego de unos pocos segundos de silencio, prosiguió.

—Como ustedes digan, les haré caso.

Dicho esto, inmediatamente Li abordó el tema.

—Gracias a la información que ustedes dieron, supimos de los nombres de Pierre Harper y de Aurelio. Aún no hemos podido comunicarnos con Pierre, pero al menos sabemos de quién se trata. Cosa diferente nos sucede con Aurelio, de quien aún no sabemos nada. Es por eso por lo que hemos venido hasta acá. Deseamos saber si nos pueden suministrar más información.

Abigaíl y Roxán intercambiaron miradas.

—Insistimos en que ustedes llevan tanto tiempo conviviendo con humanos que ya empiezan a parecerse a ellos. Si no han acabado de descifrar toda la información que les dimos, ¿para qué quieren más? —hablaron las dos serpientes al mismo tiempo.

Los tres canes del consejo territorial permanecieron callados. Ni siquiera Li, que parecía tener siempre una respuesta adecuada para todo, pudo contestar el interrogante recién formulado. Al fin, Bruno fue el que intervino.

—Entiéndannos, nos encontramos en una situación difícil. No contamos con esa cualidad que a ustedes las hace únicas y, por eso hemos querido saber si acaso nos pueden ayudar con su particular sabiduría.

—Un tanto adulador el pastor alemán. ¿Verdad, Abigaíl?

—Así es, Roxán.

Bruno sintió vergüenza. Además, su intento no resultó exitoso.

—Honorables Abigaíl y Roxán —intervino Li—. Utilizando las mismas palabras que le he escuchado a Óscar, les digo: “Tenemos más preguntas que respuestas”. Ustedes cuentan con una facultad de la que carecemos. Por lo tanto, no nos quedó muy claro lo que dijeron respecto de la posibilidad de una alianza ni del punto cardinal al que se refirieron. También se nos habló de una fuerza tan malévola como oscura que, como casi toda la información, también desconocemos.

—Nosotras en ningún momento buscamos que nada les quedara claro, apreciado Li. La búsqueda de la claridad en este caso es algo que les corresponde a ustedes —nuevamente hablaron las dos serpientes al mismo tiempo.

—¿Quieren decir que no nos pueden aportar nada nuevo? —preguntó Óscar.

—Una cosa es proporcionarles algo nuevo y otra muy distinta darles claridad. ¿Verdad, Abigaíl?

—Así es, Roxán.

No había duda que dialogar con esas serpientes era un desafío para la paciencia de cualquier ser sobre la faz de la Tierra. Sin embargo, parecía que empezaba a vislumbrarse una luz en ese ir y venir de preguntas y palabras.

—¿O sea que sí puedes proporcionarnos algo nuevo? —preguntó Bruno.

—Algo nuevo, sí; claridad, no. ¿Verdad, Abigaíl?

—Así es, Roxán.

—¡Explícate, por favor! —solicitó el *rottweiler*.

—¡Calma, Óscar! ¡Calma! Ustedes los perros, siempre tan obsesivos e impulsivos; intentando encontrar soluciones inmediatas a los problemas, como si se tratara de salir corriendo detrás de una pelota y regresar para entregarla a su amo que, al fin y al cabo, la lanzará de nuevo. ¿Verdad, Abigaíl?

—Así es, Roxán.

Como si se hubieran puesto de acuerdo, los tres perros se quedaron callados. Mientras, los cuatro ojos terracota de las desesperantes serpientes observaban fijamente a los tres visitantes.

El tiempo seguía pasando... El silencio seguía reinando.

—Muchas gracias, Abigaíl y Roxán —al fin expresó Li—. De haber sabido esto, no habría insistido tanto para que viniéramos. Disculpa de todas maneras por el tiempo que te hicimos perder.

—Un poco de silencio no necesariamente es tiempo perdido. Pensábamos que lo estaban disfrutando tanto como nosotras. ¿Verdad, Abigaíl?

—Así es, Roxán.

—Además, no han escuchado aún las novedades que tenemos para ustedes y que, más adelante, les podrán ayudar a encontrar la claridad que están buscando. ¿Verdad, Abigaíl?

—Así es, Roxán.

—Siendo así, las escuchamos —dijo Bruno.

—Bien. No pasará mucho tiempo antes de que se comuniquen con Pierre Harper. ¿Verdad, Abigaíl?

—Así es, Roxán.

Nuevamente hubo un espacio prolongado de silencio.

—¿Y?... —preguntó Óscar.

—Él se encargará de hacerles saber quién es Aurelio. ¿Verdad, Abigaíl?

—Así es, Roxán.

—Luego, las cosas se irán aclarando progresivamente. ¿Verdad, Abigaíl?

—Así es, Roxán.

Otro espacio de silencio.

—¿Tienen algo más, Abigaíl y Roxán? —preguntó Li.

—Sí. ¿Verdad, Abigaíl?

—Así es, Roxán.

Callaron otra vez.

—¡¿QUÉ?!... ¡¿Cuál es la información adicional que tienen?! ¡Nos están llevando a todos al límite de la desesperación! ¡Hablen de una buena vez! ¡Dejen de burlarse ya de nosotros! —gritó Bruno, visiblemente enfurecido.

Sin mostrar ninguna emoción luego de la exteriorización de furia de Bruno, las dos serpientes tomaron nuevamente la palabra.

—De eso es precisamente de lo que les queremos hablar. ¿Verdad, Abigaíl?

—Así es, Roxán.

—¿De qué? —preguntó Óscar.

—De la paciencia que deberán ejercitar si de verdad están decididos a meter sus hocicos en este asunto. Obsérvense... Llevarlos al límite de la desesperación nos ha resultado demasiado fácil. ¿Verdad, Abigaíl?

—Así es, Roxán.

—No piensen ni por un instante que la resolución de este problema se efectuará como producto de sus rabietas —miraron fijamente a Bruno. Luego prosiguieron, hablando al mismo tiempo—. Nos parece que ustedes subvaloran la peligrosidad de esta situación. Si desean jugar a ser héroes, mejor jueguen a los perros policías. ¿Verdad, Abigaíl?

—Así es, Roxán.

—Aunque no tenemos elementos aún para informarles tanto como ustedes desearían, sucedió algo que nos fue revelado y nos ha causado inquietud. Ya se perdió una vida en esta historia. Lo peor es que tenemos muy serias razones para pensar que no será la única ni la última. ¿Verdad, Abigaíl?

—Así es, Roxán.

—Y créannos que lo peor aún no lo hemos dicho. Sin embargo, tampoco dejaremos que se vayan sin conocerlo. Sépanlo, ya que disfrutan tanto de las informaciones nuevas... La espeluznante fuerza maligna que se agregó a este asunto es mucho más fuerte de lo que ninguno pudiera imaginar. Lo cual clarifica para nosotras las razones que justificarán el nacimiento de una alianza. ¿Verdad, Abigaíl?

—Así es, Roxán.

—¿Cuál alianza, Abigaíl y Roxán? Háblennos de ella —solicitó Li.

—No lo sabemos. La respuesta a esa pregunta no la encontrarán acá. Deben buscarla en otra parte. ¿Verdad, Abigaíl?

—Así es, Roxán.

—¿Dónde? —preguntó Óscar.

—Considera el norte como una adecuada contestación —ambas serpientes contestaron.

—Se trata de una respuesta demasiado superficial —se quejó el pastor alemán.

—Es mejor que no tener ninguna, apreciado Bruno. ¿Verdad, Abigaíl?

—Así es, Roxán.

—Sólo una cosa más. Por ningún motivo contemplen la posibilidad de participar en esto ustedes solos. Créannos... les costará muy caro, hasta la vida misma —dijeron al tiempo.

Los tres canes se estremecieron al escuchar la seguridad con que esas palabras fueron pronunciadas.

—Por ahora es todo. Pero, de todas maneras, vuelvan cuando quieran. Nos encanta recibirlos. ¿Verdad, Abigaíl?

—Así es, Roxán.

—¡Oh! Se nos olvidaba... Gracias por habernos hablado siempre en plural. Nos gusta que nos traten como a dos. ¿Saben? Muchos, a diferencia de ustedes tres, no han logrado comprender algo que a nuestro modo de ver es muy sencillo. No es lo mismo una serpiente con dos cabezas que dos serpientes con un solo cuerpo. ¿Verdad, Abigaíl?

—Así es, Roxán.

—Gracias a ustedes dos —concluyó Li.

Los perros salieron por donde llegaron. No contaban con mucha información nueva, pero al menos sabían algo importante: de ser cierto lo que dijeron Abigaíl y Roxán (lo cual contaba con una enorme probabilidad, dada su incapacidad natural para mentir), dentro de poco establecerían comunicación con Pierre Harper.

Sin embargo, al mismo tiempo eran conocedores de aspectos preocupantes. Liberar a Andrés no sería un juego de cachorros. Una vida perdida, de la cual no se sabía sino eso, y la existencia de una fuerza malévola, de la cual tampoco conocían mucho, se encargaban de agregar una gris tonalidad de incertidumbre sobre el plano donde se desarrollaba este singular asunto.

22

AMIGOS Y HERMANOS

Pierre Harper era un norteamericano nacido en Estados Unidos, hijo de padres canadienses de la provincia de Quebec. Había realizado estudios de ingeniería de petróleos y había trabajado durante años para una empresa de su país que se dedicaba a buscar yacimientos de oro negro, especialmente en diferentes lugares de América Latina.

Desde pequeño fue bilingüe. Obviamente que hablaba el idioma de su región natal, pero en casa siempre se hablaba la lengua de sus padres, el francés. Luego, por causa de su trabajo, que lo llevó por varios sitios de Latinoamérica, aprendió a hablar español, idioma que perfeccionó gracias a los siete años de vida matrimonial con Angie, una venezolana que conoció en un viaje de negocios que en aquel tiempo tuvo que realizar a la siempre cálida ciudad de Maracaibo.

Un desafortunado día para él, una de sus tantas infidelidades fue descubierta por la sensual trigueña, que de inmediato terminó la relación con su esposo. Por lo tanto, una vez divorciado, regresó a Estados Unidos, pero ya había quedado embrujado con el atrayente picante que suele caracterizar a las latinas y conoció a Angélica, una bellísima morena que también lo envió a freír espárragos a causa de su descarada manera de poner los cuernos.

Reconoció entonces que no había nacido para ser hombre de una sola mujer y prefirió no volver a intentar involucrarse en una relación de pareja duradera. Apuntó mejor, a su modo de ver, a relaciones más casuales y sin profundos compromisos, nada que involucrara altares, argollas, abogados, firmas o cualquier elemento que pudiera ser considerado como sinónimo de molestas ataduras.

Luego de sus dos fracasos sentimentales con aquellas a quienes les rompió el corazón, prefirió optar por la sinceridad. En adelante solicitó a las mujeres que tuvieron la suerte o la mala suerte de conocerlo que no cometieran el error de enamorarse de él. De ahí en adelante, cualquier cosa podría suceder y, en caso de lloriqueos o reclamos por la entrada en escena de alguna "intrusa", la respuesta ya estaba muy bien preparada: "Yo mismo te lo advertí".

En cuanto a su vida laboral, la suerte siempre lo acompañó. Bueno, había que tener en cuenta que encontrar petróleo ya no se trataba simplemente de perforar huecos para probar fortuna. Su país contaba con impresionantes recursos para predecir el lugar donde se podrían encontrar grandes, medianos y pequeños yacimientos, lo que, sumado a una avanzada tecnología satelital de estudio de suelos y subsuelos, auguraba una enorme posibilidad de éxito para quienes se habían especializado en una rama de estudios como la de él.

Muy extrañados se sintieron sus familiares y compañeros de trabajo cuando un día, cuya fecha para muchos era mejor no recordar, Pierre renunció a todo vínculo laboral con la empresa a la que le entregó parte de los mejores años de su vida. Esto obedeció a un cambio muy profundo en sus motivaciones e ideales existenciales.

Todo comenzó en una tarde relativamente soleada en la que conducía su camioneta por alguna carretera solitaria al norte del Estado de Minnesota, cuando se encontró de frente con algo inesperado que, al tiempo de hacerlo frenar en seco, cambió su perspectiva respecto de algunas variantes que, hasta ese día, nunca le habían importado.

Al bajarse de su camioneta se dio cuenta de que había frenado en el momento justo. Observó a tres juguetones cachorros de lobo que se habían aventurado al asfalto. Al principio, Pierre sintió miedo, pues de seguro que, si esos pequeños estaban ahí, la mamá no debería encontrarse muy lejos y, por lo tanto, él estaría corriendo peligro de ser atacado. Sin embargo, decidió aventurarse unos cuantos metros por entre la verde hierba. Los pequeños traviesos lo llevaron hasta el lugar donde se encontraba la agonizante madre.

El sujeto pensó que la loba estaba muerta, pero en realidad su condición era muy débil a causa de la exagerada pérdida de sangre.

Un tanto conmovido por el dolor de la loba, el señor Harper se devolvió al vehículo y tomó un arma de fuego con la que se disponía a acabar con el sufrimiento del desafortunado animal que había recibido el impacto de la bala de algún cazador. Pero, al regresar al lugar donde ella se encontraba, algo lo enterneció. La débil madre hacía un esfuerzo extraordinario para levantar un poco una de sus patas traseras, de tal modo que los cachorros pudieran amamantarse con su leche de ricos nutrientes.

A Pierre esto le había parecido un cuadro tan desgarrador que no pudo evitar conmoverse al haber sido testigo de ese impresionante esfuerzo con el que una mamá luchaba por la vida de sus pequeños. Descargó el arma que había preparado para acabar con el sufrimiento de la desdichada, guardó las municiones en su bolsillo y decidió ayudar a que los cachorros sobrevivieran junto a su malherida progenitora.

Aunque no fue fácil, llevó a los cuatro animales hasta su casa, donde por casi tres meses los protegió. Tuvo que aprender a realizar ejemplarmente las actividades de enfermero, hermano, padre y madre. Curó las heridas de Martha. Al menos así fue como se le ocurrió llamar a mamá loba. La alimentó muy bien, contribuyó así a que recuperarara peso; consiguió que Jack, un médico amigo suyo, le hiciera una intervención mediante la cual extrajo la bala que la llevó al borde de la muerte. También alimentó a los tres cachorros, a quienes nombró Verónica, Eduardo y Jorge. Jugó durante largas horas con ellos y disfrutó mucho de la experiencia de verlos crecer durante el tiempo que los tuvo en su casa.

Una vez que mamá loba estuvo bien recuperada gracias a los permanentes cuidados a los que fue sometida por ese buen samaritano que la encontró en su camino y que sus tres cachorros pesaban y medían casi el doble de lo que aquel día en que un disparo les cambió la vida a los cuatro, Pierre organizó una brigada con algunos conocidos para reintegrar a los animales a la vida silvestre.

Al menos una veintena de personas acudieron con él al mismo lugar de la carretera en donde había encontrado a los lobos. Al abrir la jaula de los tres pequeños, estos salieron jugueteando como todavía era normal en animales de corta edad. Martha, por su parte, al ser liberada, corrió unos cuantos metros y después se detuvo para dar media vuelta y mirar a Pierre. Él siempre recordaría esa mirada, pues le pareció que ella le había intentado trasmitir un mensaje con sus ojos, algo así como: “Gracias por lo que hiciste, jamás me olvidaré de ti”. Luego llamó con un extraño sonido a sus tres cachorros, que de inmediato la siguieron, y juntos se encaminaron al lugar donde seguramente se reintegrarían a la manada, mientras Pierre y sus amigos aplaudían el justo reencuentro con la libertad de aquellos que durante tres meses fueron mantenidos en cautiverio, únicamente como medida necesaria para salvarlos.

En realidad, no había sido esa la primera ocasión en que la vida había dirigido sus pasos por las sendas de la ayuda a un animal lastimado. Tiempo antes había ayudado a otro cachorrito de lobo malherido que encontró en un sangriento paisaje de inhumana cacería. Sus esfuerzos no fueron en vano, pues el animal sobrevivió y a su debido tiempo fue liberado también luego de curarlo y darle por nombre... Benjamín. Sin embargo, no fue una experiencia que lo marcara tanto en su corazón como la de Martha y sus hijos.

Cuando todo parecía volver a la normalidad en la vida de Pierre, luego de recuperar los espacios que en su hogar habían ocupado los cuatro temporales visitantes durante algunos meses, sucedió que una noche, mientras lavaba unos pocos trastes grasosos que evidenciaban los espaguetis con salsa napolitana que había comido en la cena, se percató de movimientos extraños fuera de su casa. En principio no prestó mucha atención, pero después pudo distinguir que dos brillantes ojos lo observaban desde la oscuridad.

Creyendo que podría tratarse del perro de algún vecino, se aventuró a salir, no sin antes encender tres reflectores que meses atrás había instalado para ser utilizados cuando fuera necesario. Le dio la vuelta a toda la casa, pero no observó nada que pudiera parecer fuera de lo normal. Decidió entonces dar la misma vuelta, pero ahora en dirección contraria, para echar otro vistazo y finalmente ingresar de nuevo a la vivienda. Al girar su cuerpo para proceder al desande, se encontró de frente con un animal muy grande. Se trataba de un lobo o, más bien, de una loba.

Pierre sintió miedo y empezó a caminar lentamente hacia atrás. Al tiempo, la loba se echó al piso, demostrando que no se asomaba con ninguna intención de ataque. El atemorizado señor Harper se sintió un poco más tranquilo y recorrió la fisionomía del animal con su mirada. Se dio cuenta de que muchas de sus características le eran familiares.

—¿Martha? —preguntó Pierre, como si los animales hablaran.

Ella, arrastrándose lentamente hacia él, en una clarísima posición corpórea de sumisión, contribuyó a que los miedos del sujeto aquel se siguieran alejando.

Pierre se agachó y extendió la mano. Martha se acercó hasta que su hocico entró en contacto con la piel de la mano del hombre que la había salvado y lo lamió con singular ternura. Él tomó confianza, le acarició la cabeza y volvió a hablarle:

—¡Hola, campeona! ¿Cómo estás?

Ya no tuvo miedo de permitirle que se acercara y terminó dándole un fuerte abrazo lleno de ternura. Ella también tomó confianza. Ahora le lamía la cara.

—Qué bella sorpresa me has dado, mi buena amiga. Pensé que nunca te volvería a ver.

—También yo pensé lo mismo —respondió Martha.

Pierre la soltó y dio un violento salto hacia atrás. La observó fijamente a los ojos. Su rostro se veía muy aterrorizado, sus labios temblaban. Martha se mantenía serena. Realmente era ella la dueña de la situación.

—Vine a hablar contigo —dijo la loba con voz serena.

El atemorizado hombre salió corriendo en busca de la puerta de entrada a su hogar. En su camino se llevó de encuentro una caneca de desperdicios cuyo contenido se esparció por la fuerza del golpe.

Cojeando, al fin pudo entrar. Sus ojos estaban llenos de lágrimas. Se arrodilló por primera vez en su vida frente a un crucifijo. No creía en ninguna religión, pero había decidido conservar esa cruz porque le traía muy bellos recuerdos de su católica abuela. Dirigiéndose al crucificado le dijo:

—¡Si esto es por lo que le hice a Angie, por favor perdóname! ¡Si es por lo de Angélica, te lo juro, te lo juro que no lo volveré a hacer! ¡Si es por lo de Amelia, Rosa, Catherine, Erika o Eulalia, te lo suplico, por favor perdóname! No me volveré a acostar con ninguna mujer hasta que no me haya casado. Iré a misa todos los domingos. ¡No! Todos los días. Adoptaré tres huérfanos, ayudaré a las monjas de caridad, pero no me hagas esto... ¡No me hagas esto!

—¿Quieres calmarte, por favor? —dijo Martha, que se había sentado justo detrás de él.

—¡Vete! ¡Vete, loba endemoniada! ¡No me mates! ¡No me mates! —gritaba, desesperado, arrastrándose de espaldas en el piso hasta que topó con un mueble que no le permitió seguir huyendo.

—Pierre, ¡cálmate! Si te hubiera querido atacar, ya lo habría hecho, ¿no crees?

—Esto es una brujería. Sí, fue Rebeca, la cubana. Lo sé, ella creía en la santería, me dijo que se vengaría —dijo Pierre, lloriqueando.

Martha permaneció en silencio. Pierre estaba frente a ella tapando sus ojos con las manos mientras seguía un tanto alterado.

—En primer lugar, vine a agradecerte por haber salvado mi vida y la de mis tres hijos. Toda mi manada, por medio de mis palabras, también te expresa su gratitud —dijo serenamente la loba.

Pierre descubrió uno de sus ojos y la observaba, atónito, pero ya empezaba a tomar un poco más de control sobre su extrema emoción.

—Dímelo, ¿me estoy volviendo loco?

—No, estás siendo beneficiario de uno de los secretos mejor guardados de la especie canina.

—¿Así que pueden hablar? —preguntó Pierre, atemorizado.

—Siempre lo hemos hecho entre nosotros los caninos. Solo tres humanos sobre la faz de la Tierra conocen nuestro secreto.

—¿Estás segura de que no me vas a matar?

—Pierre, ¿cómo podría matar al hombre a quien le debo no solo el seguir con vida, sino también la inmensa alegría de poder continuar escuchando a mis tres hijos diciéndome mamá?

El sobresaltado hombre al fin se descubrió la otra mitad de la cara. Observaba fijamente a Martha. No quería perderla de vista ni un solo segundo.

—Amigo —dijo ella—, ¿qué te parece si te levantas del piso y vamos a la sala? Tenemos muchas cosas de las cuales hablar.

Pierre accedió a la solicitud de la loba y dialogaron durante horas en la acogedora sala de aquella casa. Martha aprovechó el tiempo para contarle muchas cosas respecto del secreto canino, especialmente la cláusula de advertencia más importante del código. "Si un hombre que ha sido elegido para ser portador del gran secreto viola la confianza que en él ha depositado la especie canina y decide revelar a otro nuestra bien protegida facultad de comunicación verbal, morirá al igual que aquel canino que estableció el contacto".

—Ahora podrás comunicarte con cualquier perro, lobo, zorro, dingo o chacal. Nuestra marca de olor imborrable te acompañará hasta el último día de tu vida.

—Siempre he amado a los animales, pero jamás me imaginé que algo como esto pudiera ser posible —dijo Pierre, mucho más sereno.

Fue así como varios años atrás había empezado un nuevo capítulo en la historia de Pierre, quien por el amor, dedicación y responsabilidad tan grande que demostró con Martha y sus hijos fue escogido para salvaguardar el milenario secreto de los cánidos.

Después fue presentado ante la manada, donde lo recibieron como un hermano y donde su concepción respecto de la vida empezó a cambiar cada día más y más. Experimentó el dolor de sus nuevos hermanos cuando eran tan cruelmente asesinados por los cazadores que temían que sus rebaños o animales domésticos fueran atacados.

Inauguró entonces la Fundación Harper, que luchó por el establecimiento de lugares protegidos de la cruel práctica de la caza y donde hubiera prohibición estatal de crear asentamientos humanos que pudieran poner en peligro la frágil estabilidad de las manadas de lobos allí establecidas.

Se constituyó en un impresionante defensor de los derechos de los animales, logrando incluso llamar la atención de varios medios de comunicación que le dedicaron generosos espacios de tiempo en radio y televisión, destacando su compromiso por conseguir que el mundo fuera más consciente del inestimable daño que le hacemos al ir acabando tan injustamente con distintas especies.

No escapó, eso sí, a fuertes críticas provenientes de quienes basan sus negocios en la depredación de la naturaleza. En varias ocasiones fue amenazado e incluso fue víctima de un atentado en el que le tendieron una emboscada, atravesando grandes piedras en el camino donde sabían que tendría que pasar. El plan consistía en esperar a que se bajara para intentar mover los pesados elementos que obstaculizaban su tránsito y en ese preciso momento le dispararían para acabar con su existencia.

Mayúscula fue la sorpresa de los tres delincuentes contratados cuando, al observar que la camioneta de Pierre se acercaba y preparar sus armas para cumplir con su vil cometido, recibieron el ataque de una jauría de lobos que les causaron considerables heridas, pero a ninguno le segaron la vida. Desde aquella fecha, ninguno aceptó atentar contra la vida de Pierre y reconocieron que su relación con los lobos sobrepasaba los límites de lo que los seres humanos consideramos racional.

No pasó mucho tiempo para que fuera conocido en toda la zona como Pierre Harper, el señor de los lobos.

Su vida fue más silvestre y su relación con los hermanos del bosque fue tan cercana que, en ocasiones, no se le veía en su casa durante prolongados espacios de tiempo, que bien podían extenderse por varias semanas.

La manada le enseñó una nueva forma de concebir la vida, de entrar en contacto con la naturaleza, de aprender de ella y, lo más importante..., vivir de ella y para ella, pero no a costa de ella.

Pero si la vida de Pierre había cambiado tan sustancialmente a partir de ese particular encuentro con los lobos, se aproximaba el momento en que la dinámica de vida de sus hermanos también cambiaría. Todo comenzaría aquella tarde en la que el señor Harper se encontraba sentado sobre una roca, observando a lo lejos el blanco paisaje de una inmensa llanura que había sido cubierta por la nieve. Territorio de los lobos grises, territorio libre de cazadores.

Mientras Pierre bebía algo caliente para hacer frente a la extrema baja temperatura, una vibración en su bolsillo le hizo saber que una llamada entraba a su teléfono móvil.

—Hello —saludó Pierre.

—¿Pierre Harper? —preguntó una voz desconocida.

—Yes I am.

—¿Habla usted castellano? —preguntó de nuevo la extraña voz.

—Sí, por supuesto.

—Usted y yo no nos conocemos, pero sé que estoy hablando con uno de los integrantes del trípode de conexión humana. Mi nombre es Li, pertenezco a la raza de los *chow chow* y, en nombre propio y el de algunos amigos, le digo que necesitamos su ayuda.

—¿En qué le puedo servir?

—Verá usted, la historia es muy larga, pero primero que todo permítame preguntar: ¿Conoce usted a alguien llamado Aurelio?

Pierre sonrió y guardó unos segundos de silencio antes de responder.

—¿Que si conozco a Aurelio? ¡Por supuesto que lo conozco! Se trata de mi mejor amigo, mi cómplice, mi confidente, es más... se trata de mi hermano.

Al tiempo de decirlo, Pierre dirigió su mirada a los ojos de Aurelio. Un grande y bellísimo lobo de pecho blanco y brillante lomo de color gris azulado.

23

LA ROCA DE LA HERMANDAD

Aquella fría tarde del mes de noviembre, las cosas podrían haber parecido muy normales, pero en realidad eran diferentes. Los lobos de las siete manadas de la Llanura Blanca rompieron los muy bien establecidos límites de sus respectivos territorios. Cosa que sucedía por primera vez desde que el Gobierno estatal había declarado la inmensa zona como parque natural protegido y los lobos pudieron volver a disfrutar libremente de la tierra que durante siglos les había pertenecido.

A los ojos de los humanos, los representantes de cada una de las manadas podrían parecer muy similares, pero, a los ojos de los lobos, todos eran muy distintos. Cada manada tenía su potencialidad y también su flaqueza. Además, contaban con su propia historia, así como con su propia leyenda. Incluso, entre ellos reconocían las características físicas que los identificaban como parte de un conglomerado. Al igual que los humanos pueden distinguir a un asiático de un europeo o un africano, cada manada de lobos podía distinguir los rasgos que les daban pertenencia a un grupo y diferenciaba de los otros.

Desde el momento en que sus olorosas fronteras se rompieron temporalmente a causa del llamado de Aurelio, el líder supremo de todas las manadas, los bellos ejemplares no tuvieron necesidad de observar que sus límites fueran protegidos. Muy cordialmente se daban la bienvenida cuando ingresaban a territorio ajeno. Las delegaciones de las distintas manadas constaban, en su mayoría, de tres a cinco lobos que se encaminaban a la roca de la hermandad, el lugar establecido desde tiempos inmemoriales para realizar cualquier tipo de encuentro que inmiscuyera al colectivo de la Llanura Blanca.

A dicho punto de encuentro llegaron tres representantes de Los Lomos Grises, conocidos por la impresionante fuerza de sus músculos que al mismo tiempo los hacía menos veloces a la hora de correr. Vicente, Federica y Maximiliano llegaron para atender al llamado de Aurelio.

Por su parte, Los Vigilantes de la Noche, famosos por su aguda visión nocturna, pero también por su fotosensibilidad que les daba desventaja en días de sol, se hicieron presentes con la participación de Indira, Rubén, Dannis y Fernando.

Fuerza Blanca era conocida como la manada más exitosa para cazar en el invierno, dado que sus patas contaban con la envidiable ventaja de no hundirse en la nieve, el fango y el agua. Sus pelajes eran de tonalidad más clara respecto de lobos de otras manadas. Eso precisamente los hizo presas más fáciles para los cazadores, razón por la cual se vio muy diezmada su población. Carolina, Lorenzo y Gloria llegaron para representar a su grupo.

De la manada de Los Hermanos del Bosque, algunos aseguraban que su relación con los árboles era tan cercana que incluso les obedecían, pero dependían tanto de su relación con ellos que en campo abierto se veían inseguros y torpes. Laura, Carmen, Braulio, Rogelio y Mario se hicieron presentes ante el singular llamado.

Los Hijos de la Luna Llena fueron la delegación más grande. Siete lobos en total formaron parte de ella, muy probablemente porque la roca de la hermandad, a pesar de ser un sitio neutral para todos los lobos que habitaban la Llanura Blanca, estaba ubicada dentro de su territorio. Martha, Alfonso, Verónica, Jorge, Eduardo, Ricardo y Pilar fueron los representantes de aquella manada. Se decía que contaban con la extraña facultad de desaparecer y reaparecer a su antojo en noches de luna nueva y luna llena; pero no en cuarto creciente ni en cuarto menguante.

La Mirada Roja era el nombre de una manada constituida por lobos de inferior tamaño al promedio normal, lo cual los hacía parecer más débiles, pero las apariencias engañaban. Su mirada fija, en situación de defensa o ataque, provocaba el desvanecimiento de las fuerzas de su rival o de su presa, pero debían tener cuidado con el agua, los espejos o ciertos metales, pues si miraban el reflejo de sus propios ojos caían rendidos de extremo agotamiento. Astrid, Paola, Amílcar y Claudio representaron a su grupo ese día.

Abdul, David, Julieta, Sandra y Berenice fueron los cinco representantes de la manada que respondía al nombre de El Embrujo Azul. Eran famosos por su velocidad. Ningún animal terrestre podía desafiar la rapidez de sus integrantes, excepto ellos mismos, pero, por ser tan ágiles, no contaban con mucha fuerza en sus músculos, por lo que no se arriesgaban mucho en cazar animales grandes, optando mejor por alimentarse de conejos, liebres y demás animales pequeños.

Así, treinta y un lobos atendieron al llamado que se hizo mediante el aullido de convocatoria. La reunión empezó con treinta y tres integrantes, contando obviamente con la presencia de Aurelio y Pierre, que por supuesto atraían mucho la atención del grupo de animales. Prácticamente, ninguno de ellos, excepto Aurelio, había conocido a un integrante del trípode, lo que hacía que la reunión tuviera un elemento de tanta preponderancia que sería recordada por mucho tiempo a lo largo de la historia de las siete manadas que integraban la Llanura Blanca.

—Amigos todos, bienvenidos a la roca de la hermandad, el lugar que nos ha recordado, nos recuerda y nos recordará por siempre que somos parte de una misma especie. Permítanme manifestarles mis más sinceros agradecimientos por haber acudido tan rápidamente a mi llamado —expresó Aurelio.

Acto seguido, al pie de la letra, como estaba estipulado en el sencillo protocolo, Aurelio procedió a saludar a las distintas manadas que al momento de ser nombradas hacían una venia como señal de respeto al líder supremo de la hermandad:

—De las lejanas tierras salvajes donde solo sobreviven los más fuertes, ¡bienvenidos Hermanos de Los Lomos Grises!

»De la entrañable región en donde los pinos son tan altos que parecen tocar el cielo, ¡bienvenidos, Vigilantes de la Noche!

»De los brillantes parajes donde la nieve se perpetúa, aún en tiempo de calor, ¡bienvenidos, Amigos de La Fuerza Blanca!

»De los recónditos lugares donde los árboles son vuestros mejores amigos y más fieles aliados, ¡bienvenidos, Hermanos del Bosque!

»De la tierra mágica donde la luna les permite hacerse invisibles, ¡bienvenidos, Hijos de la Luna Llena!

»De los verdes parajes donde toda fuerza se doblega ante el poder de sus ojos, ¡bienvenidos, Hermanos de La Mirada Roja!

»Del inmenso valle donde hasta el viento se rinde ante su magnífica velocidad, ¡bienvenidos, Hermanos del Embrujo Azul!

Una vez acabó de nombrarlos a todos, el aullido de los treinta y dos lobos presentes fue tan estremecedor que la nieve que permanecía en las ramas de los árboles aledaños a la piedra del encuentro se precipitó a tierra, dejando una estela de diminutos cristales que permanecieron durante algunos segundos suspendidos en el aire.

—Gracias a ti, Aurelio, por habernos llamado —dijo Claudio, de la manada de La Mirada Roja—. La verdad, siempre soñé con conocer la roca de la hermandad. Me emociona mucho estar aquí representando a mi clan.

—También a mí —expresó Laura, de la manada de Los Hermanos del Bosque—. Nunca imaginé siquiera poder conocer un territorio diferente al mío. Mis hermanos les envían a todos ustedes un saludo lobo lleno de amor.

—No quiero ni puedo perder esta histórica oportunidad para manifestarles que siento una alegría infinita —dijo Carolina, de La Fuerza Blanca—. Siempre soñé con el día en que me pudiera encontrar con lobos distintos a los de mi manada en un ambiente pacífico como este, pero encontrarme con uno de los tres miembros del trípode de conexión humana... Eso es mucho más de lo que jamás habría podido imaginar. Siento que hoy, mi sueño se está haciendo realidad.

Aurelio interrumpió la conversación por temor a que se alargara en cordiales saludos para los que habría suficiente tiempo después. Realmente que los lobos se sentían muy emocionados, pues un encuentro entre representantes de diferentes manadas no se había realizado desde varias generaciones atrás.

—Hermanos, les garantizo que también para mí es un motivo de inmensa alegría poder contar con la presencia de todos ustedes en esta roca tan importante para nosotros. De nuevo, les ratifico mi profundo agradecimiento, pero les suplico que, a pesar de que este acontecimiento se reviste de tanta alegría para todos los aquí presentes, escuchen la razón que ha motivado este encuentro.

—También eso me llena de profunda curiosidad, Aurelio —dijo Abdul, de la manada del Embrujo Azul—. Corrí con mis cuatro hermanos durante largas horas para dar cumplimiento a esta cita. Dinos cuál es la razón que motiva este encuentro.

—En primer lugar, quiero que conozcan a Pierre Harper —dijo Aurelio mientras miraba a su humano amigo—. Como es bien sabido por parte de todos ustedes, fue escogido por el invaluable gesto que tuvo al haber salvado la vida de Martha y sus tres cachorros. Cosa que aconteció hace algunos años, apenas una semana luego de que otro de los miembros del trípode, nuestro hermano Manuel Martínez, de Yucatán, México, fuera llamado a su encuentro definitivo con la Tierra. Por lo que la raza canina no dudó ni un instante concederle el privilegio más grande que nuestra especie le puede proporcionar a un *Homo sapiens*.

Los lobos de nuevo aullaron en un significativo gesto grupal de beneplácito y regocijo que produjo en Pierre un estremecimiento tal que lo pudo sentir hasta en la médula de sus huesos. Dos lágrimas de felicidad resbalaron sobre sus mejillas.

Con un suave movimiento de cabeza, Aurelio cedió la palabra a Pierre.

—No tienen idea de lo que para mí significa poder llamarlos "hermanos". Me siento feliz de ser parte de esta historia. Nunca imaginé que una loba y tres cachorros que encontré en la carretera pudieran cambiar mi vida de manera tan profunda y significativa. Sin embargo, así fue y hoy doy gracias a la vida por todos ustedes. No me arrepiento de haber dado un giro total a mi existencia. Los lobos me han enseñado una nueva manera de definir la palabra amor. Simplemente les quiero decir: ¡muchas gracias!

—¡Bienvenido! ¡Eres uno de nosotros!

Se escuchaban voces provenientes de todos los lugares por donde los lobos estaban repartidos, pero hubo algo que llamó momentáneamente la atención del único hombre de la reunión. Uno de los lobos del clan de La Mirada Roja no había demostrado la más mínima exteriorización de regocijo. Sin embargo, Pierre, no le dio mucha importancia.

—¡Hermanos! —prosiguió Aurelio—. Aparte de presentarles a un nuevo miembro de la gran familia canina, hay un segundo aspecto que debemos tratar en conjunto. Hace tres días, un hermano doméstico del sur se comunicó con Pierre. Créanme que, de no haber estado presente en el lugar y en el momento mismo en que ingresó esa llamada, jamás habría creído lo que escuché. Se nos ha solicitado ayuda para solucionar un problema que aqueja a una familia de humanos en el sur y que de una u otra manera ha involucrado a algunos perros.

Las palabras de Aurelio causaron conmoción. Los lobos empezaron a intercambiar opiniones entre ellos. El líder supremo les permitió dialogar durante breve tiempo.

—¡Amigos! ¡Amigos! —interrumpió Aurelio—. Créanme que entiendo que esta noticia los conmocione tanto o más que a mí. Pero, al mismo tiempo, los invito a que comprendan que este es el primer contacto que hemos tenido con los domésticos en muchísimo tiempo.

—Tú lo has dicho, Aurelio —dijo Vicente, de Los Lomos Grises—. También a nosotros nos ha conmocionado esta noticia, pero ¿qué tipo de ayuda es la que están pidiendo? ¿Y por qué nos la solicitan precisamente a nosotros?

—Bien, les explicaré todo de la manera más completa que pueda y le agradeceré a Pierre que me recuerde si omito algún elemento importante para que comprendamos lo que acontece.

Dicho esto, Aurelio comenzó a explicar lo que sucedía a una familia que vivía muy lejos de donde los lobos se encontraban reunidos.

—Todo comenzó hace más de seis años, cuando un hombre llamado Andrés San Clemente fue secuestrado por un grupo guerrillero que responde al nombre de...

Aurelio no solo demostraba contar con una impresionante retentiva que le permitió contar con lujo de detalles aquella pesadilla que vivía la familia San Clemente, sino que, al mismo tiempo, agregaba tal dramatismo a su relato que muy difícilmente se podía perder la conexión con su mensaje. Durante más de dos horas habló sin parar hasta que acabó su relato.

—... y así, el niño que salió a buscar a su padre fue encontrado finalmente por su mamá y su tío a más de quinientos kilómetros de su casa, pero no es feliz. Su perro, un *schnauzer* miniatura, ha desarrollado la capacidad de sentir lo mismo que su amo. Por eso se sabe que Emilio lucha para que su mamá no lo vea sucumbir ante el peso de su propia tristeza, pero pasa largas horas llorando a causa de esta carga que le ha correspondido llevar a pesar de su tierna infancia.

Todos los lobos permanecieron en silencio luego de haber escuchado la fabulosa y conmovedora forma de relatar de Aurelio. Algunas miradas se intercambiaron. Finalmente, David, del clan del Embrujo Azul, sería el encargado de romper el silencio formulando una pregunta:

—¿Qué tipo de ayuda es la que quieren? Vivimos en la parte norte del continente y ellos en el sur. No sé cómo podríamos colaborar.

—La historia es muy conmovedora —dijo Rogelio, de los Hermanos del Bosque—. Pero, tradicionalmente, cada grupo se ha encargado de sus problemas. Además, la distancia de los salvajes con los domésticos siempre ha sido abismal. No entiendo qué tendríamos que hacer nosotros en ese asunto.

—A ese punto quería que llegáramos —interrumpió Aurelio—. Son muchas las cosas que han venido cambiando: los perros del sur se han involucrado en un problema en el que años atrás no lo habrían hecho. Hicieron contacto con nosotros, lo que jamás había sucedido desde la ruptura entre salvajes y domésticos. Y como si eso fuera poco, míranos, Rogelio, manadas que nos habíamos limitado a defender nuestros territorios hoy estamos dialogando, exactamente de le forma como algunos de ustedes han manifestado que jamás se lo habían imaginado. Hemos roto cordialmente los límites de nuestras fronteras sin necesidad de gruñir, mostrar nuestros dientes o pelear. En este momento, nos encontramos en la roca de la hermandad, el lugar más sagrado de la Llanura Blanca. Hoy hemos aullado al unísono como producto de la felicidad que sentimos por tener la oportunidad de conocer a un miembro del trípode de conexión humana. Como si lo anterior fuera poco, él vive entre nosotros. ¿No creen, amigos, que son demasiadas cosas? ¿Quién de ustedes puede asegurar que todo esto es pura casualidad?

El grupo de lobos se quedó en silencio. Las palabras de Aurelio fueron muy sabias e irrefutables. Ninguno había pensado las cosas como él.

—Yo, por mi parte —prosiguió Aurelio—, estoy casi convencido de que esto no es coincidencia. Por el contrario, algo me dice que este capítulo de nuestra historia trae consigo cambios que apenas empezamos a percibir.

—¿Tienes alguna propuesta, Aurelio? —preguntó Maximiliano, del clan de Los Lomos Grises.

—En realidad, no. La propuesta no es mía —aseguró el líder supremo—. Más bien les podría decir que la propuesta viene desde el sur. Hermanos míos, los domésticos nos han hecho un llamado oficial solicitando nuestra ayuda. Ellos quieren nuestra aprobación para realizar en conjunto una intervención directa.

Las palabras de Aurelio generaron nuevamente, profunda conmoción en los miembros de las siete manadas que estaban presentes en la roca de la hermandad.

—¡Es un conflicto humano!

—¿Están locos?

—¡Es en el sur!

—¿Cómo podría ser posible?

—¡Ellos son domésticos!

—¡También nosotros tenemos problemas!

—¡No es asunto nuestro!

—¡Una cosa es problema de lobos y otra es problema de perros!

—¡Por todos nuestros ancestros!

Esas fueron apenas algunas de las frases que volaban en el ambiente y llegaron hasta los oídos de Aurelio.

—Créanme —interrumpió Aurelio— que muchas de las cosas que los escucho decir yo también las pensé cuando Pierre me permitió escuchar ese llamado, al tiempo que también tuve la oportunidad de hablar con un perro llamado Li. Pero, después de recapacitar un poco y de pensar las cosas con cabeza fría, mi percepción cambió y por eso me decidí a llamarlos.

—¿O sea que quieres que nos unamos al conflicto de los domésticos? —preguntó Amílcar, uno de los miembros del clan de La Mirada Roja, curiosamente, aquel mismo que no exteriorizó ninguna manifestación de felicidad cuando Pierre se dirigió a los representantes de las siete manadas.

—¡No! Lo que deseo es que evaluemos las posibilidades de participar o de no hacerlo para que finalmente lleguemos a una sabia determinación. De tal manera que la resolución final no sea mía, sino de todos nosotros —contestó Aurelio—. Creo, hermanos míos, que tenemos demasiada información en la cabeza, además, muchos de ustedes se ven bastante extenuados como producto del largo desplazamiento que han tenido que realizar hasta acá. ¿Qué les parece si meditamos un poco en la oscuridad de la noche que está por caer? Mañana nos reuniremos de nuevo y escucharemos los aportes de los representantes de las distintas manadas para determinar si debemos participar o no en este conflicto que atañe a los caninos del sur.

Los lobos se mostraron de acuerdo y se retiraron a buscar espacios adecuados para el descanso y la reflexión. Todos se integraron en pequeños grupos de tres o cuatro lobos de distintas manadas para dialogar.

Pierre, por su parte, no perdía de vista a Amílcar. Hallábase solo sobre una piedra un tanto distante, se le veía pensativo y evidentemente alejado de la dinámica de los presentes.

"Es la primera vez que veo un lobo comportándose así. ¿Será que le sucede algo?", se preguntaba Pierre mientras encendía fuego para recibir algo de calor en una noche que prometía ser muy fría.

24

EL DIBUJO

Era gris el color de la mañana que, en aquel día, acompañaba el despertar de los habitantes de la ciudad capital. Algunos deportistas corrían por las calles, alimentando el sueño de una vida más saludable y longeva. Algunos jóvenes estudiantes también corrían, no por deporte, sino con el propósito de no llegar tarde a la primera hora de clase en sus respectivos colegios o universidades.

Otros apresuraban el paso para no tener que escuchar la cantaleta del jefe o, en el peor de los casos, no correr el riesgo de tener que firmar un memorando que los dejara a una peligrosa distancia de la poco deseable carta de despido.

Uno que otro personaje caminaba sin prisa, como si nada lo preocupara. Una ciudad como Bogotá está siempre llena de contrastes y de sorpresas, de aspectos que hacen sonreír, de otros que indignan y otros frente a los cuales no queda otra opción diferente más que tener paciencia.

Se trata de una metrópoli en donde la gente se emplea de lo que sea. Unos son grandes banqueros y otros son lustrabotas. Algunos son expertos catadores de exclusivas marcas de vino, otros hacen empanadas con las sobras de los platos de algún restaurante de tarifa económica.

En esa ciudad, algunas mujeres bonitas son presentadoras de televisión, no tienen mucho conocimiento de expresión verbal, pero registran bien en pantalla y eso, para muchos, es más que suficiente.

Quien desee salir de compras no tiene que hacer nada diferente a subirse en un bus público. En esos gigantes de hierro se suben comerciantes de todo tipo, raza y condición; venden maní, chocolates, caramelos, galletas, pulseras artesanales, hilos, agujas, botones, libros pequeños con chistes medio tontos, otros con pasatiempos, otros con secretos para el hogar. También ofrecen cursos de inglés, lápices, lapiceros, borradores, camándulas, rosarios, separadores de libros, cordones para zapatos, llaveros, linternas e incluso venden canciones, la mayoría de las veces pésimamente cantadas, pero lo positivo es que se paga por ellas "cualquier monedita", aunque también existe la opción de no pagar absolutamente nada.

Es, en definitiva, una ciudad en la que se puede trabajar de cualquier cosa, incluso haciendo trampa. Como el ciego que pierde la vista por ocho o nueve horas al día y se para frente a la entrada de acceso a una de las estaciones de los grandes buses de color rojo para solicitar a los transeúntes que le regalen el dinero de un pasaje que requiere para desplazarse a su casa. Luego, cuando termina su agotadora jornada de trabajo, camina unas cuantas cuadras hasta su hogar, donde, como por arte de magia, recobra su visión justo antes del momento de sentarse a contar el dinero correspondiente a las ganancias del día.

Nadie puede negar que Bogotá es una ciudad de fantasía. Un lugar en donde todo puede pasar, absolutamente todo. Siglos atrás, los españoles fueron conscientes de esa premisa, incluso les llegó el rumor de una ciudad construida con lingotes de oro puro conocida como "El Dorado", pero fuimos más inteligentes que ellos. Logramos esconderla antes de la llegada de su sin igual avaricia.

Muchas historias más fueron sepultadas con el paso de los viejos años, muchas nacieron con la llegada de los nuevos. Incluso se escuchó un runrún que no corría entre humanos, sino entre perros. Se trataba de un proyecto que se estaba diseñando. Algo extraordinario, algo realmente bueno. Las neuronas de los canes estaban trabajando, ideaban un plan que, con suerte, llevaría a feliz término la triste historia de Andrés San Clemente, le devolvería la sonrisa a Mariana y la alegría al corazón de Emilio Josué.

—Algunos perros de la ciudad de Florencia, en donde estuvo Emilio buscando a su papá, hicieron contacto con aves que se mostraron interesadas en ayudar —explicaba Leila a sus cinco amigos—. Si contamos con algo de suerte, en algunos días o pocas semanas, conoceremos la ubicación exacta de dónde se encuentra Andrés.

—Ese es un gran avance. Afortunadamente veo que las cosas están marchando bien —acotó Óscar—. ¿Respondieron algo los lobos y Pierre Harper? —preguntó observando a Li.

—Aún no —respondió el *chow chow*—. Pierre me aseguró que, cuando tuvieran una respuesta definitiva, él mismo se comunicaría con nosotros.

—No quiero parecer pesimista, pero ¿qué pasará si no conseguimos ayuda de los salvajes del norte? —preguntó Óscar.

—La buscaremos en otra parte —respondió categóricamente Spike.

—Hermanos —dijo Li—. No nos adelantemos a lo que podría o no suceder de aquí en adelante. Permitamos que el tiempo se encargue de ir respondiendo a nuestras dudas e interrogantes, como lo ha hecho hasta ahora.

—Me parece que, en eso, Li tiene razón —intervino Bruno—. Recuerden lo que al respecto manifestaron Abigaíl y Roxán: "Las respuestas en principio son imperceptibles, luego crecen y van tomando forma hasta que se hacen evidentes delante de nuestros ojos".

—Es cierto —dijo Lola—. Hace apenas unas semanas, ninguno de nosotros llegaba a imaginarse todo en lo que nos veríamos involucrados. Al menos, yo jamás me lo habría esperado. Creo que debemos tener paciencia y permitirle al tiempo que cada día nos sorprenda con cosas nuevas. De ahora en adelante los invito a que...

Lola fue interrumpida, al igual que sus cinco compañeros, por un extraño olor. Se trataba de la identidad de tres perros que no pertenecían a la jurisdicción de El Círculo. Los seis canes adoptaron posición de defensa territorial y gruñeron para alertar a los intrusos respecto su disposición para la pelea.

—¡Venimos en son de paz! —gritó una extraña voz desde afuera de la casa en obra negra que El Círculo utilizaba para sus reuniones.

Tres siluetas caninas entraron al lugar mientras los otros seis canes ya no se hallaban en disposición de pelea, pero sí estaban agitados por la extraña novedad.

—¡Buenos días! Discúlpennos, por favor, por presentarnos tan intempestivamente y sin haber anunciado nuestra visita. Me permito presentarme. Mi nombre es Martín, pertenezco a la raza de los pastores australianos —dijo el peludo perro de inmaculado pecho blanco y cuyo lomo oscilaba entre el color miel, marrón y negro.

—También yo les presento mis disculpas. Mi nombre es Mónica, pertenezco a la raza de los *tchuvatch* eslovacos —aseguró la impresionante canina de unos sesenta centímetros de altura y abundante pelaje de color blanco como el marfil.

—Al tiempo de disculparme, como ya lo hicieron mis compañeros, también yo me presento. Mi nombre es Arturo, pertenezco a la raza de los rastreadores montañeses de Baviera —dijo el precioso perro de largas orejas y de brillante color chocolate.

Luego de unos segundos de silencio propios de una situación que ha causado extrañeza, sería Arturo el encargado de explicar el motivo de la inesperada presencia de los tres canes.

—Martín, Mónica y yo integramos el consejo territorial que responde al nombre de El Núcleo. En nuestra jurisdicción vivía la familia San Clemente cuando fue secuestrado Andrés, pero aún no habíamos sido instituidos como la autoridad canina del territorio cuando sucedió el lamentable suceso. Nos hemos enterado de muchas cosas que a ustedes les han acontecido y de la angustiante situación por la que ha pasado el niño cuyo nombre es Emilio. Decidimos entonces ponernos a su disposición en caso de que necesiten ayuda. Esa es la razón por la que nos encontramos acá. Desde este momento, pueden contar con nosotros.

Lejos de ahí, Emilio estaba en el colegio realizando una actividad correspondiente a su clase de dibujo. Adriana, su directora de grupo, observaba cómo el niño trabajaba muy concentrado, plasmando quién sabe qué cosa sobre el octavo de cartulina blanca en donde le dieron la instrucción de realizar un dibujo libre. El niño cambiaba a capricho de colores que esparcía a lo largo y ancho de la extensión del papel.

Adriana había autorizado a los alumnos para salir al patio de recreo a medida que fueran acabando de realizar sus dibujos. Eso los había estimulado para acabar más rápido, pero Emilio no mostró ningún interés en intentar finalizar prontamente su labor. Todo lo contrario, coloreaba, trazaba líneas, borraba lo que seguramente había considerado como imperfecciones de su obra, giraba a capricho el papel y parecía insistir en los pequeños detalles.

Su maestra estaba tan entretenida como él. Observaba con atención cada uno de sus movimientos y el empeño que se notaba que estaba depositando en su trabajo. Ya era el único niño que faltaba por salir del salón de clases, pero Adriana no insistiría en que se apresurara.

Pasados unos cuantos minutos más, los movimientos de Emilio dejaban entrever que había finalizado. Guardó sus colores y demás implementos en su morral de estudiante, se levantó de su pupitre, tomó su papel con ambas manos para finalmente encaminarse en dirección a su maestra.

—Aquí está mi tarea —dijo Emilio con su tierna voz.

Adriana observó los bruscos trazos que caracterizan los bosquejos de los niños de esa edad. Sin embargo, su dibujo era bonito, se notaba la dedicación que había empeñado en él. Se trataba de un grupo de desordenadas flores que caían colgadas de una rama. A los lados derecho e izquierdo del papel, dos colibríes parecían aproximar sus picos.

—Qué bonito dibujo, Emilio, te felicito —dijo Adriana.

—Muchas gracias —respondió el pequeño.

—Me imagino que son dos bellos colibríes que alegremente succionan el néctar de las flores, ¿verdad?

—Sí, beben el néctar de las flores, pero no están alegres.

—¿Por qué dices eso?

—Porque ningún colibrí que se alimenta en presencia de los secuestrados puede sentir alegría.

25

PALABRAS DE VIDA

Un abatido hombre, maltratado y encadenado, realizaba un amoroso esfuerzo para escribir unas cuantas líneas. Aquellas que con el tiempo se habían constituido en la única conexión que Andrés tenía con su esposa y con su hijo.

Desde algún lugar en el que nunca quisiera haber estado, jueves 30 de noviembre de 2006

Mariana:

La desesperación y la tremenda frustración se han incorporado como parte fundamental de mi ser.

Ya no temo escribirlo con certeza total, no tengo ganas de seguir viviendo.

Perdóname Mariana, te lo suplico, pero la esperanza es para mí una llama que se desvanece, que no tiene combustible ni fuerza para seguir ardiendo.

Intenté escapar hace unos días, pero mi plan falló. Sentí que te volvería a tener entre mis brazos, soñé despierto que al fin podría ver a mi hijo, pero la cruda realidad me hizo comprender que solo fui un estúpido que emprendió un peligroso viaje en búsqueda de lo que, tal vez, ni siquiera merezco.

Me siento derrotado, abatido, sin fuerza; mi vida ha cambiado tanto desde que me recapturaron. Mi premio por haberme fugado es una cadena que ahora llevo de manera permanente sujeta al cuello. Mis compañeros de cautiverio también han sido encadenados. Me siento tan mal por ellos, me siento tan mal por mí.

En el intento de fuga me di un fuerte golpe en la rodilla, pasé varios días experimentando dolores muy fuertes, para los cuales me proporcionaron una aspirina diaria durante cinco días. El dolor subsiste, pero ya cedió un poco la inflamación.

Sucedió una cosa extraña. Uno de los tres guerrilleros que me capturó luego de darme a la fuga, desapareció sin dejar huella. Algunos ingenuos dicen que se lo comió la selva, otros más sensatos dicen que se escapó y seguramente buscará desmovilizarse luego de entregarse a la fuerza pública. La verdad es que me importa un pepino lo que haya sucedido con él. Me importa un bledo lo que suceda conmigo.

¿De qué vale llorar?

¿De qué vale lamentarse?

¿De qué vale solicitar clemencia?

¿De qué vale escribir estas malditas líneas que, de seguro, jamás leerás?

¿De qué me valió haber nacido?

¿De qué?

Todo lo que le daba sentido a mi vida ha quedado reducido a escombros. Una esposa a la que amo, pero no tengo; un hijo al que añoro, pero desconozco; una madre que extraño, pero no disfruto; un hermano al que quiero tanto, pero imagino que, si me viera, no me reconocería, pues apenas soy el escombro de lo que fui.

¿De qué me vale respirar este aire viciado de ira?

¿De qué me vale digerir esta comida que siempre es la misma?

¿De qué me vale amar a quienes no puedo sentir cerca?

¿De qué me vale luchar por la vida si cada día me siento más lejano de la posibilidad de regresar al lugar de donde jamás debí salir?

¿Por qué me tenía que suceder esto, Mariana? De nuevo te lo pregunto sin recibir respuesta.

¿Por qué no me cae un rayo que me deje reducido a ceniza?

¿Por qué no me pudro en vida hasta sentir asco de mí mismo?

¿Por qué Dios no se acuerda de mí y termina de una vez por todas con esta tétrica existencia que me niego a seguir viviendo?

¿Por qué no me dieron diez balazos cuando me encontraron?

¿Por qué no me fusilaron delante de mis compañeros para que tomaran escarmiento y ninguno quisiera arriesgarse a escapar?

¿Por qué, Mariana? Maldita sea, ¿por qué?

El mundo no necesita de mí. Yo ya no necesito de él. ¿Para qué prolongar más esta tortuosa agonía?

Mi vida no tiene sentido, el amor me ha abandonado, la esperanza se aleja de mí. Quiero cerrar mis ojos y no volver a abrirlos jamás.

¿Qué importa terminar mis días en esta selva? Sería mejor expirar en vez de seguir revolcándome en mi propio vómito, en mi propio excremento.

Siento que me estoy destruyendo, me consumo por dentro. Una fuerza depredadora se come a pedazos mi alma, al tiempo que rompe en fragmentos mi abatido corazón.

Si algún día lees estas líneas, dile a mi hijo que no sea como yo. Fui un hombre tan avaro y humillante; tan inflexible y dominante. Y ahora..., si pudieras verme..., un mendigo tiene mejor aspecto.

Hasta pronto, Mariana.

Al menos, esperemos que así sea.

ANDRÉS

Al atardecer del siguiente día, Spike observaba desde la ventana cómo su amigo se alejaba. Iba en el auto que, conducido por José, se dirigía a la emisora radial, acompañados por Mariana.

Una vez cumplido el ritual de desplazamiento y la entrada a las dependencias del edificio donde funcionaba la emisora conocida como La Voz de los Andes, los tres sujetos caminaron hasta el estudio desde donde tantos familiares de secuestrados hablaban a sus familiares en cautiverio.

—Buenas tardes, apreciados radioescuchas de este programa, *La Voz de los Ausentes*. Hoy, viernes 1 de diciembre de 2006, les habla Carlos Plata, de la asociación nacional de locutores radiales. Nos acompañan tres familiares del señor Andrés San Clemente, quien seis años atrás fue privado de su libertad. Mariana, José y Emilio, el micrófono es de ustedes.

A cientos de kilómetros, un corazón palpitó más fuerte cuando escuchó el nombre de su hijo.

—Gracias de nuevo, Carlos, a ti y a esta emisora, La Voz de los Andes, que nos permiten poder comunicarnos con nuestros familiares secuestrados —dijo José—. ¡Hola, hermano! De nuevo me tienes acá, enviándote algunas palabras de aliento y respaldo para que sepas que no estás solo. Hemos pasado por algunos momentos de dificultad que no vale la pena mencionar ahora, pero afortunadamente pudimos capotear las adversidades. Mamá, por su parte, insiste en venir lo menos posible a hablarte, asegura que cuando le corresponde decirte algo, siente que se desploma, ya sabes cómo es ella. De todas maneras, te envía un mensaje de amor y me pidió que te dijera que todos los días estás presente en su pensamiento. Te quiero mucho, hermanazo mío. Hasta pronto —fueron las palabras de José.

Luego de una breve pausa, Mariana, con una hoja de papel en sus manos, comenzó a trasmitir su mensaje.

—Andrés, de nuevo me tienes aquí para reiterarte mi cariño y para cumplir al fin con la promesa que te había hecho, pero no había podido llevar a cabo. Es mucho lo que quisiera contarte en el día de hoy, pero no lo haré. Me parece que, a lo largo de tantos años, ya me has escuchado más que suficiente. Hoy permitiré que escuches a tu hijo, que, entre otras cosas, está muy emocionado y tiene mucho que contarte.

El corazón de Andrés palpitaba, lleno de emoción.

—¡Hola, papito! —saludó Emilio—. Así como lo hizo mamá, también escribí para ti. Te cuento que me fue mal en el primer periodo de clase porque estuve muy triste, pero este periodo me está yendo mejor. Todas las noches doy besitos a tu foto y rezo de rodillas para que Dios me conceda poder dártelos en persona. Mi tío me regaló un perrito y es mi mejor amigo, todos los días le hablo y él me da lengüetazos. Al principio no me gustaban sus babitas, pero, con el tiempo, me acostumbré. Me haces mucha falta, quiero que vengas con nosotros y que seamos una bonita familia. Santiago, mi mejor amigo, te envía un saludo especial y quiere que lo invitemos con sus papitos a una fiesta que haremos cuando te liberen esos señores malos...

Los ojos de Mariana, José y Carlos se llenaron de lágrimas. Muchas personas que escuchaban el programa experimentaron el mismo efecto en sus ojos.

—Te haremos la sopa marinera y el postre de curuba que tanto te gustan y te compraremos muchos chocolates y ropa nueva. Ayer hice el mejor dibujo de mi clase, me colocaron la máxima nota y lo guardé para cuando vengas, no te digo qué es porque será una sorpresa. Me haces mucha falta. Tío José me contó lo que hacías con agua y detergente cuando eras niño y me dio mucha risa. Quiero que vengas pronto a jugar conmigo. Te quiero mucho. Te envío muchos besos, saludos a tus amigos.

Con la voz entrecortada, el locutor se encargó de invitar a los oyentes a escuchar un bloque de comerciales.

Andrés, mientras tanto, había sentido que su corazón nuevamente había sido recargado con el combustible del amor. Nada le pudo haber dado más felicidad en ese preciso momento que escuchar por primera vez en su vida la voz de su pequeño hijo.

Ese mensaje, cargado de tierna ingenuidad, obligó al señor San Clemente a replantearse tantos interrogantes que le había formulado a la vida. En definitiva, es mucho lo que puede lograr una manifestación de amor sincero e incondicional. La fuerza que en muchas ocasiones parece estar escondida en el más discreto de los anonimatos puede transformarlo todo en un abrir y cerrar de ojos.

Emilio, sin saberlo, sin habérselo propuesto, acababa de dar a su padre el antídoto más eficaz para alejarlo de la desesperanza y el desconsuelo. El pequeño niño no supo que, en ese preciso momento, sus palabras resucitaron en Andrés un deseo que ya estaba muerto... el de seguir viviendo.

26

HERIDAS SIN SANAR

Si bien es cierto que algunos días pueden considerarse como tétricamente desafortunados, tanto así que cuando los experimentamos decimos que habría sido preferible no haberse levantado del lecho, existen otros que tienen el efecto contrario. Aquellos en que las cosas salen tan bien que veinticuatro horas de duración del día no parecen ser suficientes para acabar de cosechar todos los frutos que puede traer una jornada.

Un ave mensajera que provenía del sur traía un mensaje cargado de profundo valor para los perros del consejo territorial de El Círculo: la ubicación exacta del lugar donde yacía cautivo Andrés San Clemente. El trabajo de espionaje de los voladores animales había resultado ser tan exitoso que abría al fin una perspectiva esperanzadora para los canes que con tanto ahínco insistían en encontrar respuestas.

Mientras tanto, en el norte, los lobos deliberaban en búsqueda de una contestación definitiva a la solicitud de los domésticos del sur que no hacían otra cosa diferente a esperar con impaciencia, dado que la advertencia de Abigaíl y

Roxán había sido muy clara: por ninguna razón deberían aventurarse a ir solos.

—Buenos días, queridos amigos —saludó Aurelio a los treinta y un lobos que atendieron al aullido de convocatoria en la roca de la hermandad—. Espero que la fresca noche les haya permitido pensar, reflexionar, recapacitar y decidir respecto del tema que nos atañe y del que debemos dar respuesta lo antes posible. Por lo tanto, a partir de este momento, me gustaría escuchar sus diferentes opiniones o planteamientos.

Sin existir ningún orden establecido respecto de qué lobos debían hablar antes o después, la participación de los salvajes fue libre.

—Cuando te escuchamos hablar respecto de esta propuesta, pensamos que se trataba de una completa locura —exteriorizó Jorge, de los Hijos de la Luna Llena—. Sin embargo, fue muy importante para todos nosotros reflexionar sobre aquello que dijiste respecto de tantas cosas que nos podrían indicar la cercanía de tiempos de cambio. Por lo tanto, a pesar de que sentimos que se tendrá que responder a muchos interrogantes, nuestra determinación final es que, en virtud de la unidad canina que jamás debió romperse, nosotros estamos dispuestos a ayudar a los domésticos del sur.

—Por nuestra parte —intervino Berenice—, hemos pensado que llevamos siglos separados de los domésticos. En muchas ocasiones nos hemos comportado como mortales enemigos, olvidando completamente que procedemos del mismo tronco genético. Pensamos entonces que tal vez esta sea una oportunidad que no debemos dejar pasar. Tal vez, las gruesas murallas edificadas sobre los cimientos de las intolerancias de ambos bandos se empiezan a desmoronar ante nuestros ojos, al tiempo que nos conceden una oportunidad que podría ser única. Si el tiempo de la paz entre ellos y nosotros se está acercando, nuestro clan no le dará la espalda. Por lo tanto, la manada del Embrujo Azul manifiesta por medio de mis palabras su respaldo total a la posibilidad de ayudar a los perros.

Dos representantes de igual número de manadas, debidamente autorizados para hacerlo, habían dado su beneplácito a la propuesta formulada por Li.

—Luego de solicitar en grupo que la sabiduría canina nos acompañara para determinar la mejor respuesta frente a esta solicitud, conversamos durante largo rato con mis hermanos Lorenzo y Carolina. Ya estamos cansados de tanto tiempo de profundas diferencias. Los perros también aúllan como nosotros, nuestros corazones laten como los de ellos. Nuestras similitudes son perceptibles a simple vista, somos parte de una misma familia, pero, desafortunadamente, una familia dividida. Si este es el inicio de un nuevo capítulo de nuestra historia, queremos ser protagonistas de él y no simples espectadores. Así, la manada de La Fuerza Blanca responde afirmativamente a la solicitud de nuestros hermanos —dijo Gloria.

—También nosotros solicitamos la luz de la sabiduría canina. Durante largas horas hemos dialogado. No nos lo están preguntando, pero prácticamente no dormimos. Con esto quiero decir que llegar a una toma de decisión no fue fácil, pero pudimos hacerlo. A pesar de que no nos gusta mucho el ayudar a los humanos, que durante tanto tiempo nos atacaron, incluso para satisfacción de sus propios egos, alzando como trofeos los cadáveres de tantos lobos que mataron, sabemos al mismo tiempo que la solicitud de ayuda no es por parte de los hombres, sino de los perros. Creemos que ha llegado la hora de reconciliarnos con nuestros hermanos canes, podremos pagar con bien el mal que los humanos nos han hecho. Por lo tanto, si necesitan nuestro voto para poder responder a este llamado, pueden contar con nuestra respuesta positiva —expresó Rubén, de la manada de Los Vigilantes de la Noche.

—Por el contrario, nosotros no nos demoramos mucho en llegar a una determinación. Los tiempos sí están cambiando. Si se trata de colaborar para la paz y para reconstruir los vínculos de unión que jamás debieron romperse con nuestros hermanos del sur, pueden contar con nosotros —con esas pocas palabras, Federica expresó la posición de la manada de Los Lomos Grises.

—Tomo la palabra en representación de la manada de Los Hermanos del Bosque —intervino Braulio—. Sin lugar a duda que tus palabras respecto de los cambios que se perciben hicieron mella en nuestros entendimientos —expresó observando a Aurelio—. Determinamos que, si existe algo que se puede hacer y en lo cual podamos servir de ayuda, lo haremos con mucho gusto.

Casi la totalidad de los presentes había manifestado su beneplácito respecto de la posibilidad de atender positivamente a la solicitud de ayuda formulada desde el sur. Solo faltaba una de las manadas por exteriorizar su posición respecto del tema que los congregaba en torno a la roca de la hermandad.

—¡Vaya! ¡Vaya! —expresó Amílcar—. Pensé que esta mañana iba a estar destinada a una interminable polémica confeccionada por opiniones encontradas respecto de nuestra participación o indiferencia frente al llamado que recibimos desde el sur, pero, por lo que veo, escucho, siento y analizo, ya las cartas están echadas sobre la mesa, o mejor, sobre la roca. ¿Verdad, hermanos?

La intervención del miembro de la manada conocida como La Mirada Roja produjo por primera vez en aquella mañana cierta incertidumbre respecto del contenido profundo del pensamiento de su representante.

—Explícate, Amílcar. Estás en tu legítimo derecho de exteriorizar lo que sientes —dijo Aurelio.

—Por supuesto que lo estoy, Aurelio. Créeme que no siento la necesidad de que me expliques mis derechos. De todas maneras, si en algún momento lo requiero, no serás precisamente tú a quien se lo pida.

En ese momento, ya era evidente que la actitud de Amílcar le proporcionaba tensión a la reunión que los lobos sostenían en la emblemática roca. La corazonada de Pierre ya había dejado de ser simplemente eso. Ahora tenía una nueva certeza... No todos los presentes contaban con el mismo sentir.

—Me impresiona sobremanera, queridos hermanos —prosiguió Amílcar—, que nos dejemos involucrar tan fácilmente en un asunto que realmente no nos compete. Me llamó mucho la atención que solo uno de los miembros de las siete manadas que se encuentran aquí presentes recordó los sangrientos hechos que nos han tenido como protagonistas de una historia de carnicería, desolación y muerte. Gracias, Rubén, por recordarnos los cuerpos de nuestros miles de hermanos que han sido levantados como trofeos, pero te faltó recordar a tantos que han muerto envenenados, retorciéndose de dolor indescriptible. Te faltó recordar los que han caído en las trampas que fracturan nuestras patas y posteriormente los abandonan allí mismo a su dolor hasta que mueren de sed y hambre.

Pierre levantó sus ciento ochenta y cinco centímetros de altura corpórea y, dirigiéndose a Amílcar, le dijo:

—No todos los seres humanos somos así. Yo soy la prueba de ello.

—Mis respetos, apreciado y famosísimo señor Pierre Harper, rindo a usted mi reverencia —al tiempo de saludar, Amílcar le hizo una pronunciada venia en la que se percibió perfectamente su sarcasmo—. Sé perfectamente que eres una excepción, pero tu especie nunca ha pensado en nosotros como una raza excepcional para algo diferente que hacernos víctimas de sus prácticas de caza. Han mermado nuestra población, casi nos condenan a la extinción total y ahora, porque unos perros que ni siquiera conocemos nos piden ayuda, tenemos que colaborar para que un niño humano recupere a su papá.

—Amílcar —intervino Aurelio—, la cuestión es muy sencilla. Si no estás de acuerdo, nadie te puede obligar a realizar algo en contra de tu voluntad.

—Los miles de lobos que la especie humana asesinó tampoco estaban de acuerdo en cuanto a perder su vida. Sin embargo, ellos sí fueron obligados a morir —respondió el integrante de La Mirada Roja.

—¿Qué crees que debemos hacer entonces, Amílcar? —preguntó Maximiliano, de Los Lomos Grises.

—No nos involucremos en asuntos de humanos. ¿Qué perdemos los lobos si se matan entre ellos? Cada humano muerto es un depredador menos —respondió Amílcar.

—Me parecía haber entendido que tu especie estaba impedida para sentir odio —dijo Pierre—. Fue precisamente por eso que decidí unirme a ustedes, porque me enseñaron a comprender el amor de una manera diferente. Noto con lo que dices, Amílcar, que existen heridas que no han sanado en tu corazón.

Pareció como si las palabras de Pierre hubieran dado justo en el blanco. El lobo que propició el *impasse* guardó silencio y luego se retiró. Pero su posición ya estaba clara. No estaba de acuerdo con ayudar a los caninos del sur, sobre todo por haber humanos involucrados en el asunto.

Una vez que se alejó lo suficiente, Aurelio explicó a Pierre lo que todos los lobos presentes ya sabían.

—Sus padres y sus tres hermanos fueron brutalmente asesinados por humanos cuando apenas era un cachorro. Él lo vio todo desde donde estaba escondido, atrás de algunas ramas. A lo sumo ha sonreído dos o tres veces en su vida.

Pierre lo observó con compasión mientras Amílcar se seguía alejando a unos metros de distancia.

—Nos enfrascamos en una larga discusión a lo largo de la noche —dijo Astrid, otra de los miembros de La Mirada Roja—. No fue posible llegar a un acuerdo con Amílcar, es inevitablemente radical en su posición. Por lo tanto, no pudimos llegar a un acuerdo. Pero, si de algo les sirve, yo estoy dispuesta a colaborar.

—También yo quisiera hacerlo —dijo Claudio, de la misma manada.

—Me uno a este proceso mediante el cual estoy convencida de que podremos empezar a reconstruir nuestros maltratados vínculos de hermandad. Pueden contar con un sí de parte mía —expresó Paola.

Dicho esto, ya se contaba también con un voto a favor por parte de la única manada que faltaba por votar. Tres contra uno de los participantes de La Mirada Roja era más que suficiente para obtener el deseado beneplácito.

—Hermanos —dijo Aurelio, dirigiéndose a todo el colectivo—, hoy somos testigos y partícipes de una nueva etapa de nuestra historia. Lo contaremos a nuestros hijos y a los hijos de ellos cuando llegue el momento. Nos uniremos de nuevo a los perros, de quienes hemos estado separados desde hace siglos. ¡Que la sabiduría canina nos acompañe!

Un estruendoso aullido que removió hasta los cimientos de la llanura, se sintió cientos de metros a la redonda.

Pocos minutos después, un teléfono celular, conseguido quién sabe cómo por los miembros de El Círculo, sonaba en una casa en obra negra, ubicada en algún lugar del costado norte de la ciudad de Bogotá.

—Aló —contestó con dificultad el *chow chow*. (La ergonomía tecnológica está pensada para humanos, no para perros).

—¿Li? —preguntó Pierre.

—Sí, soy yo.

—Amigo, los lobos y yo nos hemos reunido. Me han solicitado que les diga que esta es una oportunidad histórica para recomponer los vínculos de hermandad canina. Por consiguiente, cuenten con los lobos y también conmigo. Nos uniremos a ustedes para realizar juntos la intervención directa.

Li no supo qué contestar. De hecho, no contestó. Se emocionó tanto que estuvo al borde de un colapso, por lo cual, sus compañeros lo auxiliaron. Ese día más que nunca fueron testigos de un momento inolvidable. Grandes cosas se acercaban, lucharían juntos para conseguir que un precioso propósito se hiciera realidad. La libertad de Andrés.

En el norte, mientras tanto, los lobos festejaban el feliz acontecimiento. Muchos lobos se seguían conociendo. Con alegría identificaban sus olores, dialogaban sobre la posibilidad de abrir las fronteras olfativas, aunque fuera de manera temporal, para que pudieran conocerse con muchos otros miembros de las distintas manadas. Un indiscutible ambiente de bellísima hermandad se vivió a lo largo de toda la jornada. Amílcar, sin embargo, no quiso participar del singular festejo. Aparentemente, él no tenía nada que celebrar.

En la lejana capital colombiana, Li apenas había recuperado el aliento. La extrema emoción apenas le permitió decirle con palabras confusas a sus cinco amigos que ya contaban con una respuesta positiva por parte de los lobos del norte. Hubo saltos, caricias, suaves mordidas, ladridos, agitados movimientos de colas durante largo rato.

Finalmente, ya un poco más serenos, después de unos minutos más de evidente jolgorio, Óscar exteriorizó otra de sus comunes preocupaciones.

—Créanme que me siento tan feliz como todos ustedes. Esto representa mucho para nosotros como grupo, pero también lo será para toda nuestra especie. Pero sin temor a pasar por aguafiestas o pesimista, les manifiesto que me preocupa que aún no tengamos un plan.

—En eso tienes razón. También yo había pensado en lo mismo. Pero ten en cuenta que no sabíamos si recibiríamos la ayuda de los lobos. Además, no sabíamos la ubicación de Andrés; por lo tanto, era completamente inoperante diseñar un proyecto sin saber con qué o con quiénes contaríamos —respondió Li.

—Debemos entonces empezar cuanto antes a realizar una propuesta de acción —intervino Bruno—. Ya sabemos la ubicación de Andrés, también sabemos que contamos con los lobos y, como si lo anterior fuera poco, ahora tenemos el respaldo de los miembros de El Núcleo.

—¡Disculpen, caballeros! —dijo Lola—. Con la información que tenemos y con el respaldo con que contamos, ya tenemos elementos suficientes para comenzar la elaboración definitiva de un plan. Sin pretender pasar por pretenciosa, me gustaría retirarme y pensar mucho respecto de lo que deberíamos hacer.

—Me parece bien, amiga. Siento que han sido demasiadas emociones fuertes en un solo día —respondió Leila—. Ojalá que, en adelante, las noticias sigan siendo tan alentadoras y felices como las del día de hoy.

Al igual que Lola, los demás canes se mostraron de acuerdo con la propuesta de retirarse. Luego de despedirse, se encaminaron a sus respectivas casas. Había mucho, tal vez demasiado en qué pensar. Sin embargo, Lola había sido muy prudente. Sólo ella manejaba una información muy importante que los demás canes desconocían, pero se acercaba el momento en que la *golden retriever* tendría que revelar al grupo el as que llevaba bajo la manga, o más bien, bajo la pata.

27

SIETE LOBOS

Cientos de personas estaban reunidas aquel día en el emblemático lugar. Los medios de comunicación estaban presentes con sus cámaras, periodistas y reporteros que cubrían el evento religioso que, de seguro, transmitirían los noticieros de la noche y comentarían los distintos diarios del país.

Una inesperada noticia acompañaba a algunos fieles que se acercaron a la celebración del católico ritual. El eminente señor cardenal padecía en aquella jornada de un fuerte resfriado que le impedía acercarse a la esperada celebración.

Sería entonces un obispo auxiliar el encargado de presidir el encuentro en el que los fieles se unían para pedir al cielo que ablandara los corazones de los guerrilleros que durante tanto tiempo habían sometido al cautiverio a sus familiares, amigos y conocidos.

Mariana, Emilio y demás miembros de las pequeñas familias Buitrago y San Clemente se encontraban sentados en la tercera banca del costado derecho del recinto sacro, rodeados de muchos hombres y mujeres que, como ellos, también sufrían el agónico dolor de la lejanía forzosa de un ser amado.

Agónico porque el secuestro es una realidad que, aunque no lo parezca, también se encarga de quitar vida a quienes no son víctimas directas del despreciable flagelo.

Muchos afectados por este terrible delito se presentaron en la catedral primada con camisetas en las que llevaban impresas las fotografías de los seres que les habían sido arrebatados desde hacía dos, hasta doce o trece años atrás. También portaban pancartas con mensajes dirigidos a los guerrilleros en las que se podían leer mensajes como *¿Hasta cuándo?*, *¡Devuélvannos a nuestros hijos!*, *¡No más guerrilla!*, *¡Libérenlos ya!*

La ceremonia se desarrolló como usualmente sucede en el caso de los rituales eucarísticos, salvo por la homilía que, por fortuna, contó con un inteligente predicador que exhortó a los subversivos a optar por caminos de paz, armonía y fraternidad.

Mientras tanto, en las inmensas llanuras del norte, Aurelio convocaba de nuevo a los visitantes de las siete manadas allí reunidas. Había nuevas cosas que decir y decidir.

—¡Hermanos todos! Luego de haber celebrado en el día de ayer nuestra histórica decisión de ayudar a nuestros hermanos del sur, los he querido convocar de nuevo para notificarles respecto de algunas cosas que todos debemos saber.

—¿Qué esperamos? Cuéntanos ya de lo que se trata —expresó Sandra, de la manada del Embrujo Azul.

—En una de las constantes comunicaciones que hemos tenido después de notificarles nuestra respuesta positiva nos han hecho una solicitud específica en cuanto al número de lobos que deberían participar.

—Dinos entonces cuántos de nosotros seríamos requeridos —preguntó Alfonso, de los Hijos de la Luna Llena.

—Nos han solicitado la ayuda de cinco lobos. Necesitan de nosotros por la adaptabilidad natural a terrenos que para ellos son ya prácticamente desconocidos. Sin embargo, les sugerí que no fueran cinco, sino siete, de tal manera que cada manada pudiera colaborar con la participación de uno de sus miembros. Ellos se mostraron de acuerdo, pero falta aún el beneplácito de ustedes —dijo Aurelio, dirigiéndose a los treinta y un lobos presentes.

No fue mucho el tiempo que necesitaron para respaldar la iniciativa de Aurelio. La participación de siete lobos en esta singular misión garantizaba que todas las manadas de la llanura estarían representadas en un acontecimiento que desde ya empezaban a considerar de importantísimo valor histórico.

—Siendo así —retomó la palabra el líder supremo de los lobos—, sugiero que cada uno de los grupos que representan a las diferentes manadas aquí reunidas escoja a uno de los suyos para hacer parte de este nuevo proceso.

—Yo sugiero que lo hagamos mediante un procedimiento más sencillo —intervino Vicente, de los Lomos Grises—. Simplemente que un voluntario de cada manada dé un paso al frente y luego aprobemos la participación entre todos. ¡Claro! Si les parece.

La propuesta de Vicente fue bien acogida por los lobos presentes. Al menos por la mayoría, ya que Amílcar únicamente hacía acto de presencia, pero no aportaba ni refutaba absolutamente nada.

—Bien, entonces hagámoslo como lo ha propuesto nuestro hermano Vicente. Amigos, un voluntario de cada manada que desee colaborar en este llamamiento que nos hacen los domésticos y la vida misma proceda a dar un paso al frente.

Durante algunos segundos, no hubo ningún movimiento. Parecía como si todos estuvieran esperando a que otro lobo tomara la iniciativa. Finalmente, una loba sería la encargada de dar el primer paso.

—Con gusto, si ustedes lo aprueban, acudiré en respuesta a este llamado —dijo Verónica, de los Hijos de la Luna Llena.

—Si la fuerza de mis músculos puede colaborar en algo, estoy dispuesto a colocarla a disposición de nuestros nobles objetivos —expresó Maximiliano, de Los Lomos Grises.

—De ser cierto que corremos más rápido que el viento, deseo colocar mi velocidad al servicio de la unión canina y de la libertad —dijo Abdul, de la manada del Embrujo Azul, dando un paso al frente.

—Estoy segura de que mi aguda visión nocturna procurará beneficios para esta misión. Pueden contar conmigo —fueron las palabras de Indira, de Los Vigilantes de la Noche.

—En un territorio selvático será de mucha ayuda contar con el respaldo de una amiga de los árboles. Estoy dispuesta a ir con ustedes — propuso Laura, de los Hermanos del Bosque.

—Dicen que en ocasiones llueve mucho en las selvas del sur. Cuatro patas que no se hunden en el agua ni el fango podrán resultar de mucha utilidad —dijo Lorenzo, de la manada de La Fuerza Blanca.

Solo faltaban los representantes de una manada en la que ninguno de sus miembros se había manifestado. Obviamente que su situación era difícil, dada la clara oposición de Amílcar a participar en el proyecto. Finalmente, uno de ellos habló.

—No quiero que mi participación se interprete como una oposición a tu postura, Amílcar —dijo Claudio, de la manada de La Mirada Roja, dirigiéndose en voz alta a su hermano de grupo—. Estoy convencido de que tienes razones muy fuertes para manifestar tu descontento con esta propuesta. Sin embargo, creo que luchar por la unidad de nuestra especie tarde o temprano dará buenos frutos. Por lo tanto, si el poder de mi mirada ha de servir para acabar con las fuerzas de quien se oponga a nuestro noble proyecto, pueden contar con mis ojos y, también con todo mi cuerpo.

Así, los siete lobos solicitados por Aurelio ya habían ofrecido sus propias candidaturas para que fueran ratificadas por el colectivo presente.

—¡Hermanos! ¿Alguno de ustedes se opone a la participación de estos siete lobos para dar respuesta al llamado de nuestros amigos del sur? —preguntó Aurelio.

Obviamente que ninguno de los presentes estaba en desacuerdo, salvo uno. De tal manera que algunas miradas indiscretas no pudieron evitar dirigirse hacia el lugar donde, desde el principio de la reunión, había permanecido Amílcar.

Él, sin decir una sola palabra, se retiró de donde estaba y nuevamente se alejó. Pierre se levantó para ir a hablar con él, pero, cuando Aurelio se percató de su intención, lo detuvo, diciéndole:

—No vayas. Por el momento es mejor que lo dejes solo. Ya nos encargaremos juntos de hablar con él.

Luego, dirigiéndose de nuevo a los lobos allí presentes, les dijo:

—Maximiliano, Indira, Lorenzo, Laura, Verónica, Claudio y Abdul. Gracias por su disposición para servir en este noble proyecto. Les aseguro que me siento infinitamente orgulloso de todos ustedes. De la misma manera, creo que sus manadas los recordarán por siempre. Ustedes serán no solo nuestros representantes para la búsqueda de la paz en las tierras del sur, sino que al mismo tiempo serán embajadores de la esperanza. Sabemos de sobra que los esperan inconvenientes e inesperados peligros, pero vale la pena luchar aguerridamente para conseguir grandes y pacíficos objetivos. Siempre estaremos con ustedes. Finalmente, que la sabiduría canina los acompañe.

De nuevo, un aullido estremecedor se pudo escuchar a kilómetros de distancia. Los lobos sellaban así un pacto de participación que, de seguro, por siempre sería recordado. Amílcar, a lo lejos, escuchaba el impresionante sonido mientras sentía que su sangre lo cocinaba por dentro. No entendía cómo se podía extender ayuda para salvar a miembros de la misma especie que había matado tan inmisericordemente a sus padres y hermanos.

Los siete lobos ahora se acercaban a Aurelio y a Pierre para hacer una pregunta que les daba vueltas en la cabeza.

—También nosotros nos sentimos muy emocionados de poder servir en esta misión, pero tenemos una pregunta. ¿Cómo haremos para llegar hasta las tierras del sur? Son demasiado lejanas para emprender camino por nuestras propias fuerzas —expresó Laura.

—Esa es una buena pregunta, Laura —manifestó Aurelio—. Pero ya habíamos pensado en eso. ¿Verdad, Pierre?

—Sí —respondió el único hombre presente—. Por medio de la fundación que lleva mi apellido los enviaremos en barco, señalándolos como animales en peligro. Los recibirán en un zoológico donde cuento con algunos contactos que me brindarán su colaboración. No se preocupen, los tratarán muy bien. Una vez que el barco llegue al puerto de Buenaventura, Colombia, yo mismo estaré esperándolos para recibirlos y coordinar su desplazamiento hasta el lugar que acordemos con los perros.

Mientras tanto, al otro lado del continente, Lola se encargaba de diseñar un muy bien elaborado proyecto que a su debido tiempo sería presentado a Leila, Spike y los miembros permanentes de los consejos territoriales de El Círculo y El Núcleo.

Había, sin embargo, un aspecto que ninguno de sus perrunos amigos había tenido en cuenta. Antes de haber sido adoptada por la familia Guillén, Lola había tenido como amo a un discapacitado, a quien tuvo que acompañar durante años a recibir todas las clases de las dos carreras profesionales que estudió al mismo tiempo, Ingeniería Electrónica con énfasis en telecomunicaciones y Matemática Pura. De tal forma que los conocimientos no solo fueron adquiridos por quien tanto se benefició de la cercanía de su cuadrúpeda amiga, sino que ella misma siguió con mucha atención el desarrollo de las clases de su amo. Por ser su compañera de carácter permanente, estuvo siempre presente en cada una de las aulas del conocimiento y también mientras Augusto repasaba en voz alta todas sus lecciones. De igual manera, siempre se mantuvo presente en la elaboración de trabajos escritos, laboratorios, análisis de teorías de circuitos, electromagnetismo, etcétera.

Desde aquel día de la graduación universitaria, Lola siempre portó con orgullo el obsequio que su antiguo dueño le dio. Él consideró que el mérito no era solo suyo, sino también de su compañera. Para la fiel Lola nunca se elaboró un diploma, cosa que no le pareció justa a su entonces amo, que, sin pensarlo dos veces, le rindió honores con dos medallas bañadas en oro que ya habían perdido su brillo, pero no su profundo significado.

Si había alguien entre los nueve canes que sabía tanto de matemática como de electrónica y comunicaciones..., esa era Lola.

28

SANGRE EN LA NIEVE

A medida que los lobos avanzaban en el camino de regreso a los distintos territorios de la llanura blanca, excepto aquellos que se ofrecieron para ayudar en el sur, la novedad se regaba por la extensa región a una velocidad que impresionaría incluso a los veloces integrantes de la manada del Embrujo Azul. Solo se necesitó de unas cuantas horas para que todos los habitantes del inmenso lugar se enteraran de la primicia que se encargaba de hacer de aquel día una jornada tan diferente que durante muchas semanas no se hablaría de otra cosa distinta a la alianza que recién nacía entre sureños y norteños.

Los funcionarios de la fundación Harper adelantaron los procesos necesarios para el traslado de siete lobos hasta el puerto de Seattle, en el Estado de Washington, al noroeste de Estados Unidos. La travesía sería larga para los siete animales. El camino por tierra que realizarían en un tráiler los obligaría a atravesar Minnesota, los estados de Dakota del norte, Montana y Idaho para finalmente llegar. Sin embargo, el largo trayecto terrestre parecía no preocupar demasiado a los lobos como el viaje que realizarían en barco desde Seattle, en el norte del continente, hasta el puerto de Buenaventura, en el mar Pacífico colombiano. Sin embargo, la decisión ya estaba tomada y los lobos no se echarían atrás en su determinación.

Apenas dos semanas luego de tomada la decisión de dar respuesta afirmativa al llamamiento que les hicieron los perros, había llegado al fin la madrugada del día en que los lobos partirían en una larga travesía hasta un territorio completamente desconocido para ellos. Pierre no había podido conciliar el sueño, extrañas pesadillas le habían interrumpido el descanso en más de tres ocasiones. Cansado de dar vueltas en su bolsa de dormir, decidió salir de la carpa que lo protegía relativamente del implacable frío. Extrajo bebida caliente de un termo que tenía y bebió un poco mientras observaba el gris paisaje mañanero que le permitía un campo visual de no más de veinte metros a la redonda.

A lo lejos, Pierre observó la borrosa silueta de un lobo que se acercaba. En principio creyó que se trataba de Aurelio, pero la proximidad que progresivamente lograban los pasos del animal se encargó de despejar la duda; se trataba de Amílcar.

Pierre observó fijamente al miembro de La Mirada Roja que se seguía aproximando. Algo en su interior le alertaba que el lobo no tenía por qué estar en ese territorio. No pasaría mucho tiempo antes de que Amílcar se pronunciara.

—¿Sorprendido, señor Harper?

—Desde que te escuché por primera vez, me sorprendiste —respondió Pierre.

—¿Ah sí? Para serte franco, lo que más te sorprenderá aún no ha sucedido —dijo el lobo mientras comenzaba a caminar en círculo alrededor de Pierre.

—¿A qué te refieres?

—¡Calma! ¡Calma, señor Harper! Simplemente estoy intentando entender qué es lo que los humanos sienten antes de matar a un rival indefenso. La única manera de experimentarlo es por medio de la práctica, ¿no crees?

Pierre sintió miedo, sabía que estaba en peligro. Las intenciones de Amílcar no eran pacíficas.

—¿Acaso recuperarás a tus padres y a tus hermanos con mi muerte? —preguntó Pierre.

—¿Para qué formulas preguntas de las que ya conoces la respuesta?

—No entiendo en qué te podría beneficiar lo que piensas hacerme.

—Yo nunca entendí cuál fue el beneficio que sacaron los humanos con la muerte de mi familia. Por qué no me lo explicas tú, señor representante de la especie civilizada. ¿Acaso tu amigo Aurelio no te contó la forma como acabaron con las vidas de todos ellos?

Pierre guardó silencio. Amílcar prosiguió:

—A mis padres los mataron a balazos porque sabían que no les ganarían en un duelo cuerpo a cuerpo. Mis tres hermanos fueron aplastados con piedras. Apenas eran cachorros. ¿Crees que me habría salvado si no me hubiera escondido tras unas hojas que me brindaron protección?

El rostro de Amílcar había logrado una expresión monstruosa a lo largo de su pequeño relato, señal muy clara de una amalgama de sentimientos de rabia, tristeza, amargura y frustración.

Una destellante mirada de los ojos del lobo, que encendió sus pupilas de color rojo intenso, acabó de inmediato con las fuerzas de Pierre. Acto seguido, el extenuado hombre cayó de rodillas sobre el blanco terreno cubierto de nieve. El lobo seguía girando en torno a su víctima.

—¿Entiendes ahora lo que significa que dos fuerzas desproporcionadas luchen la una contra la otra? Lo sé, lo sé. Apenas sientes que puedes respirar —le decía el lobo mientras parecía disfrutar del nerviosismo de su completamente indefenso rival.

—¿Sabes lo que lograrás cuando se consolide tu venganza? Te parecerás más a los depredadores de mi especie que a los guerreros de la tuya —le dijo Pierre casi sin aliento—. Pero de una cosa puedes estar seguro. Te perdono de antemano por el daño que me causarás. No moriré con un corazón lleno de odio. Ojalá que un día aprendas a perdonar para que, cuando llegue el tiempo de tu propia muerte, puedas descansar en paz.

—Por favor, apreciado señor Harper. Ten la amabilidad de no tomar esto como una venganza. Mejor tómalo como un ajuste de cuentas. Y felicitaciones por tus palabras, son enternecedoras, pero yo no creo en los de tu especie.

Amílcar se abalanzó sobre el cuello de Pierre. El sonido característico de un hueso que se rompe le anunció que la vida de su presa había terminado. El lobo permaneció allí, desahogando su ira, mordiendo por todas partes el cadáver hasta que una voz femenina rompió el cruel espectáculo.

—¡¿Qué es lo que has hecho?!

El lobo de La Mirada Roja giró su cuerpo para observar a la primera testigo del cruel asesinato.

—¡Verónica! ¡Qué agradable sorpresa! —expresó Amílcar sarcásticamente. Su hocico y colmillos estaban teñidos de sangre.

—¿Hasta qué punto ha llegado tu crueldad? No puedo creer lo que ven mis ojos —le dijo la hija de la Luna Llena mientras su mirada se nublaba de lágrimas.

—Amiga, yo tampoco creí lo que escucharon mis oídos en la reunión de las siete manadas. Ya somos dos los que no podemos creer. ¿No te parece demasiada coincidencia? —contestó Amílcar, de nuevo con su característico sarcasmo.

—¡No me llames amiga! Eres un ser abominable y despreciable. No mereces llamarte lobo.

Ambos animales caminaban en círculo, mirándose uno al otro. Ahora en torno al cuerpo sin vida de Pierre.

—¡Calma, Verónica! ¡Calma! Lamento mucho haberles arruinado su juego de héroes. Simplemente quería saber lo que se sentía. Al fin y al cabo, a mí me arruinaron la vida. Tal parece que eso no te importa, al igual que no le importó a ninguno de los lobos que acudieron al encuentro.

—Él no fue el culpable de tu desgracia. Con lo que logró por medio de su trabajo, tú te beneficiaste tanto como todos nuestros hermanos de la llanura blanca —contestó la loba en medio de su dolor.

—Bueno, tómalo como quieras, deséales suerte a todos de mi parte y saludos a los perros del sur. Como dirían nuestros hermanos del otro lado de la frontera norte: *bon voyage*.

—¡Espera! Tú no te irás de acá. Deberás responder por tu crimen —dijo Verónica.

—Discúlpame, preciosa, pero tengo un recorrido muy largo para llegar a mi territorio y además...

Verónica interrumpió las palabras de Amílcar con evidente actitud de pelea. Sus orejas señalaban hacia atrás y la expresión de su hocico permitía una visión clara de sus grandes colmillos.

—¡Vamos, Verónica! ¿Para qué complicamos más esto? Pierre está muerto y frente a eso ya no hay nada que podamos hacer. Además, bien sabes que no me podrás vencer en un duelo.

—Eso lo veremos… —respondió ella.

La fuerte loba se lanzó sobre el cuerpo de Amílcar e iniciaron un duelo en donde ambos se lastimaron. Ella tenía cuidado de los ojos de su contendiente, sabía que un destello de su mirada la podría dejar rendida a sus pies, lo cual sería fatal. Una fuerte mordida en la pata trasera derecha dificultaba que Amílcar pudiera sostenerse. Al final, el lobo de la mirada roja no pudo acabar con las fuerzas de su rival, pero le propinó una mordida que lastimó la quijada de la valiente loba, a tal punto que el dolor la dejó tendida en el suelo.

—Te lo dije, preciosa, no lograrías vencerme. No te mataré porque mi problema no es contigo. Además, no soy un sucio humano para mancharme con tu sangre, mucho menos con tu vida. Adiós.

Así, con mucha dificultad a causa de su lastimada pata, Amílcar emprendía camino entre los árboles del bosque mientras dejaba atrás un cadáver humano y una loba malherida.

Los minutos pasaron y con ellos las noticias corrían, así como el olor a sangre que rápidamente atrajo a los lobos hasta el lugar exacto donde un cuerpo humano sin vida yacía en el suelo. Desconsolado hallábase Aurelio, que se había encargado ya de dar instrucciones para el cuidado de Verónica.

La cabeza del líder supremo no daba crédito a lo que veían sus ojos. Quien había sido más que su mejor amigo fue asesinado por un lobo que nunca fue capaz de perdonar. Se reprochaba a sí mismo mientras que aullidos estremecedores emergían desde su cuello al tiempo que su inmaculada pata blanca yacía sobre el cuerpo del que brotó la sangre que teñía de rojo la nieve circundante.

Otros lobos no tardaron en sumarse a su dolor. Pero una cosa era cierta: el incondicional amigo que se encontraría de nuevo con la tierra de una manera u otra había cumplido con su misión. Se encargó de enseñarles a los lobos que no todos los humanos son crueles depredadores, que son capaces de entregar su existencia por una buena causa, que también le apuestan a la vida porque creen en ella, que luchan por lo que consideran justo y, lo más importante, que perdonan incluso a sus verdugos.

—¿Qué haremos ahora, Aurelio? —preguntó Lorenzo luego de un tiempo de prudente silencio.

—Continuaremos con el plan —contestó el líder supremo, visiblemente afectado.

—¿Cómo? Ya no contamos con Pierre.

—De todas maneras, el desplazamiento de ustedes está en manos de la Fundación Harper. En el sur, los contactos se encargarán de recibirlos. Váyanse, él ya no está con nosotros, pero de alguna manera siento que debemos seguir adelante —respondió Aurelio.

—De ser así, permíteme ir en remplazo de mi hermana —solicitó Jorge, hermano de Verónica.

—¡No! —dijo Alfonso, el papá de Jorge, Verónica y Eduardo—. Eres el más pequeño de mis tres hijos, ya tengo una víctima que se retuerce de dolor. Me niego a que otro de mis retoños corra con la misma suerte.

—En eso caso quiero ir yo —dijo Eduardo—. Tenemos una inmensa responsabilidad y quiero remplazar a mi hermana.

—Pero hijo... —Alfonso se seguía oponiendo.

—Iré, papá. Confía en mí —respondió Eduardo.

—En ese caso, Eduardo se unirá a la misión de los siete. Por favor, reúnanse y vayan al punto de encuentro. Pierre les había dicho a los miembros de la fundación que ustedes estarían listos para el desplazamiento hasta Seattle dentro del contenedor. Espero que su ausencia no levante sospechas por ahora. Después veremos qué haremos con el cuerpo, si los humanos lo encuentran, nos echarán la culpa de su muerte y seguramente que eso nos traerá más problemas.

Así, los lobos fueron encontrados dentro del contenedor que Pierre había indicado a los encargados de la fundación. Ellos procedieron al envío que se efectuó tres horas después de lo pactado, dado que insistieron en esperar a su director, pero, como sabían de su costumbre de pasar semanas enteras en las inmensidades de los bosques, no les pareció muy extraña su ausencia y, como los documentos que requerían su firma ya se encontraban debidamente diligenciados, no había nada que pudiera obstaculizar el buen desarrollo de la primera parte del desplazamiento.

Mientras tanto, en torno al cadáver de Pierre, los lobos seguían conmocionados por el impacto de tan inesperada situación.

—No puedo creer que esto haya sucedido. Me siento culpable. Si no le hubiera hablado, esto jamás habría sucedido. Y, por otra parte, mi pobre hija ni siquiera me puede decir mamá por causa de la herida en su quijada —se lamentaba Martha, la loba que había sido salvada por el recién asesinado Pierre cuando la encontró herida cerca de la carretera junto a sus tres cachorros.

—No es necesario buscar culpables. Bien sabemos quién fue el responsable de este desafortunado hecho —dijo el líder supremo.

—Aurelio, ¿crees que mi hija sobrevivirá? Su lesión es grave —preguntó Martha.

—¡Claro que sobrevivirá! Su espíritu es guerrero. Ella es una luchadora por naturaleza. No lo dudes ni un solo momento.

Otro de los lobos de Los Hijos de la Luna Llena se acercó para proponer una alternativa adicional.

—Debemos organizarnos para su captura, Aurelio. Las huellas de Amílcar están manchadas de sangre, no nos será difícil encontrarlo —propuso Ricardo.

—De nada nos servirá un nuevo herido y, mucho menos, un muerto más. Esto repercutirá muy gravemente sobre la propia vida de Amílcar y será recordado como un lobo vengativo, lo que de por sí ya es una vergüenza muy grande para cualquiera de nuestra especie. En lo personal, también siento un profundo pesar por él; se trata de un ser infeliz que arrastra a perpetuidad el dolor de su pasado y, como si eso fuera poco, está secuestrado por el odio que no le permite consolidarse como el lobo que debería ser. Lo peor de todo es que la jaula de su secuestro está abierta, pero él nunca ha querido salir; prefirió quedarse adentro y sufrir por siempre las cadenas del rencor permanente, así como las de la imposibilidad del perdón. Más que una víctima de quienes acabaron con la vida de su familia, Amílcar es una víctima de sí mismo, obligándose a resentir permanentemente su dolorosa historia para avivar el fuego del odio que lo consume por dentro —fueron las palabras pronunciadas por Aurelio, un lobo sumergido en el dolor, pero que, al mismo tiempo, se negaba a sentir rencor de frente al responsable de segar la vida de su hermano y amigo.

29

EL PLAN PERFECTO

Emilio y Mariana, sentados en la mesa de la cocina, se dedicaban ahora a una tarea que compartían; escribían juntos las palabras que le leerían a Andrés el siguiente viernes desde la emisora radial. Luz Marina, mientras tanto, separaba prendas blancas de aquellas de color para introducirlas en la máquina de lavado.

—Mami.

—¿Qué quieres, hijo?

—Ya terminé de escribir el próximo mensaje para papá.

—Qué bueno, cariño, yo aún tengo algunas cosas por escribir —dijo Mariana mientras seguía redactando algunas líneas.

En definitiva, haber contado la verdad a Emilio había tenido sus altibajos. Por una parte, sería imposible olvidar el tremendo susto que Emilio le hizo pasar a toda la familia cuando se fue a buscar la puerta de entrada a la selva, pero, por otra, ahora se podía abordar el tema del secuestro con el niño, ya no había necesidad de esconderse de él para tratar la difícil temática. Ese factor le quitó a Mariana un enorme peso de su espalda. El niño había sufrido al conocer la verdad, pero, al mismo tiempo, ahora contaba con una respuesta frente a la pregunta que tantas veces le hizo a la vida y a sí mismo respecto de la lejanía de su padre.

Ya no fueron necesarias más mentiras ni más solicitudes para que el pequeño se retirara y poder abordar el tema con tranquilidad. Finalmente, la verdad había salido a flote, llevando algo de serenidad a las personas que se dedicaron a esconderla por largos años.

Spike, mientras tanto, estaba echado al lado de Emilio que, a su vez, permanecería sentado en la banca hasta que mamá acabara de escribir el mensaje para su esposo en el ordenador personal que casi siempre llevaba con ella.

—Mami.

—¿Qué quieres, mi niño?

—Creo que nos engañaron —afirmó Emilio.

—¿Por qué dices eso? —preguntó ella al tiempo de interrumpir temporalmente su redacción.

—El bebedero de los colibríes. No ha llegado aún el primero de ellos.

Mariana observó el lugar de donde colgaba el objeto aquel. Efectivamente, varios días habían pasado, pero todavía no habían visto el primer pajarillo bebiendo de ahí.

—Puede ser que estemos haciendo algo mal. Tal vez deberíamos volver a leer el manual de instrucciones —dijo la joven madre.

—Sí. Tal vez.

A unas cuadras de la casa de la familia San Clemente, la felicidad que hasta ese día había reinado se opacaba a causa de la terrible noticia que les había llegado desde el norte. Al mismo tiempo, los obligaba a replantearse muchas cosas, excepto una: seguían firmes en su decisión de hacer algo por liberar a Andrés.

—Es muy triste lo que aconteció a los lobos. Están verdaderamente compungidos, se trata de la segunda vez en la historia de la especie canina que se atenta contra la vida de uno de los integrantes del trípode y tenía que suceder justo ahora —comentó Li.

—Sin embargo, los lobos ya vienen en camino. Ahora mismo deben estar en el puerto de Seattle y en doce días llegarán a Buenaventura —dijo Óscar.

—¿Cómo haremos para recibirlos? Contábamos con que Pierre Harper se haría presente en el puerto para estar al tanto del traslado de los lobos hasta Bogotá —preguntó Bruno.

—De cualquier manera, ya se habían hecho los contactos necesarios por medio de la fundación. Los lobos serán trasladados desde Buenaventura a un parque zoológico cercano a Bogotá. En cuanto a lo relacionado a nuestra intervención, dependerá mucho más de nosotros ahora que no contamos con Pierre —agregó Leila.

—No quiero pasar por pesimista, pero existe algo que ya me empieza a preocupar sobremanera. Hermanos, estamos en la cuenta regresiva y aún no contamos con un plan bien definido. Es cierto que tenemos ya la ubicación de Andrés y el respaldo de los lobos, pero sigo teniendo muchas preguntas. Y, por más que he intentado concentrarme en el diseño de un plan de acción, no he podido llegar a la consolidación de una respuesta definitiva —argumentó Óscar.

—No quiero desalentarlos, pero me ha sucedido exactamente lo mismo. Me hago muchos interrogantes que no puedo contestar —afirmó Bruno.

—¡Válgame!... Creo que somos tres los que hemos experimentado cosas parecidas, pero, por favor, no perdamos la esperanza. Ya verán que seguirán llegando las respuestas que buscamos —dijo Li.

Esta oportunidad la aprovechó Lola para decirles algo que, muy seguramente, ninguno de ellos esperaba.

—Disculpen, pero no es del todo cierto que carecemos de un plan —aseguró Lola.

—Explícate, por favor, honorable Lola —solicitó Li.

La regordeta canina caminó hasta un rincón oscuro de la abandonada casa y extrajo lo que parecían ser unos pliegos de papel. Con la ayuda de las patas de Óscar y Li, que sostuvieron los papeles en los extremos luego de haberlos extendido en el suelo, les empezó a hablar del procedimiento que ella misma había diseñado.

—He investigado respecto de la posición exacta que nos dijeron los pájaros. Corresponde a un recóndito lugar en las selvas del Guaviare, allí es donde ahora sabemos que se encuentra Andrés. Se trata de un terreno muy difícil, pero no podemos olvidar ni por un instante que contaremos con la ayuda de los lobos, lo cual facilitará el procedimiento. He bajado de la web los mapas del lugar que he estudiado lo suficiente como para proponer tres rutas diferentes para internarnos en la selva. Luego, cuando esta parte del plan esté realizada, nos centraremos en la neutralización de los subversivos, cosa que haremos de la siguiente manera...

Lola habló durante mucho tiempo ante la mirada atónita de sus cuadrúpedos amigos, que no encontraban razones para refutar la más mínima variante de su completísima explicación. Su plan no solamente contaba con mapas que daban a los perros un acercamiento anticipado al terreno al que se enfrentarían, sino que incluso contarían con un sistema electrónico muy básico que facilitaría la comunicación entre aquellos que se internarían en la selva para liberar al padre de Emilio.

Finalmente, la *golden retriever* terminó su ponencia. Los demás canes no pudieron ocultar su sorpresa. Incluso hubo cosas que no entendieron, pues ella había utilizado lenguaje técnico que escapaba al armazón conceptual de quienes la habían escuchado.

—¡Por todos mis ancestros! ¿Dónde aprendiste esto? —expresó Li.

—En la u-ni-ver-si-dad —respondió ella al tiempo de agitar graciosamente las medallas que colgaban de su collar.

—Si de mí dependiera, empezaríamos a ejecutar tu plan ahora mismo. Estoy asombrado —dijo Óscar.

—Esperemos que no haya ningún inconveniente con los refuerzos que vienen del norte. Estoy ansioso por ver libre al papá de Emilio —intervino Bruno.

—Creo que todos estamos tan ansiosos como tú —aseguró Leila—. Siento que estamos preparados para recibir a los lobos e iniciar nuestra misión. Ojalá que no nos encontremos con otras indeseables sorpresas, como lo acontecido con el señor Harper.

—Tienes razón, Leila. Que la sabiduría canina nos acompañe para que no se pierdan más vidas —dijo Li.

Muy lejos de la sabana de Bogotá, al otro lado del continente americano, un supervisor de carga se encargaba de revisar los distintos contenedores que ya habían sido colocados sobre el inmenso barco de bandera estadounidense. Las exigentes normas del transporte marítimo contribuían a que las mercancías llegaran en buen estado a los puertos de destino. No velar por el cumplimiento de dichos estándares podría ocasionar pérdidas para los usuarios y para la empresa misma.

Una encomienda muy especial viajaba en ese gigante metálico. Siete lobos con destino a un puerto colombiano. La temperatura del contenedor era óptima, de acuerdo con lo recomendado por los especialistas de la Fundación Harper. Suficiente carne y agua también fueron incluidas como requisito indispensable para alimentar e hidratar a los bellos ejemplares.

El trabajador portuario observaba admirado desde una ventanilla a los animales que permanecían inquietos. Inamovible se mantuvo durante algunos minutos, contemplando la belleza de los salvajes que pronto partirían hacia su lejano destino.

Luego prosiguió con su trabajo y observó que no hubiera nada fuera de lo normal que pudiera obstaculizar el buen desempeño de la gigante embarcación. Bajó con algunos minutos de diferencia respecto de los otros supervisores de la nave. Ninguno reportó nada fuera de lo normal, salvo un pequeño descuido que rápidamente fue corregido.

Poco después del mediodía, la poderosa máquina se aventuró en medio de las aguas que parecían tranquilas. Llevaba dentro de sí a los siete embajadores de la esperanza. Los mismos que con valentía, disposición y suerte contribuirían a que un secuestrado se encontrara de nuevo con la anhelada libertad.

Mientras tanto, las lágrimas de Aurelio seguían cayendo sobre la mancha roja que había en la nieve. El inmenso dolor que embargaba su corazón le hacía sentir ganas de buscar a Amílcar para hacerlo trizas; bien que podría hacerlo, pero no permitiría que el odio se apoderara de su alma y envenenara su ser.

Entre vengarse y perdonar, prefería inclinarse por la segunda opción.

En muchas ocasiones, los humanos suelen creer que perdonar es sinónimo de debilidad o de dar el brazo a torcer. Sin embargo, es mucho más fácil optar por el camino del odio que por las sendas luminosas del perdón. Qué difícil es abrazar con amor sincero a quien ha dejado profundos dolores en el alma.

Sin temor a equivocarse, Aurelio estaba sufriendo. No se negó a experimentar el indeseable sentir del duelo; lloraba de tristeza, aullaba de dolor.

Un nuevo reto había nacido para el líder supremo aquella tarde, aunque su profundo llanto aún no le había permitido comentárselo a nadie. Estaba dispuesto a luchar con todas sus fuerzas, haría lo posible y hasta lo imposible por transformar un corazón.

Finalmente, colocó su blanca pata sobre la mancha de sangre que, horas atrás, circuló por el organismo de su amigo y, haciendo un esfuerzo para no sumergirse más en el doloroso llanto, dijo:

—Tú querías recuperar la libertad de uno de tu especie. Nosotros decidimos ayudarte y lo seguiremos haciendo. Te lo prometo.

El lobo calló mientras respiraba profundamente para tomar aliento y prosiguió.

—Auxíliame, amigo, desde dondequiera que te encuentres. También yo debo liberar a uno de los míos. Ayúdame a romper las cadenas del odio que torturan a Amílcar, concédeme tu apoyo. Sé que contaré contigo.

Una ráfaga de viento helado se sintió en la zona poco antes de que empezara nuevamente a nevar. Los cristales blancos se encargaron de cubrir la mancha roja y de dejar esa cruel historia atrás. Un amigo había muerto para el gran lobo al mismo tiempo que nacía otra difícil misión... Rescatar un corazón lastimado que cada vez se hundía más en las oscuras tinieblas del rencor.

30

CUESTIÓN DE HORMONAS

En algún recóndito lugar de la selva colombiana, la malvada Úrsula afinaba los últimos detalles para la puesta en marcha de una nueva fase de su despreciable plan. Simultáneamente, Andrés escribía sobre el maltratado papel de su cuaderno.

Desde un lugar en el que jamás quisiera haber estado, 22 de diciembre de 2006

Mariana, Emilio y José:

Hoy es un día diferente.

Tengo razones para llorar, pero río.

Tengo razones para desistir, pero lucho.

Tengo razones para morir, pero vivo.

Tengo razones para maldecir, pero no lo hago.

Esta mañana amanecí sintiendo que el aire que llenaba mis pulmones era nuevo; que la vegetación que me rodea estaba más verde que nunca.

Por primera vez en mucho tiempo, di gracias por mi existencia y sonreí a pesar de mis cadenas.

Un rayo de sol se coló entre el follaje y me regaló algo de tibieza.

Uno de mis amigos me miró a los ojos y me hizo saber que no estoy solo. Me sonrió y me hizo comprender que la felicidad siempre debe ser buscada, incluso en la desgracia.

Al fin he escuchado la voz de mi hijo cuando me dice "papito".

He entendido que mi esposa, a pesar del tiempo y la distancia que nos separa, aún me sigue amando.

He comprendido que mi hermano no ha olvidado los bellos momentos que compartimos en el pasado y ahora los revive con mi hijo.

Acepto que la vida, ahora más que nunca, me da razones para seguir luchando.

Reconozco que fui un ciego que no quería ver, pero hoy deseo abrir mis ojos más que nunca.

Hoy prometo que pregonaré el amor por vida. Que no volveré a contemplar la muerte como la mejor de las posibilidades.

Si he de morir acá, será porque algo o alguien acabe conmigo, pero no porque yo me rinda sin luchar hasta el último aliento de mi valioso existir.

Gracias al cielo por la fuerza que las palabras de mis seres amados han inyectado en mi corazón. Gracias por hacerme comprender que la batalla no se pierde mientras exista confianza en que el mañana será mejor.

Gracias porque cada una de sus expresiones me ha hecho comprender que debo seguir luchando.

Se los prometo... ¡Lucharé!

ANDRÉS

Luego de terminar la corta redacción, Andrés protegió su cuaderno en una bolsa plástica que luego introdujo en su mochila artesanal. Algo, a unos metros de distancia, no solamente llamó, sino que cautivó su atención. Los dos colibríes que no veía desde hacía tanto tiempo volaban en medio de un conjunto de flores que parecían colgar de una rama. Los rayos de luz que descendían directamente sobre ellos les proporcionaban un aspecto hermosísimamente brillante. Ese mediodía, los pudo observar y disfrutar por mucho más tiempo que nunca. Nuevamente Andrés los acompañó con su amplia sonrisa.

Mientras tanto, la extensa travesía de los lobos hacía días que había llegado a su fin. Sin lugar a duda que fue penosa, no solo por el permanente zigzagueo de la nave que los llevó de un lado a otro del continente, cosa que los lobos nunca habían experimentado ni esperaban volver a experimentar jamás, sino también por el drástico cambio de la temperatura que pudieron sentir aún más cuando al fin de su larga travesía descendieron de la nave en una región tropical.

Allí, en la ciudad puerto de Buenaventura, dos empleados de la fundación Harper que viajaron desde Estados Unidos los recibieron y dieron todas las indicaciones pertinentes respecto de la manera como se debía desarrollar el proceso de traslado de los animales, vía terrestre, hasta la mucho más fría ciudad de Bogotá.

Maximiliano, Indira, Lorenzo, Laura, Eduardo, Claudio y Abdul, durante el proceso de traslado terrestre, lograron escuchar algunas conversaciones de Albert y Rose, los delegados de la fundación Harper encargados de entregar los lobos sanos y salvos en el parque zoológico ubicado a unos cuarenta y cinco kilómetros de la ciudad de Bogotá. Los dos individuos habían exteriorizado en varias ocasiones su extrañeza por la ausencia de Pierre en toda la actividad de traslado de los animales. También los escucharon decir que en Minnesota ya se habían encargado de avisar a las autoridades pues, a pesar de que era muy normal que Pierre desapareciera por varias semanas cuando se internaba en los bosques, no lo era el que no contestara las frecuentes llamadas que durante tantos días se le hicieron a su teléfono móvil. Obviamente que los lobos sabían de sobra que ya nunca lo encontrarían.

Luego, salvo por un derrumbe de piedras en la carretera que atrasó unas horas la llegada de los lobos al parque zoológico, no hubo nada que lamentar en la última parte del largo viaje. Al llegar a su destino, un grupo de veterinarios los esperaba, llenos de gozo, pues se trataba de una especie de animales de la que no existían ejemplares en ningún lugar de la nación. A partir del momento en que los bellos caninos fueran oficialmente presentados a los visitantes, el lugar podría considerarse único en el país por el hecho de contar con una especie que ningún otro parque nacional podía mostrar.

Allí, los lobos fueron sometidos a rituales de limpieza, vacunación y desparasitación. Pero algunas cosas llamaron la atención de los encargados de dichos menesteres; en primer lugar, la docilidad que varios de ellos habían demostrado; ciertamente que, para muchos, no parecían animales salvajes. En segundo lugar, las visibles desemejanzas entre ellos.

Sus diferencias físicas no podían pasar desapercibidas, Maximiliano, por ejemplo, era un lobo cuyo color gris ratón predominaba en toda la extensión de su grueso pelaje, excepto en la punta de su cola que era blanca como la nieve. Cuando lo tuvieron que sedar para posteriormente vacunarlo, se impresionaron de la dureza de sus músculos. Incluso, uno de los veterinarios se refería a él como "el toro".

Indira era una preciosa ejemplar de color beige, pero su aspecto más significativo era el bellísimo y penetrante color verde de sus ojos. Era digno de tener en cuenta que en las horas del día buscaba espacios de sombra y parecía molestarse cuando quedaba expuesta a los rayos directos del sol. Fue conocida entre los empleados del parque como "la consentida".

Lorenzo era uno de los ejemplares que más llamaban la atención. Su blanco pelaje parecía contar con un metálico brillo que lo configuraba como un animal exquisitamente llamativo. Curiosamente, en días de lluvia, cuando el agua se encargaba de transformar en barro parte del terreno destinado para ellos, el lobo permanecía limpio y sus patas no se ensuciaban. Uno de los vigilantes lo llamó "el pulcro".

Laura, por su parte, contaba con una tonalidad de pelaje que correspondía al color gris claro que combinaba perfectamente con sus brillantes ojos azules. Su peculiaridad era que se le veía siempre cerca de algún árbol. Fue conocida por los funcionarios del parque como "la cariñosa".

Eduardo contaba con pelaje blanco en su parte inferior y gris en su lomo. Se trataba de un ejemplar muy alegre. Los encargados de cuidarlo le llamaron "el juguetón".

Claudio era el más pequeño de los siete. Su pelaje era extraño, algo así como una combinación entre cobre y marrón. Parecía como si evitara mirar a sus cuidadores a los ojos, razón por la cual lo llamaron "el tímido".

Abdul, al principio, los confundió. Los cuidadores pensaron que se trataba de un animal muy mal alimentado, pero al poco tiempo se dieron cuenta de que, a pesar de comer muy bien, no subía ni un gramo de peso. Algunas veces emprendía carreras que dejaron sin habla a sus cuidadores, que por esa razón lo llamaron "relámpago".

Los animales permanecían en cuarentena por motivos de seguridad. Por lo tanto, el público aún no los conocía. Sin embargo, bien sabido era por los lobos que no se encontraban ahí para ser un atractivo del parque. Simplemente esperaban la orden que ya había llegado de boca de Fabián, un perro perteneciente a la raza pastor de Beauce, amigo muy cercano de Martín, el pastor australiano que era parte del consejo territorial de El Núcleo.

Fabián había sido escogido entre varios perros para ser parte del cuerpo de seguridad del parque zoológico. Él mismo se había encargado de trasmitir la novedad al grupo de los siete lobos: en dos días iniciaría el plan de intervención directa que había sido diseñado milimétricamente por Lola, a quien aún no conocían.

Mientras tanto, la *golden retriever* afinaba los últimos detalles de la operación. Se había decidido que solo dos perros acompañarían a los lobos en el desarrollo del plan. Lola, por obvias razones, era pieza fundamental del proceso. Dicho de otra manera, ella era una condición *sine qua non*, por sus avanzados conocimientos, así como por contar con unos extraños aparatos de los que ella sabía más que cualquier perro e incluso más que muchos humanos.

Por otra parte, Arturo, el rastreador montañés de Baviera, perteneciente al consejo conocido como El Núcleo, también había sido elegido para formar parte de la operación que devolvería la libertad a Andrés. Las razones eran obvias; su raza cuenta con un poderosísimo olfato que serviría no solo para reconocer con certeza el camino de regreso una vez que se hubiera efectuado la primera parte del plan, sino también para alertar respecto de la presencia de cualquier individuo que pudiera poner en peligro el exitoso desarrollo de la operación.

Era mejor que dos perros de espacios territoriales distintos desaparecieran durante algunos días en vez de que lo hicieran tres de una misma zona y al mismo tiempo. Obviamente que eso podría levantar sospechas, por lo que muy prudentemente habían decidido que todo procedimiento debería ser lo más discreto posible.

En la casa de la familia San Clemente, Emilio observaba que su mascota se comportaba extrañamente, pero, como los niños suelen pensar en tantas cosas, Mariana no le prestó mucha atención cuando el pequeño se lo dijo.

Los otros cinco miembros de los consejos territoriales, Mónica, Martín, Bruno, Óscar y Li, daban vueltas en sus respectivas casas como fieras enjauladas. También sus dueños observaron comportamientos poco usuales en sus mascotas. Se trataba de algo así como una crisis generalizada de nerviosismo canino.

Leila, por su parte, no se quedaba atrás. Ana, su dueña, se percató de la inquietud que durante esa jornada acompañaba a su mascota y se preguntaba, al mismo tiempo, la razón de tan extraño cambio.

Al día siguiente, los perros seguían agitados, pero la situación parecía camuflarse un poco con los trabajos y actividades de todos los humanos que los acompañaban en el continuo pasar de jornadas.

Una última reunión de los nueve perros se efectuaba en la casa donde de costumbre se encontraban para tratar los temas concernientes a la misión que estaba por empezar. Luego del aullido protocolar, algunas palabras serían pronunciadas en un ambiente de esperanza y tensión perruna.

—Hermanos, el esperado momento ha llegado —fue así como Li inició la reunión.

—Experimentamos alegría, miedo y esperanza al mismo tiempo. A pesar de sentirnos confiados con el plan de Lola, sabemos al mismo tiempo que nos enfrentamos a algo desconocido. Pero confío en que todo saldrá bien —dijo Óscar.

—Nuestro corazón estará con ustedes, al igual que nuestros mejores deseos para que obtengan óptimos resultados. Sepan que confiamos en que este será el punto de inicio para una nueva fase de la historia de nuestra gloriosa especie — dijo Martín.

—No sé ustedes, pero en lo personal, yo soy un manojo de nervios —exteriorizó Bruno.

—También yo me siento muy nerviosa —intervino Leila—. Si fuera normal en nuestra especie, me comería hasta las uñas de mis patas traseras.

—También me siento ansioso, pero, cuando comencemos a desarrollar el plan, estoy seguro de que empezaré a recuperar un poco la calma —dijo Arturo.

Spike al fin se pronunció con la típica ternura que suele identificar a su raza.

—Y saber que fui yo el que los metió en todo esto. Me quedaré aquí muy cómodo sin hacer nada —se lamentó el *schnauzer*.

—Recuerda que tu lugar está al lado de Emilio. Tu misión es hacer que su vida encuentre un oasis de felicidad hasta que termine este secuestro —respondió Lola.

—¡Hermanos! —dijo Mónica—. Pase lo que pase, siempre guardaremos la convicción de haber hecho lo que consideramos justo. Ahora, nada nos podrá detener. Simplemente quiero desearles que la sabiduría canina los acompañe.

Durante un largo rato, los perros siguieron intercambiando sus pensamientos y opiniones. Al final se despidieron de los responsables de ir a luchar por la libertad de un cautivo.

Lola y Leila decidieron pernoctar en el mismo lugar. No habría ningún problema, dado que, nuevamente, Ana se encontraba fuera de la ciudad en una de sus extenuantes brigadas de salud animal y no regresaría hasta el día siguiente. Por su parte, la familia Guillén había salido de fin de semana para descansar en un balneario cercano. Sencillamente, la *golden retriever* no deseaba estar sola.

La noche al fin llegó y, con ella, el cansancio y el sueño que invitaban a dormir unas cuantas horas antes de emprender camino al lugar en donde los lobos y los perros por vez primera se encontrarían.

Todos los perros implicados en el asunto yacían en sus correspondientes lugares de descanso. Los lobos hacían otro tanto a unos cuarenta y cinco kilómetros de la ciudad, pero ninguno dormía. Domésticos y salvajes esperaban la hora indicada para emprender camino al punto de encuentro que estaba señalado en el plan.

Horario y minutero marcaban la 1:47 am cuando el descanso de Leila fue abruptamente interrumpido por su amiga.

—¡Santo cielo! —gritó Lola.

El violento llamado dejó a la ejemplar de *pastor collie* levantada en el acto.

—¿Qué sucede, Lola? ¿Por qué gritas así?

—¿Acaso no lo percibes? —respondió la *golden retriever*.

Las dos amigas se miraron fijamente a los ojos. Sus cuerpos parecían petrificados, cual animales disecados del serpentario distrital.

A la 1:51 am, vibró el celular que tan celosamente escondía Li de sus amos.

—¡Aló! —contestó el *chow chow*.

—¿Li? —preguntó Leila.

—Soy yo, Leila. ¿Qué pasa?

—¡Es urgente! Llama a Fabián. Dile que la operación ha sido cancelada. Que no permita la salida de los lobos.

—¡¿QUÉ?! —preguntó Li.

—¡Llámalo! La operación debe ser cancelada —reiteró Leila.

—¿Te has vuelto loca? Cómo me vienes a decir que la operación ha sido cancelada.

—¡Es irreversible, Li! ¡Entiéndelo! ¡Es irreversible!

—¡¿Por qué, Leila?! ¡Te exijo una explicación!

—Li... No me lo vas a creer, pero...

Leila prolongó tanto el silencio que desesperó a su interlocutor.

–¡Por todo el pedigrí de mis ancestros, Leila! ¡¿QUÉ SUCEDE?!

Leila miró de nuevo a su amiga. Lola asintió con la mirada. La *pastor collie* retomó la conversación.

—Li, lamento decírtelo, pero Lola..., Lola... entró en calor...

31

PREPARATIVOS DE NAVIDAD

El tiempo de la Navidad en Colombia bien podría ser considerado como un periodo mágico, lleno de luces multicolores, postres de infinidad de sabores, reuniones familiares, paseos a centros de comercio engalanados con vistosos pesebres, encuentros de niños y jóvenes que cantan preciosos villancicos. Es el tiempo en que las enemistades pasan a un segundo plano, las preocupaciones ceden su puesto a las novenas de aguinaldos que vienen acompañadas de buñuelos calientes, arroz con leche y panderetas que vibran desordenadamente.

Navidad es el tiempo de las sonrisas, de los abrazos, de pequeños y grandes regalos, de extenuantes filas en almacenes y supermercados, de juegos pirotécnicos, de invitaciones a cenar en familia, de lágrimas de felicidad, de sorpresas inolvidables. Navidad es el tiempo de los vinos baratos y las galletas dulces, de los gorros de lana verdes y rojos, de los bastones de caramelo, de tarjetas cargadas de buenos deseos, de niños que cuelgan esferas de vivos colores en árboles sin vida.

Sin embargo, para Mariana se trataba de un tiempo en el que luchaba contra sí misma para poder sonreírle a su pequeño hijo. Ese tiempo de fiestas y agasajos no representaba un buen recuerdo para el archivo. Además, observar niños acompañados por sus dos padres en la calle, ya fuera compartiendo un helado, jugando en un parque, haciendo fila para entrar a disfrutar de una película o realizando cualquier tipo de actividad en familia, siempre la confrontaba con aquel interrogante del que nunca había recibido una respuesta: "¿Por qué me correspondió estar tan sola?".

Pero aún más desalentadores que la Navidad misma eran los pensamientos recurrentes que la torturaban permanentemente: "¿Y si Andrés nunca regresa? ¿Si se enamora de una insurgente? ¿Si termina transformándose en un enfermo psiquiátrico? ¿Qué haré si regresa y ya no me quiere? ¿Qué haré si un desdichado día me dicen que viene en camino su cuerpo sin vida?".

Los barrotes de la incertidumbre se sumaban a los de la tristeza, la desesperación, el rencor, la melancolía, la inconformidad, el autorreproche, el desánimo y la frustración, confeccionando una celda que, al igual que aquella en la que habitaba su esposo, la privaba a ella de la libertad, aunque de una manera diferente.

Las preguntas seguían emergiendo en la cabeza de la bella mujer como incómodos fantasmas que flotan en el aire, dispuestos a robarle la poca paz que le quedaba en su corazón, pero simultáneamente intentaba disimular un poco su tristeza, desempolvando con un trapo previamente humedecido la enorme cantidad de variados y pequeños adornos que serían colgados en las ramas del árbol navideño.

Al mismo tiempo, Emilio continuaba su labor de colocar ovejitas blancas en el pesebre mientras José instalaba el motor de una fuente de agua para simular el caudal de un pequeño río que bañaría las imaginarias riberas del lugar del nacimiento del Hijo de Dios.

Luz Marina, mientras tanto, batía con una enorme cuchara de palo la mezcla de leche con azúcar, canela y fécula de maíz que daría como resultado final la tradicional natilla tan apetecida en las últimas semanas del año.

Elvia e Isabel colaboraban desenrollando los cables de las larguísimas extensiones de lucecitas de colores que prendían y apagaban al son de rítmicas pero interminables melodías navideñas que, de alguna manera, proporcionaban agradable musicalidad en torno al árbol navideño, pero finalmente desesperaban como producto de su interminable repetitividad y acababan siendo privadas de sus cíclicos sonidos, reducidos a intensidades imperceptibles. Por tanto, los coreográficos bombillitos eran obligados a seguir bailando, pero sin música.

Alejandra, por su parte, colgaba guirnaldas verdes, adornaba puertas y paredes con brillantes adornos al tiempo que vigilaba las galletas que había dejado en el horno caliente para sacarlas en el momento justo en el que se tornaran de apetitoso color dorado.

Entretanto, el pequeño *schnauzer* disfrutaba de un juguete imitación de hueso o, mejor, lo que quedaba de él luego de haber sido mordido y lamido durante varios días, perdiendo su forma original hasta parecer más un pedazo de tela vieja que un distractor para pequeñas mascotas.

Definitivamente la Navidad no es lo mismo para todos, las diferencias sociales y económicas marcan una significativa diferencia entre las maneras de celebrar las festividades de finalización del año civil. Pero, si de diferencias abruptas se trata, una muy extraña forma de festejo se llevaría a cabo en las entrañas de la selva, donde los secuestrados también se preparaban para darle cierto aire de felicidad al fin de año, a pesar de tener razones de sobra para no celebrar absolutamente nada.

Con ramas entrelazadas y hojas secas, los secuestrados empeñaban sus esfuerzos por hacer figuras que evocaran el famoso nacimiento del portal de Belén. Un ángel de graciosa figura, diseñado con envolturas de paquetes de galletas, custodiaba la parte alta de la gruta de ramas verdes en la que nacería el esperado niño. Una pequeña franja de papel de unos quince centímetros de extensión colgaba de las pequeñas manos del mencionado ángel. En ella se podía leer, escrito a mano, *Gloria in excelsis Deo.*

Pequeños palos de ramas secas simulaban las patas de graciosas ovejas cuyos cuerpos eran copos de algodón y, sus cabezas, alguna semilla de selvático fruto.

El asno y el buey, figuras infaltables en un nacimiento que se precie de serlo, fueron elaborados con calcetines previamente torturados por la humedad, el sudor, el calor y el mal olor de incontables días de caminata. Algunos senderos fueron diseñados con piedras que se unían en hileras serpenteantes y, las estrellas por su parte, fueron creadas con un pedazo de cartón de lo que antes fuera la cubierta del cuaderno de Andrés.

María y José tomaron forma con robustos cuerpos, gracias a dos cilindros de cartón del centro de rollos de papel higiénico que fueron atravesados con ramas que hicieron las veces de brazos y cuyas cabezas fueron frutos amarillentos no comestibles a las que se les pintaron cejas, ojos, nariz y labios. La graciosa imagen del niño Jesús fue obtenida gracias a una curiosa piedra que, luego de ser trabajada y rústicamente pulida, evocaba perfectamente la figura de un pequeño niño.

Cada secuestrado debía contribuir con dos siluetas diferentes. Unos lo hicieron con particular facilidad y destreza, aportando pastores o animales verdaderamente identificables. Otros hicieron figuras que más bien evocaban alguna abominable y extraña especie extraterrestre, pero, sin importar el acierto o el desacierto artístico del elemental ejercicio de diseño, todas las pequeñas imágenes tuvieron cabida en el pesebre que los ahora encadenados realizaron en una esquina del lugar de sus múltiples privaciones.

Algunos guerrilleros sonreían frente a la particular manera en que los secuestrados se empeñaban en negarse a dejar morir la fuerza de la preciosa tradición decembrina. Incluso, algunos de ellos les pasaban algunos elementos por entre los orificios de la malla ciclónica que circundaba el lugar de cautiverio que bien podrían servir para tan navideño menester.

Además, los secuestrados se delegaron responsabilidades organizativas para impregnar con un poco de alegría las nueve noches de festejos previos a la Nochebuena. Unos eran los encargados de entonar villancicos, otros escribirían pequeñas reflexiones para compartir con el grupo, otros buscarían textos alusivos al nacimiento de Jesús en un Nuevo Testamento maltratado por la acción del polvo y de la humedad, pero que, de todas maneras, servía para buscar algunos versículos que transmitieran un mensaje de esperanza a quienes tendrían que pasar una Navidad más en tan precarias condiciones.

Los regalos también se harían presentes en el cambuche. Adornos hechos con piedras, tarjetas diseñadas sobre papel ordinario, pulseras y collares elaborados con pitas, piedras pequeñas y semillas de frutas se constituían en aquello que los cautivos habían aprendido a hacer en medio de las largas horas, días, semanas, meses y años que habían visto pasar privados del preciado bien de la libertad.

Todos, sin excepción alguna, participaban alegremente de dichas preparaciones, incluso, los tres norteamericanos que, por razón de su cultura, eran hombres poco familiarizados con la usanza latina de las festividades de fin de año. Al fin y al cabo, se trataba también de una oportunidad para salir de la agobiante rutina que a muchos llegaba a enfermar e incluso a enloquecer.

De todas maneras, los mejores regalos para los secuestrados no eran propiamente los pequeños detalles de elaboración manual que se pudieran regalar entre ellos. Si se trataba de sentir verdadero gozo, tan solo había que verles la cara cuando las emisoras radiales transmitían los mensajes de sus familiares y allegados.

No era para menos. Muchos hombres y mujeres que tras años de cautiverio se habían reencontrado con la libertad en Colombia hablaban de lo profundamente significativo que era para ellos sentir la voz de un familiar o amigo que les transmitía un mensaje de amor. Un número importante de ellos admitía que, en muchas ocasiones, la vida misma había sido salvada por una palabra de aliento que algún ser amado había dicho en el momento justo a través de una emisora.

A pesar de que la radio se mantenía encendida a lo largo de casi toda la jornada de los cautivos, en el último mes del año parecían estar más atentos que nunca a las comunicaciones provenientes de sus seres queridos. Maridos y esposas, padres y madres, hermanos y primos, hijos y nietos, compañeros y amigos esperaban pacientemente su turno frente al micrófono para exteriorizar palabras de aliento y recados de amor a todas las víctimas de la vil ignominia.

Allí, en medio de la relativa claridad de la tupida selva, donde un grupo de secuestrados continuaban condenados a compartir la experiencia del cautiverio por tiempo indefinido, los guerrilleros estaban a punto de dar una razón de alegría a quienes tanto se esmeraban en el diseño del precario pesebre.

El desalmado guerrillero de nombre Freddy, alias La Uña, se acercó hasta la malla que separaba a los cautivos de la libertad. Él, con su característica prepotencia, propia de los cobardes que juegan a ser valientes, se dirigió a los privados de libertad.

—Pongan atención que yo no repito —dijo—. Se les entregarán unas hojas de papel y unos lapiceros para que escriban un mensaje destinado a sus familias. Luego, cada uno tendrá unos minutos para grabar su mensaje, pues los miembros del secretariado nos han dado las instrucciones de permitirles enviar un mensaje de fin de año. Pueden escribir lo que quieran, excepto cualquier tipo de información que pueda ser utilizada por el enemigo para hacernos daño. ¿Entendido?

Los retenidos se miraron unos a otros, evidenciando en sus expresiones faciales que verdaderamente se trataba de una buena noticia. Finalmente, el guerrillero dijo:

—Eso es para que vean que no somos tan malos como la gente dice. También nosotros tenemos gestos de humanidad y fraternidad. Así que escriban sus mensajes y ojalá que nos hagan llorar a todos. ¡Ah! Se me olvidaba. Grabaremos hoy en la tarde, así que apresúrense, pues el que no acabe de escribir a tiempo su cartica... se jode —concluyó sonriendo.

Acto seguido, otros guerrilleros se acercaron a los encadenados, les entregaron suficiente papel y lapiceros. Sin pensar más en el pesebre o el diseño de las figuras, los secuestrados empezaron a escribir de inmediato. Una nueva oportunidad de contacto con sus familias era, en realidad, una grata sorpresa.

Para Andrés, esta oportunidad significaba mucho. Por vez primera podría exteriorizarle a su pequeño que ya lo había escuchado, al tiempo de agradecerle por los mensajes que le habían dado un nuevo impulso a su existencia. Cada uno de los renglones escritos haría parte de la historia de la familia San Clemente que, si bien había sido marcada por el sello imborrable de la separación forzosa, también contaba con el sello indisoluble de aquella fuerza capaz de transformarlo todo: el amor.

32

SIGUEN LOS PROBLEMAS

Todo parecía indicar que las cosas no podían salir peor. Lola no hacía otra cosa diferente que hablar y pensar en apareamiento (sin importar cuál fuera el perro, lo importante era aparearse); los siete lobos que viajaron a luchar por la libertad de un secuestrado, paradójicamente, se encontraban encerrados en una enorme jaula; Emilio tendría que celebrar otra Navidad sin su papá o, al menos, todo parecía indicar que así sería; Mariana se había tornado más sensible, meditativa y triste de lo habitual, tal como había sucedido cada fin de año desde que su esposo había sido secuestrado. Andrés, por su parte, permanecía encadenado al cuello en un recóndito rincón de la inmensa selva y el pequeño Spike no podía disimular la enorme frustración que le había generado el fracasado plan que, curiosamente, había colapsado antes de iniciar como consecuencia de la inesperada explosión hormonal de su amiga.

Es curioso. Hay ocasiones en que todo parece estar tan ejemplar y milimétricamente preparado, situaciones en que nos preciamos de haber pensado hasta en el más insignificante de los detalles y, cuando simplemente falta dar la señal de inicio para empezar, algo repentino y dramáticamente casual se encarga de obstaculizar el más perfecto de los planes de acción.

—¿Acaso hasta la vida misma está en nuestra contra? ¿Por qué todo nos salió tan mal, si estábamos en búsqueda de un noble objetivo? —preguntó el *schnauzer* a Roxán y Abigaíl en el serpentario distrital.

La voz del pequeño era tan conmovedora que el corazón compartido de ambas reptiles sintió encogerse ante las tristes palabras del visitante.

—Spike, la vida no es un guion que escribimos anticipadamente sobre un papel para que salga justo al pie de la letra respecto de la forma como lo hemos diseñado. La accidentalidad y el destino también entran en juego. ¿Verdad, Abigaíl?

—Así es, Roxán.

Luego de un breve silencio en el que Spike parecía asimilar lo que habían dicho las serpientes, nuevamente se pronunció.

—Llevo dentro de mí el dolor de Emilio. Bien saben ustedes que siento en mi interior la carga que mi amo lleva en su corazón. Además, de una u otra forma, no puedo evitar sentirme responsable de haberle fallado.

Nuevamente, las serpientes insistieron en dar ánimos al pequeño can al tiempo que aprovecharon para agregar algo nuevo.

—Tú no le has fallado a nadie. Por el contrario, has logrado lo que muchos de tu especie ni siquiera llegaron a imaginar. Esta historia no ha terminado, Spike, apenas está comenzando y, tal vez, lo mejor que les pudo suceder fue que su muy bien diseñado plan fracasara en su primer intento. ¿Verdad, Abigaíl?

—Así es, Roxán.

Spike las observó, evidenciando su extrañeza.

—¿A qué se refieren? ¿Acaso saben algo que yo no?

Abigaíl y Roxán se observaron mutuamente a los ojos y asintieron antes de contestar al mismo tiempo.

—¡Sí! Sabemos algo nuevo.

Spike se incorporó y, al tiempo de mover su colita, agitadamente preguntó:

—¿De qué se trata? ¡Díganmelo!

—Escucha atentamente, amigo, por lo que nos ha sido revelado creemos que el inesperado periodo de celo de Lola no fue una mala jugada del destino, sino lo mejor que les pudo haber sucedido. ¿Verdad, Abigaíl?

—Así es, Roxán.

—¿A qué se refieren? Por favor explíquense —insistió el pequeño.

—Calma, calma... Ustedes, los perros, siempre tan obsesivos e impulsivos, intentando encontrar soluciones inmediatas a los problemas, como si se tratara de salir corriendo detrás de una pelota y regresar para entregarla a su dueño que, al fin y al cabo, la lanzará de nuevo. ¿Verdad, Abigaíl?

—Así es, Roxán.

A Spike le pareció que dicha aseveración ya la había escuchado antes.

—Verás —prosiguió Roxán—, es aconsejable, a nuestro modo de ver, que el desafortunado fracaso del que nos hablas empiece a ser visto por ti, al igual que por tus amigos, de una manera diferente. ¿Verdad, Abigaíl?

—Así es, Roxán.

—Ya sabemos cuál es la fuerza malévola que se arrastra como parte de esta historia, llevando consigo una sombra macabra de odio, rencor y muerte...

Spike sintió que su sangre bajaba de temperatura mientras que ellas exponían sus nuevos descubrimientos.

—Para nuestra vergüenza, se trata de un reptil. Úrsula es su nombre y su intromisión en este conflicto los debe obligar a replantearse el plan que quieren llevar a cabo.

Nuevamente, el *schnauzer* tomó la palabra.

—Úrsula... ¿Quieren decir que ella es la fuerza macabra de la que ya nos habían advertido?

—Tú lo has dicho, amigo. Es ella. Por tanto, deberán obrar con máxima cautela cuando vayan a la selva. Úrsula es más peligrosa que el peligro mismo. No dudará en hacerles daño cuando tenga la oportunidad y, si se enterara del plan de intervención directa, no ahorrará el más mínimo esfuerzo para frustrarles su intención. ¿Verdad, Abigaíl?

—Así es, Roxán.

—Además, a toda costa deberán evitar enfrentarla por la fuerza. El poder de sus músculos es monstruosamente sorprendente. Ningún animal sobre la faz de la Tierra, excepto dos, podría desafiar el poder triturador de su cuerpo.

—¿Excepto dos? ¿A quiénes se refieren?

—No lo sabemos aún, pequeño amigo. Se trata de una información que todavía no nos ha sido revelada. ¿Verdad, Abigaíl?

—Así es, Roxán.

—Ten paciencia y no pierdas la calma, apreciado Spike. Comenta a tus amigos que deben sentirse afortunados por el aparentemente inoportuno celo de Lola pues, de no haber sido por esa novedad, lobos y perros pudieron haber corrido grave peligro y, en el peor de los casos, les pudo costar la vida. Así, lo que pareció ser una mala jugada del destino pudo ser más bien, un factor que jugó a favor de la alianza y no en contra de ella. Recuerda siempre que nada sucede por casualidad. ¿Verdad, Abigaíl?

—Así es, Roxán.

—Entonces..., ¿qué debemos hacer a continuación?

—Deben esperar a que Lola se estabilice. Luego, tendrán que adecuar el plan que tienen para hacer frente a la amenaza que hasta hace poco desconocían. Finalmente, queremos decirte que tenemos razones muy serias para creer que la alianza entre perros y lobos no será suficiente. ¿Verdad, Abigaíl?

—Así es, Roxán.

—¡¿No?!

Abigaíl y Roxán extendieron generosamente su cuerpo y acercaron sus cabezas al vidrio de seguridad que las separaba del pequeño cuadrúpedo. Por vez primera, Spike pudo observar parcialmente el sorprendente tamaño de la singular serpiente.

—Pon atención, amigo. Si bien Úrsula no sabe de la existencia de la alianza que ustedes han forjado, como tampoco del plan diseñado para liberar a Andrés, sí cuenta con aliados en la selva que se han unido a sus viles intenciones. Los murciélagos y algunos primates están de su parte; trabajan para ella como espías y soplones. ¿Verdad, Abigaíl?

—Así es, Roxán.

—Por tanto, el único obstáculo a vencer para recobrar la libertad de Andrés no son los insurgentes. Úrsula y sus aliados, por desgracia, hacen parte ya de este singular reto.

Unos segundos bastaron para darse cuenta que las nuevas noticias no le gustaron mucho al más pequeño de los presentes.

—Nunca llegué a imaginarme que este problema tuviera tantas variantes que cada vez lo complican más y más. Díganme, Abigaíl y Roxán... ¿Cómo terminará todo esto?

—Esa es una pregunta para la cual también nosotras quisiéramos tener respuesta. ¿Verdad, Abigaíl?

—Así es, Roxán.

Luego de algunos segundos de meditativo silencio, Spike se dirigió de nuevo a sus dos amigas.

—Respóndanme una cosa: si la alianza entre lobos y perros no es suficiente, ¿qué es lo que nos hace falta?

—Amigo, eso tendrán que responderlo ustedes mismos. Obren con cautela y muevan sus patas con cuidado; en el momento menos pensado, las respuestas emergen casi de la nada, a tal punto que en muchas ocasiones nos sorprenden. ¿Verdad, Abigaíl?

—Así es, Roxán.

Luego de concluir la conversación y despedirse, Spike caminaba de nuevo hacia la salida del serpentario distrital. Sentía exactamente lo mismo que en otras ocasiones en que había dialogado con las curiosas personajes. Por una parte, ahora contaba con elementos nuevos que se encargaban de modificar el telón de fondo de la complicada experiencia, pero, por otra, dichas novedades se encargaban de agregar inesperados interrogantes que, de una u otra manera, se tendrían que responder.

Así es. Suele suceder con relativa frecuencia que, cuando respondemos a una pregunta, ya existen una o varias más listas para ser formuladas.

33

LEYENDAS VIVIENTES

En aquel amanecer sabatino, muchas personas que tenían sintonizado su radio en la conocida frecuencia escuchaban los mensajes que, aunque eran comunes, no dejaban de ser muy tristes:

—Continuando con nuestro programa, apreciados radioyentes. Ahora escucharemos el mensaje de Clara Zapata, hija de Eliecer Zapata, que fue privado de su libertad hace 11 años.

—Papito: te envío un amoroso saludo adonde sea que te encuentres. Quiero que sepas que me ha ido muy bien en mi matrimonio con Wilson y, aparte de eso, te tengo una noticia. Vas a ser abuelo, papá, no te había dado la buena nueva porque aún no estaba segura, pero ayer toda duda quedó descartada. Si las cosas resultan como me lo dijo el médico, tu primer nieto nacerá en las primeras semanas de agosto del próximo año. Ruego al cielo que tus captores te liberen y puedas estar a mi lado cuando te conviertas en abuelo. Mi mami, por su parte, está tejiendo sacos, bufandas y gorros de lana para ayudar un poco con la economía de la casa. No es mucho lo que gana, pero al menos es una entrada de dinero que sirve de algo. Mis dos hermanos aprobaron satisfactoriamente el año académico y, como ya están en tiempo de vacaciones, en la mañana acompañan a mamá y, en la tarde, me ayudan a atender la tienda. No pierdas la fe, papito, que, junto con la vida, son las dos cosas más valiosas que tenemos. Te amamos mucho y nos haces mucha falta. Sé que te volveremos a tener a nuestro lado y que esta pesadilla de 11 años un día llegará a su fin. Dios te bendiga. Te amo. Tu hija, Clarita.

—Sofía Valbuena se dirige ahora a su esposo, Ramiro Ocampo, secuestrado hace siete años —anunció el locutor.

—Hola, mi amor. Es muy triste para mí tener que darte esta noticia, pero no me queda otra opción. Bien sabes que tu mami no estaba muy bien de salud desde varios meses atrás. Las últimas semanas la tuvimos con oxígeno permanente, pero ya los médicos nos habían advertido que pronto sucedería lo inevitable. Finalmente, ayer, a las 7:45 de la noche, tu mamita murió en mis brazos. Las últimas palabras que pronunció fueron para ti. Dijo que te ama y que desde ahora contarás con una intercesora en el cielo; también dijo que (la afectada mujer tuvo que tomar aliento para proseguir)... dijo que debes ser tan fuerte como lo fue ella, que nunca perdió la esperanza de volver a verte. Antes de irse, sonrió y dijo que te esperará allá arriba, pero que eso será dentro de mucho tiempo, pues antes tienes que volver a disfrutar nuevamente de tu libertad y ver crecer a tus hijos. ¡Lo lamento tanto, vida mía!... Hoy a las tres de la tarde será su entierro. Te amo y te sigo esperando. Tu esposa, Sofía.

—Hugo Rojas se dirige ahora a su hija, Viviana Rojas, secuestrada hace casi un año por los alzados en armas.

—Hijita: muy a pesar del paso de los meses, no me puedo acostumbrar a tu ausencia. La semana entrante, cuando se cumpla un año de ese secuestro tan infame, tus compañeros de la facultad de Periodismo caminarán protestando en silencio por algunas avenidas de la ciudad. Yo, por supuesto, caminaré con ellos. ¿Cómo estás, muñeca mía? Quiero que sepas que te amo más que nunca y que no me cansaré de hacer todo lo que esté al alcance de mis manos para que pronto seas liberada. Te amo tanto, mi invaluable tesoro. Te llevo siempre en mi corazón. Hasta pronto. Papá.

Entretanto, en casa de Lola, el amo de la *golden retriever* se acercó al radio y lo apagó. Luego, dirigiéndose a su esposa, le dijo:

—¿Cuándo llegará el día en que no tengamos que iniciar nuestras jornadas escuchando testimonios tan tristes?

—Mi amor, si los familiares de los secuestrados no han perdido la esperanza, nosotros tampoco tenemos derecho de perderla —respondió su esposa.

Aquel día, la joven pareja de esposos Walter y Valentina Guillén había terminado de hacer los oficios caseros que se habían propuesto para aquella mañana sabatina. Sin embargo, no había acabado aún la actividad hogareña, faltaba todavía encaminarse al supermercado para hacer las compras de comestibles que escaseaban en la alacena. Al dirigirse ellos a la puerta de salida, Lola parecía estar decidida a hacerse llevar como fuera con sus amos. Entre tanto, fuera de casa, justo al otro lado de la puerta de salida, cuatro perros callejeros, atraídos por el sensual olor de la perra en celo, se apostaron en el lugar, dispuestos a ofrecerse muy generosamente para la satisfacción de la necesidad biológica de la deseosa cuadrúpeda.

Fuera de la casa de la familia Guillén, para muchos seres humanos en aquel día, la historia parecía seguir desarrollándose más o menos de la misma manera que en días anteriores. Ninguna noticia de las escuchadas o leídas podía considerarse como "toda una novedad": secuestradores y secuestrados, gobiernos opresores, animales en vías de extinción, adelantos tecnológicos, lucha antiterrorista, calentamiento global, grandes y pequeños desfalcos, sequías e inundaciones, culpables absueltos e inocentes condenados eran algo así como el pan de todos los días en el ir y venir de las primicias informativas.

Pero no del mismo modo sucedía con caninos de muchas latitudes. Muy emocionados, ahora contaban con un tema de conversación tan novedoso como emotivo.

En Dubrovnik, Croacia, tres dálmatas y dos pastores croatas dialogaban, conmocionados, respecto del asesinato de Pierre Harper. Mientras tanto, frente a la Puerta de Brandemburgo, en Alemania, un *hovawart* relataba emocionado a un rastreador de Hannover cómo un pequeño *schnauzer* llamado Spike había logrado en unas semanas lo que, hasta hacía poco, muchos consideraban impensable: que la raza canina se inmiscuyera tan profundamente en un asunto humano. Frente al Domo de Milán, Italia, un mastín napolitano escuchaba a un pastor bergamasco que relataba, emocionado, los pormenores de la alianza entre los perros de Suramérica y los lobos del norte. Al tiempo, en algún lugar de la impresionante Muralla China, un *shih tzu* comentaba a un mastín tibetano todo lo que había escuchado respecto del plan de la intervención directa. Lejos de ahí, a tan solo unos metros del Palacio de Bellas Artes, en ciudad de México, dos chihuahuas se mostraban preocupados porque una de las sedes del trípode de conexión humana aún se encontraba vacía. Simultáneamente, en Río de Janeiro, frente a la imagen de Cristo Redentor, una envejecida fila brasilera narraba a cinco pequeños cachorros de distintas razas las penurias por las que había tenido que pasar Mariana junto con su pequeño hijo desde que Andrés fue secuestrado. Asimismo, en las Ruinas de Copán, Honduras, un *poodle* le contaba a un *fox terrier toy* que los siete lobos de la alianza canina permanecían en periodo de cuarentena en un parque ubicado cerca de la ciudad de Bogotá.

En otro rincón del mundo, Ruanda, en territorio africano, Ayira Gumaneh, una de las integrantes vitalicias del trípode de conexión humana escuchaba atentamente, junto a una veintena de perros, la excitante pero triste narración de Elewa, un perro pastor de Anatolia, que los actualizaba respecto de las últimas novedades acontecidas en el sur del continente americano. Mientras, en Hanói, Vietnam, Bao Min, quien al igual que Ayira hacía parte del trípode humano, se encargaba de transmitir muy a su pesada manera todo lo que sabía del asunto del niño colombiano y su mascota a un grupo de perros que protegía de los comerciantes de carne canina, puesto que muchos vietnamitas consumen carne de perro.

Así, desde Santiago de Chile hasta Vancouver en Canadá; desde Sidney, Australia, hasta la lejana Moscú; desde las costas de Barcelona hasta la agitada Seúl, ningún canino permanecía indiferente ante las novedades de un grupo de perros que se estaban arriesgando a inmiscuirse en un asunto de los *Homo sapiens*. Spike, sus amigos y los lobos aliados se estaban constituyendo, sin saberlo, en leyendas vivientes de la historia canina.

34

LA CARTA

—Hace mucho tiempo, la comida era abundante en las lejanas tierras de los bosques nublados. Los lobos aprendieron allí a vivir como hermanos, compartieron la misma carne y bebieron de la misma fuente.

»Durante años se mantuvieron constantes en la enseñanza de los líderes, en el compartir y en el aullido solemne, mediante el cual exteriorizaban con orgullo la felicidad que les confería sentirse identificados con los principios de la manada que, a pesar de tener problemas, era feliz.

»Los cachorros eran instruidos por los lobos más ancianos, protegidos por los más fuertes y alimentados por los cazadores que, con el paso de los años, aprendieron las ventajas de trabajar en grupo. Sin embargo, los tiempos de prosperidad se fueron acabando y con la escasez de alimentos llegó el hambre y, con el hambre, la angustia.

»Cuentan que nuestros ancestros aullaron a los astros del cielo lamentando su desdicha, solicitaron ayuda, una luz de esperanza para no sucumbir por completo ante los tentáculos terribles de la fuerte adversidad.

»No tardó la luna en abrir sus oídos a las plegarias conmovedoras de sus fieles amigos. Así, una mañana, cuando apenas empezaba a asomarse el sol, un robusto animal de brillante color apareció tras sutil cortina de tímida niebla. Se trataba de un ciervo de gran tamaño; su belleza parecía no tener comparación alguna con ningún otro animal.

»Su pelaje era dorado como el oro puro, sus grandes cuernos de marrón intenso se ramificaban preciosa y desordenadamente, terminando en puntas que brillaban como diamantes. Su nariz, negra como el carbón y humedecida cual piel sudorosa, se movía rítmicamente al compás de su sereno respirar.

»Su actitud corpórea era gallarda y valiente, sus formaciones musculares se veían tan duras como piedra pulida. Todo el ejemplar, en su conjunto, evocaba una fina obra de algún consagrado y experimentado escultor.

»Tan singular belleza no pareció importar a ninguno de los integrantes de la hambrienta manada que corrió detrás de él, pero no lograron darle alcance. Aún más extenuados por el esfuerzo, los lobos no tenían más remedio que parar a descansar mientras seguían sintiendo aquella hambre infernal que les retorcía las entrañas. Luego, el hambre misma los obligaba a emprender carrera nuevamente para intentar dar alcance al veloz animal.

»Poco a poco, la persecución los fue llevando a los confines de su territorio hasta que, finalmente, salieron de él. Durante largos días, lobos y ciervo no pararon de avanzar; los hambrientos animales se esforzaron hasta el límite para dar alcance al brillante ejemplar, pero sus propósitos no se veían recompensados. Cuando los cánidos paraban rendidos de tanto correr, el ciervo se quedaba observándolos a muy corta distancia mientras parecía estar a la espera del inicio de una nueva carrera.

»Muchos lobos sucumbieron en el camino, murieron de hambre y cansancio ante la mirada serena de las blancas nubes que avanzaban torpemente empujadas por el viento.

»Por duro que pareciera, la única alternativa para lo poco que quedaba de la manada era continuar. Volver les costaría la vida a todos aquellos que sobrevivieron a los largos días de infructuosa cacería.

»Finalmente, cuando los lobos apenas tuvieron fuerza para mantenerse en pie, el animal perseguido se detuvo y, con voz tan clara como serena, se dirigió a ellos así: "Ya hemos llegado al final del camino. Lamento si los defraudé, pero la luna me envió para ser su guía, no su alimento. Sepan que, mientras me perseguían, sus patas se hicieron más veloces y sus voluntades más resistentes.

»En nombre de la reina de la noche, les entrego esta nueva tierra, rica en alimentos y fuentes de agua cristalina y pura.

»En adelante, ningún animal podrá desafiar la velocidad de su manada. Serán más rápidos que los vientos enfurecidos, tan ágiles como peces que desafían las corrientes de los ríos embravecidos. Esta tierra les proporcionará cuanto necesiten para vivir y ustedes, a cambio de tan valioso beneficio, la amarán y protegerán por siempre".

»Dicho esto, el imponente ciervo se desvaneció lentamente ante la mirada atónita de los lobos que parecían no dar crédito a lo que observaban sus ojos y escuchaban sus oídos.

»Luego, todos saciaron su hambre, también su sed. Tomaron posesión de la tierra nueva que les había sido entregada, la amaron y la protegieron conforme al deseo de la blanca luna.

»Fue así como se desarrolló el inicio de nuestra bella historia. Desde tiempos inmemorables, nuestra estirpe fue conocida por su velocidad y destreza. Muchos pensaron, al vernos correr, que nuestra impresionante habilidad solo podría ser el producto de un conjuro y, por eso, nos llamaron la manada del Embrujo Azul.

Dichas las anteriores palabras, Abdul terminó de contar a los demás lobos la leyenda que explicaba la sorprendente velocidad de los miembros de su manada.

En realidad, se trató de una experiencia enteramente novedosa para los lobos procedentes del norte del continente americano. Tal como lo hizo Abdul, los demás también tendrían suficiente tiempo para contar sus historias individuales y las de sus respectivos clanes, así como para jugar y correr en la enorme jaula en la que permanecían bajo estricta observación veterinaria.

Los responsables de sus cuidados les dieron de comer carne cruda para no hacer muy severo el cambio alimenticio respecto de aquello a lo que estaban acostumbrados. Con el tiempo, empezaron a mezclarles concentrado para perros con su dieta habitual; Indira, Lorenzo y Laura gozaron con la nueva comida, mientras que Maximiliano, Eduardo, Claudio y Abdul daban muy claras señales de preferir permanecer en la acostumbrada ingesta.

Si bien es cierto que fue un tanto traumática la utilización de dardos tranquilizantes que los veterinarios emplearon, Fabián, el perro guardián, los hizo comprender que podían estar tranquilos, dado que todo ello correspondía a un protocolo que inevitablemente se debía llevar a cabo por el bien de ellos y el de todos los animales del zoológico.

Fueron rociados con una sustancia química cuyo olor no fue de su total agrado, pero contribuyó a eliminar los parásitos adheridos a sus pieles y les proporcionó una exquisita sensación de tranquilidad al verse liberados de los incómodos y oportunistas insectos cuyas picaduras eran auténticos tormentos.

También fueron vacunados, otra variante que debió explicarles el buen Fabián. Fue muy gracioso cuando el pastor de Beauce les enseñó cómo se comporta un canino enfermo de rabia; en definitiva, el perro guardián hizo su mejor esfuerzo para actuar de la manera más realista posible, pero al acabar su función, los lobos se miraron entre sí y rompieron en carcajadas al unísono.

En pocas palabras, compartir había sido muy sano, edificante y enriquecedor. No fueron pocas las cosas que aprendieron, pero, de todas maneras, había algo muy importante que cada vez extrañaban y añoraban más... la libertad.

Entretanto, en la casa San Clemente, Emilio escribía una carta. Correspondía a una antigua usanza de los niños colombianos, propia de las fiestas navideñas, en las cuales se acostumbra que los pequeños redacten sencillos mensajes dirigidos al niño Jesús, solicitándole regalos para alegrar la Nochebuena.

Bogotá, 23 de diciembre de 2006

Amado niño Jesús:

No te quiero pedir muchas cosas, pues solo una me interesa.

Por favor, concédeme celebrar la Navidad junto a mi papito.

Te quiero mucho.

EMILIO

Luego, conforme a la tradición, Emilio colocó la carta en el árbol, pues, de acuerdo con la antigua creencia, en las horas de la noche, cuando los niños duermen, muchos angelitos bajan del cielo y llevan las cartas de los niños al Hijo de Dios para que las lea. Luego, en la celebración de la Nochebuena, viene cargado de regalos para aquellos que se portaron bien.

Pasadas algunas horas, Mariana y José se percataron de la carta que había colgado en el árbol navideño. La joven madre abrió el sobre para poder leer el contenido del mensaje de su hijo. Esta vez, aunque sus ojos se humedecieron, no rompió a llorar; simplemente extendió la mano y le entregó el papel a su cuñado, que también lo leyó y, mirando a los ojos a Mariana, dijo:

—Ojalá que Dios escuche su petición y la trasforme en realidad.

35

UN GESTO DE HUMANIDAD

El tiempo de Navidad ya se encontraba a menos de 24 horas de proximidad. Los comerciantes abrieron las puertas de sus negocios desde tempranas horas de la mañana; la gente se aglomeraba en los grandes almacenes, supermercados y centros comerciales como monstruos consumistas y devoradores de todo tipo de mercancías.

Mariana, por su parte, no participaba de esa caótica jornada de compras desaforadas. Trabajaba, más bien, en las labores de aseo y adecuación de la casa, pues, a pesar de no sentirse muy entusiasmada para participar de las festividades navideñas, sabía que su casa era el punto de encuentro seleccionado unánimemente por la familia para compartir juntos la cena de la Nochebuena.

Algunos regalos reposaban ordenadamente en la base del árbol navideño. Las luces de colores y los diferentes adornos que maratónicamente fueron colocados daban a la casa de los San Clemente cierto aire de alegría y festejo, aunque bien sabido era para todos que dicha sensación de gozo no era completa pues, para serlo, carecía de un elemento humano muy importante.

La bella mujer adornaba la mesa del comedor con finos individuales dorados, una vajilla de vistosos colores y dos velas rojas que se encargaban de dar un llamativo toque de color al punto de encuentro en el que se compartirían los alimentos.

Emilio, mientras tanto, ordenaba sus juguetes tal como se lo había indicado su mamá; debía separar en dos grupos diferentes aquellos que utilizaba de los que no, pues ya tenía tantos que su habitación nunca se veía ordenada. Spike observaba cómo su joven amo obedecía las disposiciones de su progenitora, pero a pesar de la distracción que alejaba momentáneamente al niño de sus pensamientos recurrentes, el *schnauzer* sabía que más tarde o más temprano, la dura carga que sobre sus hombros llevan los familiares de los secuestrados se encargaría de aparecer de nuevo para dejar aún más lastimada la humanidad de sus víctimas.

El niño separó una pelota de baloncesto y un par de patines que casi nunca había utilizado, bajó con ellos las escaleras y buscó a Mariana para decirle que sería bueno obsequiarlos a los hijos de la siempre fiel empleada del servicio doméstico; propuesta a la que, sin ningún reparo, accedió la mujer. Por tanto, le dio instrucciones a su hijo de dejar dichos juguetes en el cuarto de planchado para decirle luego a Luz Marina que los llevara a su casa.

Emilio obedeció con prontitud la nueva disposición de su mamá y retornó tan rápido como pudo al lugar donde ella se encontraba para decirle algunas otras cosas que se le ocurrieron respecto de otros juguetes que ya no utilizaba.

Al retornar al comedor, ya Mariana no se encontraba ahí. El pequeño sintió ruidos provenientes de la sala, por lo que dirigió sus cortos pasos hacia allá. Una vez que se aproximó de nuevo a ella, la observó sacudiendo unos cojines que inevitablemente acumularon polvo y suciedad a causa de las travesuras de Spike.

Cuando Emilio se disponía a hablarle nuevamente a Mariana, algo inesperado fue anunciado en el canal de televisión en el que permanecía encendido el aparato, cosa que llamó la atención de madre e hijo.

—¡Atención, noticia de última hora! ¡Atención, noticia de última hora!

Mariana y Emilio se sentaron en el sofá sin imaginar siquiera la noticia de la que serían partícipes. Spike, por su parte, permanecía sentado a un lado del sofá. Luego de unos segundos, un reconocido presentador de noticias se dirigió a la audiencia.

—Buenos días. Hace contados minutos, los medios de comunicación han recibido un video proveniente de la guerrilla de las FARC, acompañado de pruebas de supervivencia de dieciséis secuestrados. Dicho formato de video que todo el país conocerá en contados segundos, justo en el día de hoy, cuando Colombia entera se alista a celebrar las fiestas de Navidad, ha sido calificado por los mandos guerrilleros como, abro comillas, "un gesto de humanidad con los cautivos y con todo el pueblo colombiano".

»A continuación, presentaremos a ustedes las imágenes de los secuestrados que, aparecen encadenados al cuello. Más adelante daremos a conocer las reacciones que suscitan en el Gobierno, los familiares de los secuestrados y en los colombianos estas pruebas de supervivencia.

De esta manera, frente a los ojos de los tres individuos presentes en la casa San Clemente, así como de todos aquellos que a esa hora se encontraban frente a alguna pantalla de televisión, las imágenes empezaron a verse y los mensajes de los secuestrados a escucharse.

—¡Hola! Soy Miguel Archaga, cautivo desde hace ocho años en la inmensidad de la selva colombiana. Me dirijo a mi familia para decirles que, a pesar de esta dura experiencia, gracias a Dios, me encuentro bien. Bueno... si es que en cautiverio y alejado de quienes tanto quiero se puede estar bien; al menos tengo salud. Aspiro, eso sí, a poder regresar pronto y compartir con ustedes todo aquello que, desde aquí, es completamente imposible. Saludo muy especialmente a mis padres y a toda mi familia, les deseo que tengan una Navidad muy feliz y que todo lo que se propongan para el 2007 lo consigan con la fuerza del amor y con mucho empeño.

»A mis superiores y compañeros del Ejército les hago llegar mi saludo, mi abrazo y mis mejores deseos; a mi esposa le ratifico todo mi amor y le digo: tranquila, mi vida, que no hay mal que dure cien años ni nadie que lo resista.

»A todos los que me escuchan, les suplico sus oraciones, ya que solo la fortaleza que viene de Dios es lo que nos ayuda a no rendirnos en este ambiente tan duro y hostil.

»Finalmente, agradezco al Gobierno todo lo que hace por procurar nuestra libertad, la de los secuestrados. Sabemos que estamos presentes en sus pensamientos y que se esmeran por hacer de Colombia un país mejor. Los animamos a no desfallecer y a seguir invirtiendo sus esfuerzos y energías para la construcción de una nación verdaderamente libre para nuestros hijos y los hijos de nuestros hijos.

»Hasta pronto.

»Los quiero.

»Miguel Archaga. Cabo 1.° del Ejército.

Luego, una nueva persona apareció en pantalla.

—Amigos de Colombia y amada familia, soy Andrés San Clemente...

Mariana pasó su brazo por encima del hombro de su hijo, lo acercó un poco a su propia humanidad. Spike permanecía inamovible.

—Fui privado de la libertad hace más de seis años.

»Hoy, gracias a Dios y a la vida misma, se me ha dado la oportunidad de leer unas cuantas líneas frente a una cámara de video. Por lo tanto, quiero aprovechar para saludar a mi esposa, a mi hijo, mamá, suegra, hermano y cuñada, al mismo tiempo de desearles una Navidad muy feliz.

»Mariana, gracias por los mensajes radiales que escribes y lees todas las semanas; se han constituido para mí en algo indispensable para mi subsistencia.

Los ojos de Mariana dejaron escapar sendas lágrimas que delinearon líneas paralelas en sus blancas mejillas.

—Emilio, no sabes, hijito mío, lo feliz que me sentí cuando pude escuchar tu voz por primera vez. Te amo tanto. No olvides guardarme el dibujo que me tienes de sorpresa, muero de ganas de verlo. Por favor, recuerda siempre lo orgulloso que me siento de ti.

»A toda mi familia les quiero hacer llegar el más fuerte y cálido de los abrazos, les pido que oremos mutuamente los unos por los otros para que esta pesadilla llegue pronto a feliz término.

»Hermano, gracias por todo lo que haces por mi hijo, ojalá que la vida me dé la oportunidad de retribuirte toda tu bondad y gentileza.

»Les confieso que tengo un millón de cosas por contar, pero el tiempo que tengo es muy limitado. Por eso mismo, deseo hacer énfasis en el amor que les profeso.

»Agradezco a todos los colombianos que trabajan por la paz y la libertad de los secuestrados; estén seguros de que nadie valora tanto sus trabajos como aquellos que, como yo, nos encontramos en estas condiciones.

»Hasta pronto y que Dios los bendiga.

»Los quiero mucho.

»Andrés Gabriel San Clemente.

Una tercera imagen aparecía ahora en la pantalla.

—Hermanos de Colombia, amada familia: soy Raimundo Mondragón, subteniente del glorioso Ejército nacional. Privado de la libertad desde hace más de ocho años...

Con un nudo en la garganta, Mariana estableció comunicación con su hijo:

—Millo, hemos escuchado un mensaje de papá. Demos infinitas gracias a Dios, hijito de mi alma, al menos esta Navidad pudimos ver su imagen y escuchar su voz.

Madre e hijo se observaron a los ojos, luego lloraron durante largos minutos, abrazados en el sofá. Ella no quiso decir nada respecto de la cadena que vio al cuello de su delgado esposo. Emilio tampoco se refirió al tema. Curiosamente, ambos pensaron que era mejor no hacerlo por el bien del otro.

El *schnauzer* levantó las patas delanteras y las colocó sobre las piernas de sus dueños. Les hizo saber que él también estaba presente en el dolor.

Luego de que el segundero del reloj de pared completó su monótono ciclo algunas veces más, un ladrido que provino del antejardín llamó la atención de Spike que, sin dar mayor espera, salió de casa por una pequeña puerta que Mariana había acondicionado para él. Se trataba de Li.

—Hola, Spike.

—Hola, ¿Te enteraste? —preguntó el pequeño al tiempo de contestar el saludo.

—Sí, también en casa mis amos observaban la televisión. A esta hora, los humanos no hablan de otra cosa. ¿Cómo están Mariana y Emilio?

—De alguna manera, alentados por saber que Andrés está con vida y tristes al mismo tiempo. Escuché a Mariana mientras hablaba por teléfono con José. Aseguró que su esposo está muy delgado y demacrado.

—Vamos, amigo, hay que ser fuertes. Bien sabes que no pretendemos quedarnos con las patas cruzadas —aseguró el *chow chow*.

—Lo sé, gracias por haber venido.

—Oye, pequeño, aparte de venir a manifestarte mi apoyo, traigo novedades para ti.

—Dímelo, Li. ¿Se trata de algo bueno?

—Aún no lo sé.

—Habla. Te estoy escuchando.

—El tribunal supremo envió a un emisario hace poco más de una hora. Solicitaron hablar con los miembros del consejo territorial de El Círculo y también solicitaron tu presencia.

—¿Tribunal supremo? ¿No son aquellos de quienes me dijiste que velan por salvaguardar el secreto de comunicación canina?

—Así es, pequeño. Son ellos, o mejor, ellas.

—¿Y qué es lo que quieren?

—Eso lo averiguaremos acudiendo a su llamado, aunque para serte franco, esto no me huele bien, Spike —dijo Li, evidenciando preocupación.

—¿Crees que podrían obstaculizar nuestro plan de intervención directa?

—Espero que no se trate de eso, pero, de ser así, no tendríamos más remedio que obedecer.

—Pero te escuché decir que el tribunal procura no inmiscuirse en ningún aspecto diferente de la protección del secreto de comunicación canina.

—Sí, pequeño, dije que procuraban no inmiscuirse, pero nunca dije que no lo hicieran. Espero que no se trate de un nuevo problema que se agregue a los que ya tenemos. En tres días, Bruno, Óscar, tú y yo debemos acudir al llamado del tribunal.

Luego de un breve espacio de silencio, Spike se pronunció:

—Li, tengo miedo.

—No temas, pequeño. En el caso de que vengan más problemas, buscaremos juntos una solución. Te lo prometo.

36

EL TRIBUNAL SUPREMO

Finalmente, la Navidad se celebró como usualmente suele hacerse en la enorme ciudad. Unos comieron pavo relleno y otros, agua de panela con pan; algunos estrenaron ropa de pies a cabeza, otros lucieron sus mejores prendas debidamente lavadas y planchadas mientras otros mendigaron por un poco de comida. Unos gastaron enormes cantidades de dinero en licor y otros prefirieron ahorrar algo de dinero para la celebración del Año Nuevo. Algunos dieron gracias a Dios por el nacimiento de su hijo; otros ni siquiera se acordaron de hacerlo.

Muchos celebraron en libertad sin darse cuenta de que eran libres. Otros celebraron pensando que eran libres, pero en realidad no lo eran; algunos celebraron en cautiverio, deseando que la libertad dejara de ser un sueño difícil de alcanzar.

La familia San Clemente celebró intercambiando algunos regalos, compartiendo una bandeja de carnes frías, otra de quesos, una más de frutas y alguna selección de postres tradicionales de fin de año.

A pesar de que intentaron esquivar el tema de Andrés por consideración con el niño, esto no pudo ser posible, dado que fue el mismo Emilio quien se refirió en varias ocasiones a las imágenes que vio de su padre y las palabras que escuchó por medio del canal informativo.

Al fin, el cansancio hizo de las suyas en alianza con el sueño. Venció en primer lugar a Emilio, que, estrenando pijama que le obsequió su tía Alejandra, arribó a la cama a eso de las 2:23 am del 25 de diciembre, obviamente, en compañía de su inseparable amigo de cuatro patas.

Luego, cuando la familia también se disponía a disfrutar algunas horas de sueño, José se dio cuenta de que un sobre hacía parte de los adornos del árbol de Navidad. Un tanto extrañado preguntó a Mariana:

—¿Colocaste de nuevo la carta del niño en el árbol?

Mariana se extrañó ante la pregunta de su cuñado y, sin contestar nada, dirigió su mirada en dirección del árbol, donde, efectivamente, un sobre yacía entre las verdes ramas de sintético material.

En definitiva, no se podría responder con total certeza qué arrancaba más lágrimas de los ojos de aquella lastimada familia, si el cautiverio de Andrés o la desgarradora ternura de la más inocente de las víctimas de aquella indeseable realidad.

Al abrir el sobre, Mariana encontró una carta escrita por su pequeño hijo.

Bogotá, 25 de diciembre de 2006

Querido niño Jesús:

Entiendo que posiblemente hubo razones muy fuertes para no poder liberar hoy a mi papá.

Sin embargo, te agradezco porque al menos lo pude ver en la televisión.

Te pido, por favor, ayúdalo a romper esas cadenas que tiene en el cuello y, si te sobró algo de dinero cuando compraste los regalos para todos los niños, llévale un poco de comida, pues está muy flaco.

Afortunadamente no tengo que decirte dónde encontrarlo, pues ya me enseñaron que tú lo sabes todo.

Te quiero.
EMILIO

Luego de asimilar la tierna ingenuidad con la que Emilio escribió su carta, la familia concluyó que el niño aprovechó el tiempo que utilizó cuando subió a colocarse su ropa de dormir para hacer una nueva redacción que los dejó sumergidos en otro capítulo de tristeza que, simplemente, se agregaba a tantos momentos difíciles que ya habían tenido que soportar y enfrentar.

Como era de esperarse, los días pasaron y el jueves 27 de diciembre al fin llegó. Li, Bruno, Óscar y Spike se dirigieron juntos al lugar señalado por el emisario del tribunal supremo. Durante los cientos de metros que los peludos cuadrúpedos anduvieron, el silencio reinó. Muchas cosas se atravesaron por el pensamiento de los caminantes.

Si bien es cierto que Spike había pretendido dialogar antes con Abigaíl y Roxán, la prolongada permanencia de Mariana en casa durante los últimos días le había frustrado su intención de valerse nuevamente de las facultades extrasensoriales de sus amigas para poder adelantarse un poco a los sucesos que estaban por acontecer.

Paso a paso, los cuatro perros fueron ganando terreno hasta que, por fin, llegaron al sótano de un centro comercial acondicionado para estacionamiento de automóviles y motocicletas. El nivel más profundo de los cinco existentes para tal fin estaba completamente solo e inhabilitado, por el momento, para el tránsito de automotores.

El sensible olfato de los amigos los llevó directamente hasta el lugar donde se encontraban ellas: Nínive, Raquel y Minerva eran los nombres de las tres perras de raza dóberman que integraban el tribunal supremo.

Espigadas, de brillante pelaje, delgadas pero fuertes, conforme a su raza, esperaban sentadas con la frente en alto. Frías como bloques de hielo, inamovibles como grandes rocas. Parecían esculturas idénticas, creadas con el mismo material y en el mismo molde.

Los convocados se colocaron frente a ellas, a unos tres metros de distancia. Ciertamente, el ambiente se sentía tenso, como caucho que se estira hasta el extremo de sus propios límites y está a punto de reventar.

—Buenos días —cordialmente saludó Li.

—A decir verdad, apreciado Li, últimamente nuestros días no han sido muy buenos que digamos —respondió Minerva.

Dicha contestación parecía dejar claro que el presentimiento de los miembros del consejo territorial de El Círculo y del mismo Spike no estaba muy lejos de coincidir con el sentir de las integrantes del tribunal supremo.

Persistió un prolongado silencio que pareció calar hasta en las entrañas de los cuatro convocados. Después de varios, tal vez muchos segundos, en los que solo se oyó el ruido de motores de automóviles dirigiéndose a lo lejos, quién sabe hacia dónde, Nínive caminó hasta colocarse a unos cuantos centímetros de Spike. Lo miró fijamente a los ojos, lo olfateó, dio una vuelta en torno a su pequeña corporeidad, lo observó tan meticulosamente como un especialista en joyas que analiza la autenticidad de una piedra preciosa. Luego volvió a sentarse en el lugar exacto donde antes se encontraba. Mientras tanto, el *schnauzer* había sentido tanto miedo que irremediablemente tembló y unas gotitas de orín cayeron en el lugar donde se encontraba sentado.

—Así que tú eres el famoso Spike —exteriorizó Nínive, dejando entrever intención de reproche. Luego prosiguió, utilizando un tono de voz más fuerte—. No tienes idea de los problemas que tú y este consejo territorial nos han ocasionado.

El pequeño *schnauzer* bajó aún más la cabeza mientras intentaba controlar un poco su cuerpo que irremediablemente seguía temblando. El charquito de orines ya era evidente.

Temiendo que pudiera suceder algo más grave que una o varias rigurosas amonestaciones, Óscar cambió de lugar y, colocándose justo al lado de su pequeño amigo, le susurró al oído:

—No tengas miedo, pequeño.

Evidentemente, la actitud corporal del *rottweiler* enviaba un claro mensaje a las tres integrantes del tribunal supremo, algo así como: "Métanse con él y se las verán conmigo".

El silencio nuevamente reinaba, la tensión crecía cual espuma de cerveza que se sirve con agitación.

—Respetadas Nínive, Raquel y Minerva, ¿por qué no nos dicen de una buena vez la razón de esta convocatoria? Explíquense, por favor —intervino Bruno en tono conciliador.

—¡¿Explicarnos!? —respondió airadamente Raquel—. Desde el principio somos nosotras quienes requerimos una explicación. ¿A quién pretenden engañar? ¿Acaso creen que somos tontas y que desconocemos sus intenciones de intervenir en un conflicto humano?

—¿Acaso somos nosotras quienes debemos dar explicación respecto de la muerte de uno de los integrantes del trípode de conexión humana? —cuestionó Minerva, también de manera airada.

—¿Acaso fuimos nosotras las que nos inventamos una alianza con los lobos que durante siglos han sido nuestros enemigos? —preguntó Nínive.

—¿O somos nosotras las que involucramos en este proceso nada más ni nada menos que a una peligrosa serpiente con delirios de bruja? —se pronunció de nuevo Minerva.

—¿O acaso somos nosotras las que...? —expresó Raquel antes de ser interrumpida.

—¡ES MI CULPA! —dijo Li, quien, al tiempo de intervenir con su poderosa voz, asumió la responsabilidad por lo acontecido—. Justo cuando todo esto estaba comenzando, se me sugirió que ustedes deberían estar enteradas, pero nunca imaginé que este problema tomaría las dimensiones tan grandes que observamos en este preciso momento. Dije que prefería no hacerlo en virtud de que ustedes velan incansablemente por el cumplimiento de la ley del silencio canino, procurando no entrometerse en otro tipo de cosas. Ellos simplemente acataron mi sugerencia; así que, honorables Raquel, Minerva y Nínive, si necesitan un responsable por todo lo que ha acontecido, ese soy yo.

Las tres integrantes del tribunal supremo clavaron su mirada en Li durante todo el tiempo que habló. Luego, otro extenuante silencio emergió de la nada hasta que nuevamente una voz se escuchó.

—Los miembros permanentes de Comerca nos solicitaron detalles muy puntuales respecto de todo esto. Nosotras no teníamos ninguna explicación diferente a las habladurías que escuchamos de perros callejeros en cualquier esquina —lamentó Minerva.

—¿Qué es eso de Comerca, Óscar? —preguntó Spike muy suavemente, procurando no ser escuchado por las tres dóbermanes, pero no lo logró.

—Comerca es la sigla del Consejo Mundial de Especies y Razas Caninas Asociadas —respondió Raquel antes de que el *rottweiler* pronunciara palabra.

—Es la instancia jurídica más importante del reino canino sobre la faz del planeta, pequeño amigo. Su sede permanente se encuentra en París —complementó Óscar.

—Ellos son, precisamente, quienes nos han hecho un llamado de atención sin precedentes en la historia de este tribunal. Por lo tanto, se trata de algo inexplicable para ellos y también para nosotras que una acción tan seria y arriesgada como la que pretendieron y pretenden hacer no hubiera sido reportada con antelación a las máximas autoridades caninas del país —expresó Minerva.

—Nuevamente me responsabilizo por los problemas que les ha ocasionado mi descuido y les presento formalmente mis disculpas —dijo Li.

—Teníamos entendido, escuchando chismes de esquina, por supuesto, que el plan de intervención directa iniciaría en días anteriores. ¿Qué pasó? ¿Lo iniciaron? ¿Lo pospusieron? ¿Fracasó? —preguntó Raquel.

—Permítanme explicarlo —dijo Bruno—. Lola, una de nuestras piezas claves para el desarrollo del plan, empezó periodo de celo justo algunas horas antes que el plan debiera iniciarse. Como ustedes bien lo saben, los perros enloquecemos de deseo cuando sentimos el olor característico de las hembras de nuestra especie en dicho estado y, tanto nosotros como ellas, no pensamos en otra cosa distinta al apareamiento mientras el celo no pase. Luego, por haber perros, así como lobos machos dentro del plan de acción, no tuvimos otra opción diferente que la de suspender su ejecución.

—Y ahora, ¿qué piensan hacer? —preguntó Nínive.

—Nuestro plan consiste en esperar pacientemente a que pase el tiempo de celo de Lola, luego replantearemos con calma algunos aspectos del plan de intervención directa para llevarlo a cabo y así liberar a Andrés —respondió Bruno.

Las tres dóbermanes se miraron entre sí, luego, Raquel tomó de nuevo la palabra:

—Los miembros permanentes de Comerca, por medio de nosotras, desean hacerles saber algunas condiciones que deberán cumplir para poder llevar a cabo la ejecución del plan de intervención que tienen en mente. De no cumplir a cabalidad con cada una de estas disposiciones, no estarán autorizados para llevarlo a cabo.

De una u otra manera, los cuatro perros que fueron citados a ese frío estacionamiento empezaron a imaginarse lo peor. Tal vez, los requerimientos de la máxima instancia de autoridad canina a nivel mundial les exigirían requisitos muy difíciles de cumplir.

—Hoy mismo tendrán que empezar a rendir informe de la manera más completa, detallada y exhaustiva posible respecto de la manera como se ha ido desarrollando todo esto. Luego, nos deberán mantener informadas de todo cuanto suceda en adelante respecto de la liberación del papá de Emilio. Como tercera condición, deberán detener todo intento de intervención hasta que se escoja al miembro faltante del trípode de conexión humana —concluyó Raquel.

Entonces, fueron los tres miembros del consejo territorial los que cruzaron miradas, al igual que el *schnauzer*.

—Raquel, no tenemos ningún problema en darles información exhaustiva de todo cuanto ha sucedido, pero la espera de la selección de un humano para la integración del trípode de conexión podría tardar desde unos cuantos meses hasta años enteros. Bien sabes que, desde el asesinato de Pierre Harper, ninguna autoridad canina ha presentado una propuesta que llene las expectativas de las exigentes normas vigentes para la selección de un candidato —manifestó Óscar, experto conocedor de la normatividad canina en toda su extensión.

—Lo sentimos, Óscar, pero la disposición ya está dada y bien sabes que muy difícilmente los miembros de Comerca dan un paso atrás cuando ya han tomado una resolución. Así que, les guste o no, tendrán que acatar la norma —respondió Raquel.

—Honorables miembros del tribunal supremo, tal vez nuestro error ha sido centrarnos tanto en la angustia del amo de uno de los perros de nuestro territorio. No saben ustedes por todo lo que hemos tenido que pasar; se trata de una sensación de frustración cada vez más profunda cuando sentimos que, a pesar de nuestros esfuerzos, las cosas no resultan como deseamos. Entiéndannos, se los suplico, cada día que se prolonga este cruel suplicio es como una espina que se inserta en la piel de esa indefensa criatura, suscitando dolor en su tierno ser, lastimando la pureza e ingenuidad de su alma. Tiene que haber una alternativa diferente, tengan compasión de ese niño —manifestó Li con voz suplicante.

—Tus palabras llegan a mi corazón, apreciado Li, pero se trata de una orden que proviene de una autoridad que sobrepasa la de este tribunal supremo. Sea cual sea el tiempo que se requiera para escoger el nuevo miembro del trípode, no podrán reiniciar su plan hasta que dicho humano sea escogido —agregó Minerva.

Spike sentía que el mundo bajo sus patas se derrumbaba. Bajó su mirada en dirección al frío suelo, dos lágrimas cayeron de sus ojos y se esparcieron tímidamente sobre la superficie de duro concreto. No hizo falta que pronunciara una sola palabra, su expresión lo decía todo.

Muy tiernamente, Óscar lo apoyó con dos lengüetazos antes de decirle:

—No te rindas, pequeño.

Bruno aspiró profundamente. Luego de exhalar se dirigió de nuevo a las tres interlocutoras.

—Siendo así, respetado tribunal supremo, les pido que permitan a mis amigos retirarse. Yo me quedaré para empezar a proporcionarles la información detallada que han solicitado.

—No vemos ningún inconveniente, Bruno, pero, antes de que tus amigos se vayan, tenemos algo más que decirles —dijo una de ellas.

—Adelante, Minerva, dilo, acabemos esto de una buena vez —expresó Óscar, evidenciando su mayúscula insatisfacción.

—Respecto del tiempo requerido para la selección del integrante del trípode de conexión humana que hace falta, queremos decirles que dependerá en gran medida de uno de ustedes cuatro —manifestó ella.

—No entiendo nada. ¿Qué es lo que quieres decir? —preguntó Li.

—Lo que quiero, o mejor, queremos comunicarles es que el líder del consejo mundial de especies y razas caninas asociadas ha escogido ya al perro que tendrá el honor histórico de seleccionar al próximo integrante del trípode de conexión humana —afirmó Minerva. Su voz ahora sonaba conciliadora.

—Así es —intervino Nínive y, mirando directamente a los ojos del *schnauzer*, prosiguió—. Si bien hay muchas cosas que no sabemos de su elaborado plan, la raza canina del mundo entero está gratamente impresionada por lo que ha logrado el amor y la valentía de un can que, aunque pequeño, ha demostrado tener un corazón muy grande.

—Nos han llegado mensajes de miles y miles de perros de los cinco continentes, manifestando su apoyo a tan noble disposición y desean expresarte, por medio de nosotras, lo felices que se sienten de que alguien como tú integre la preciosa raza de los *schnauzer* miniatura —dijo Raquel.

—De igual manera, el líder supremo de Comerca te notifica, también por nuestro medio, querido Spike, que tú has sido el elegido para seleccionar al próximo integrante del trípode de conexión humana. De todo corazón..., ¡felicitaciones! Representas un enorme orgullo para nuestra especie —concluyó Nínive.

Antes de que el pequeño pudiera contestar una sola sílaba, todos los presentes se conmocionaron ante una consecuencia inesperada luego de tan feliz y significativa noticia. Spike se desmayó, su pequeño cuerpo cayó justo sobre su propio charquito de orines.

37

EL ACUERDO DE LA CRISIS CUBANA

Antonella y Horacio no paraban de hablar mientras caminaban a suave ritmo por los corredores secretos (para los hombres, no para los perros) de las dependencias centrales de Comerca ubicadas en algún lugar de los laberintos interminables en la ciudad subterránea de París. Ella era una bellísima y espigada ejemplar de la raza pastora afgana, de unos 72 centímetros de estatura, aproximadamente, cuyo color de pelaje resultaba ser una auténtica y bellísima extrañeza, no solo por el brillo y la suavidad de su textura que, como una cascada, parecía caer hasta rozar el piso, sino también por su color que empezaba en su hocico con un negro tan intenso cual inexplorable oscuridad que progresivamente se degradaba desde detrás de su cuello, pasando al menos por siete tonalidades de gris para acabar finalmente en su cola con un blanco tan reluciente como el de un pico nevado.

Por su parte, Horacio era un *bulldog* inglés. Mal encarado, rechoncho y pequeño, a lo sumo unos 33 centímetros de estatura, siendo generosos. Su pelaje blanco y mostaza resultaba ser muy normal para perros de su raza, excepto por una mancha oscura que circundaba su ojo izquierdo. Odiaba caminar con perros que lo excedían en tamaño, como en el caso de Antonella, pues, mientras ella se desplazaba tranquilamente dadas sus largas patas, él debía redoblar su velocidad, lo cual le resultaba incómodo.

Sin embargo, ninguna caminata podría ser lo suficientemente extenuante como para pasar por alto la agitación inusual de las últimas jornadas en las dependencias de Comerca. Delegaciones venidas de aquí y de allá, altos representantes de las diferentes razas pululaban bajo la agitada ciudad, manifestando, en su mayoría, inconformidad; otros, su preocupación e incluso indignación respecto de los acontecimientos de los últimos días.

—Lo sé, lo sé, Antonella. No soy ningún estúpido como para no entender las dimensiones de este problema, pero, por favor, ten algo de consideración conmigo, no alcanzas a imaginarte la cantidad de canes que he tenido que escuchar en estos días, descargando sus quejas frente a mí, como si yo fuera el responsable directo de este circo de irresponsabilidades. Siento que estoy a punto de volverme loco con todo esto, mi cabeza no da para tanto —se lamentaba el *bulldog*.

—Pues será mejor que te vayas acostumbrando, Horacio. Por si no lo sabes, al menos una veintena de delegaciones vienen en camino y deberán llegar a lo sumo en dos días; ya estarían aquí de no ser por el invierno. ¡Y los salvajes! ¡¿Qué les vamos a decir a los salvajes para justificar este caos?! —se pronunció la preocupada pastora afgana.

—¿Tienes mejor opción de respuesta que la verdad? Desde hace más de nueve años caninos, yo mismo venía advirtiendo la urgencia de elegir un nuevo líder supremo para nuestra especie. Lo advertí, Antonella..., lo advertí, pero mi voz tuvo tanta resonancia como una gota de agua que cae en el desierto. ¿O acaso me vas a decir que no lo recuerdas?

—¿Ahora me culpas? ¿Quién habría podido anticiparse a que Argos procediera de forma semejante?

—¡Yo, Antonella! ¡Yo me anticipé!

Argos era un perro de raza gran danés que había regido los destinos de la especie a lo largo de los últimos 21 años caninos (correspondientes a tres años humanos). Contrario a las responsabilidades humanas de dirigir las riendas de un país, nación, reinado o territorio, la dirección de la especie canina no había implicado, desde tiempos muy antiguos, noches de desvelo ni jornadas de profunda preocupación, hasta ahora.

Por otra parte, las campañas políticas para elegir mandatarios humanos suelen ser, en muchos lugares, verdaderos focos de mentiras disfrazadas de verdad, de alianzas engañosas entre corruptos sedientos de poder y beneficios económicos que, con tal de ocupar altos cargos, venden hasta sus propias conciencias y prometen lo que de antemano saben perfectamente que jamás van a cumplir.

En el caso de los perros, se trata de una situación diametralmente diferente. Con muchísima dificultad, el corazón de un can podría llegar a corromperse como el de un hombre; durante muchos siglos no ha existido mayor variabilidad entre los comportamientos de los dos grandes grupos en que están divididos: los domésticos y los salvajes.

A propósito, la división empezó justamente en el momento de la primera intervención canina en un asunto humano. Algunos estudiosos se refieren al mismo tema bajo el nombre de "primeras domesticaciones" y aseguran que dicho acontecimiento tuvo que haber sucedido hace entre 7000 y 12.000 años, pero no fue así. Todo comenzó a principios del verano del año 14.672 a. C., para ser exactos; una tarde en que la joven Hui Ying, luego de troncharse un pie al caer de un árbol en el que comía algunos frutos silvestres, fue defendida por Enkhjargal, una antepasada de los actuales lobos tibetanos, del ataque de Qiang, el tigre que pretendió aprovecharse de la vulnerabilidad de la mujer para convertirla en su cena. Todo esto aconteció en algún lugar de lo que actualmente conocemos como la provincia china de Gansu. El clan de Hui Ying, en agradecimiento por tan bello gesto de protección, acogió a Enkhjargal como a uno más de sus miembros y, junto a ella, compartieron emocionantes experiencias durante largos, largos años. (Tal vez, algún día valdría la pena escribir esa bella historia).

Siguiendo con las dos grandes divisiones, es importante tener claro que ambas se subdividen en otros grupos y subgrupos. Por ejemplo, los domésticos se encuentran subdivididos en dos grandes ramificaciones, que son los mestizos y los de raza. No todos los mestizos son iguales, pues las diferencias entre unos y otros pueden llegar a ser bastante considerables. En general son fieles y leales cuando encuentran el amor de un humano que los cuida, ama y acoge. Otra cosa que define su perfil es su arraigada territorialidad. Es por eso por lo que algunas veces se les ve peleando en las calles y, cuando sus grupos crecen, se organizan en manadas al igual que sus más antiguos predecesores, los lobos.

Por otro lado, los perros de raza están divididos, de acuerdo con las clasificaciones ideadas por los humanos, dados su tamaño, inteligencia, fortaleza, sociabilidad y carácter. Sin embargo, todas esas diferenciaciones son casi irrelevantes para los animales en virtud de su peculiar manera de concebir la realidad.

En cuanto a los salvajes, su clasificación depende, en gran medida, de su lugar de procedencia, de su tamaño y organización social. Si bien es cierto que los grandes grupos son conocidos como lobos, coyotes, dingos, zorros y chacales, difieren unos de otros por variables físicas o de comportamiento. Solo en el caso de los lobos, por ejemplo, se podrían mencionar los de tipo ibérico, italiano, ruso, árabe, del Himalaya, indio, gigante de Kenai, ártico, mexicano, etcétera.

Muy bien, basta de clasificaciones... Volvamos a Argos, el gran danés que fue elegido líder supremo de los cánidos a finales del año 2003, ya a una edad avanzada, lo cual generó sorpresa entre domésticos y salvajes, pues no era usual que un grupo u otro hicieran candidato a un animal de edad considerable para desempañar tal función.

Nunca hubo pugnas entre un bando y otro por la elección del líder, se había determinado que los periodos al mando, prudencialmente, no deberían exceder cinco primaveras, en virtud de garantizar que las condiciones mentales del animal elegido fueran lo suficientemente aptas para enfrentar alguna eventualidad en el numeroso conglomerado canino internacional. Sin embargo, dichas eventualidades se habían reducido a pocos aspectos muy concretos en el devenir de la especie.

Los salvajes veían con preocupación el avance territorial de la raza humana sobre grandes espacios que a lo largo de las últimas décadas habían mermado sus poblaciones, extinguido a otras y obligado a emigrar a muchos para encontrar nuevos espacios necesarios para el establecimiento de las manadas y la lucha constante por la supervivencia.

Los domésticos, por su parte, se lamentaban por el significativo aumento de la población callejera, especialmente en países de economías débiles, lo cual había llevado a muchos hermanos de especie a vivir en condiciones deplorables e insufribles. Otro de sus grandes problemas era el creciente gusto por carne de perro en algunos países asiáticos, lo cual los llevaba a reconsiderar la normatividad de evitar el ataque a los humanos en virtud de su legítima defensa.

El trabajo del líder supremo consistía en revisar las alternativas de solución presentadas por las diferentes instancias caninas instituidas en cada región, evaluarlas con un selecto grupo de consejeros, unos permanentes y otros rotativos, para finalmente autorizar o desautorizar un plan de acción para hacer frente a lo que pudiera atentar contra la estabilidad de la especie.

A pesar de los muchos problemas que enfrentaban a lo largo y ancho del mundo, no cabía la menor duda de que los domésticos habían sido exitosos en cuanto a su evolución natural gracias a su milenaria cercanía con los *Homo sapiens*. De tal manera que, a pesar de que ellos (los humanos) eran los responsables de muchos de los grandes problemas de los perros, por otra parte, también propiciaron que se ganaran un lugar envidiable al lado de la especie que regía los destinos del mundo.

Los cánidos nunca fueron partícipes de rivalidades a causa del poder; es más, el poder no les interesaba. Lo mejor que le puede suceder a un perro es encontrar el amor de un humano, por tanto, su ambición más grande es la de dar con un hogar en el que se lo respete, cuide, mime, estime y considere. Por tal motivo, lidiar con quejas y problemas en las dependencias de Comerca no atrae particularmente a ningún can, pues lo obliga a una soledad que oxida su existencia y carcome su espíritu. Bien se podría decir que vive rodeado de otros perros, lo cual es indiscutiblemente cierto, pero no es lo mismo.

Un perro doméstico no cambiaría el aprecio de un humano por el de otro perro y su amor por un buen dueño tenía todo el potencial de ser tan grande que podría llegar al punto de sacrificar su propia vida por el bienestar de su amo.

De tal manera que, entre estar en un tibio hogar haciendo compañía a un buen hombre o mujer y pasar insoportables horas, días, meses y años en una dependencia secreta ubicada varios metros bajo la superficie de la tierra, comiendo siempre del mismo concentrado y bebiendo de la misma agua, sin posibilidad de ser acariciado sobre la cabeza mientras se deja caer graciosamente la húmeda lengua por uno de los dos costados del hocico, sin sentir el suave cosquilleo de los dedos que tiernamente masajean el cuello, sin nadie que le arroje la pelota sobre el césped para disfrutar de un juego entretenido con los niños, sin pájaros revoltosos a quienes ladrar mientras los persiguen inútilmente, sin nadie a quien batir la cola cuando al fin llega a casa después de una dura jornada de trabajo... No, Comerca no es la vida que ningún perro desearía.

¿Y los salvajes? Ni qué decir de ellos. Solo pensar en cambiar la extensión de los grandes bosques, llanuras o desiertos, las noches de luna llena, la caza en grupo y la vida en manada por las estructuras físicas de un mundo subterráneo, de luces artificiales y extenuantes protocolos, en fin... era una verdadera desgracia la simple candidatura para el liderazgo de la especie que rotaba ininterrumpidamente de domésticos a salvajes y de salvajes a domésticos en mandatos de no menos de tres a no más de cinco primaveras, otra de las diferencias substanciales respecto de los mandatos de los seres humanos actuales, especialmente los de países democráticos, cuyos mandatos se caracterizan por la misma durabilidad en extensión de tiempo, a no ser que sean interrumpidos por diversas causales, como grandes escándalos políticos, sublevación generalizada de los ciudadanos que obligue a su renuncia, golpes de Estado, deterioro de salud o muerte de los mandatarios, entre otras.

Argos había sido un perro fiel a su amo, Steve McCarthy, un suizo que pagaba sus estudios en finanzas trabajando buena parte de su tiempo en una multinacional de comidas rápidas. También era músico, con una tremenda predilección por el jazz, por lo cual formaba parte de una banda de varios integrantes en la que participaba tocando excepcionalmente el piano. Corrió con la mala suerte de un accidente mientras practicaba deportes de invierno, en el que un fuerte golpe en la cabeza acabó con su vida de manera casi inmediata, dejando a su fiel compañero sumido en la más profunda de las tristezas y en la soledad casi total. No fue nada fácil para el gran danés encontrar un nuevo sendero en el cual dirigir sus patas. Meses de angustiosa desesperación vivió mientras se sentía morir por la contundente ausencia de quien fuera su amoroso compañero.

El consejo territorial al que pertenecía le brindó especial atención y lo acompañó permanentemente durante los días de más intenso duelo. Ningún humano fijó de nuevo sus ojos en Argos para seleccionarlo como mascota, pues, aparte de ser muy grande, sus ojos se veían permanentemente tristes y su ánimo por completo desvanecido.

Finalmente, luego del dolor llega la resignación y, luego de la resignación, la aceptación frente a lo que inevitablemente no tiene forma alguna de ser modificado, el buen Argos, a pesar de una evidente sensación de vaciedad en su corazón, logró reponerse de tan duro golpe proporcionado por la vida, pero no quiso volver a ser incorporado a ningún hogar. Temía enormemente volver a amar tan desmedidamente como lo hizo con Steve y exponerse a un sufrimiento semejante que, sin lugar a duda, acabaría con su vida.

Anduvo por curiosos senderos, dejándose llevar por su olfato y también por su instinto. Finalmente, en el ir y venir de su cuadrúpeda existencia, sus patas se cansaron de tanto caminar, por lo que terminó ofreciéndose como candidato para integrar el cuerpo de seguridad de Comerca. Gracias a su tamaño y apariencia, no tardó mucho tiempo en ser aceptado y así empezó un nuevo capítulo en la historia de su vida. Su madurez, ecuanimidad e inteligencia emocional no pasaron desapercibidas. Con el tiempo se fue incorporando más y mejor a las dinámicas institucionales, realizando sus labores asignadas con particular dedicación. Luego de pocos años caninos, con una rapidez que sería envidiable si de ascensos humanos se tratara, terminó constituyéndose en el líder supremo de la especie, sucediendo en el puesto a la coyota Anayanzin que, luego de cuatro primaveras, regresó a las tierras que la vieron nacer en el estado de Sinaloa, en el norte de México.

El mandato de Argos se caracterizó, como muchos de los anteriores, por la monotonía que implicaba prestar los servicios para un puesto en el que no había mucho por hacer. Los destinos del mundo no estaban regidos por la voluntad de los perros; por tanto, independientemente de lo que uno u otro grupo, raza, consejo o tribunal demandara, la subordinación a la raza humana era tanta que Comerca apenas si se había dedicado durante siglos a llevar cuenta escrita de la historia de la especie de los cánidos en el mundo y a recibir quejas, reclamos, sugerencias, críticas y aportes de una u otra índole; unos importantes, otros no tanto pero, eso sí, cuidando sobremanera no violar el pacto de silencio y no inmiscuirse demasiado en asuntos concernientes a los hombres.

Sin embargo, las dependencias de Comerca, sumergidas casi siempre en el monótono pasar de los días, mostraban mucha agitación cuando finalizaba la vida de uno de los tres integrantes del trípode de conexión humana. Llegaban propuestas de todas partes para elegir a un nuevo portador del secreto de comunicación canina; casi todos parecían tener el candidato ideal para tal fin. Al mismo tiempo, las dependencias parisinas recibían un selecto grupo de consejeros, entre domésticos y salvajes (115 en total de los 117 esperados para la elección de Pierre Harper) que, reunidos con el líder supremo y con los dos miembros del trípode aún vivos, deliberaban durante largos días respecto del perfil humano más adecuado para llevar a cabo tan importante función.

La elección de un miembro del trípode siempre había funcionado así desde el establecimiento del tratado de Ankara en el año 1907. Allí se había determinado que los humanos a quienes se revelara el secreto de comunicación canina serían elegidos por el líder supremo con ayuda de los consejeros domésticos y salvajes previamente establecidos para tal fin, junto a los dos miembros del trípode de conexión humana restantes, todo esto luego de días de discernimiento, reflexión y meticuloso estudio de los escogidos.

Sin embargo, existía una modificación de la cláusula, a la que poco o nada se le había prestado atención, dada la fuerza de la tradición adquirida a lo largo de los años previos a dicho cambio, más aún, teniendo en cuenta que antes de enhuellarse el tratado, la elección de los miembros del trípode de conexión humana no había variado mucho desde mediados del siglo XIV. Dicha reforma, poco común en la reglamentación canina internacional, obedeció a una circunstancia tan específica como particular en la historia de la humanidad: la crisis de los misiles en Cuba del mes de octubre de 1962.

Todo empezó cuando aviones espías de los Estados Unidos descubrieron bases de misiles soviéticos en territorio cubano, lo que generó un conflicto sin precedentes entre ambas superpotencias, llevando incluso a declarar la condición de alerta Defcon 2 en territorio norteamericano, apenas un nivel por debajo del máximo conocido y cuyo significado es "paso previo para una guerra nuclear".

El punto más álgido del conflicto tuvo lugar el 27 de octubre de ese año, recordado aún como "el sábado negro", cuando la defensa antiaérea de los soviéticos instalada en la isla de Cuba derribó un avión espía estadounidense con un misil tierra-aire.

Los perros no fueron ajenos a tan terribles jornadas de ansiedad desmedida. Charlie, la mascota *terrier* inglés del entonces presidente John F. Kennedy, se había encargado de informar las poco esperanzadoras noticias a la población canina cercana que, a su vez, las trasmitía a los perros del mundo entero. El cataclismo se aproximaba a la velocidad de un rayo. Ninguna de las dos partes parecía estar interesada en dar su brazo a torcer.

Pushinka, la perra mestiza rusa que el mismísimo Nikita Khrushev había regalado a la hija de los Kennedy en junio de 1961 como un gesto de amistad y paz, caminaba de aquí para allá a toda prisa por los interminables pasillos de la

Casa Blanca, intentando así aplacar sus incontrolables nervios ante la gravedad de lo que ya parecía inevitable.

Strelka, la mascota consentida de Khrushev, parecía tener un poco más de control emocional, aunque su corazón dijera exactamente lo contrario, mientras observaba muy atentamente a su amo en las dependencias del Kremlin, cuya estructura física fue azotada durante toda aquella jornada por una fría e inmisericorde ventisca.

Así, tanto de Washington como de Moscú llegaron noticias muy poco alentadoras hasta las dependencias parisinas de Comerca, donde no paraban de hacer cálculos respecto del impacto que la guerra termonuclear tendría no solo sobre los humanos, sino también sobre todas las especies de la faz del planeta, incluidos los cánidos, por supuesto.

Por tanto, en una sesión de carácter extraordinario, acompañado de una veintena de sus más fieles consejeros, Afewerki, el lobo de Etiopía que había sido elegido líder supremo en el verano de 1960 estableció una cláusula modificatoria que acompañó con un sentido texto que decía:

Hermanos y amigos cánidos sobre toda la faz de la Tierra:

Dadas las terribles circunstancias que acontecen en territorio cubano en el preciso momento que escribo para ustedes estas líneas, en compañía de 21 de nuestros más fieles consejeros me permito enviar a todos un mensaje de esperanza a pesar de los negros nubarrones que hoy se posan sobre nuestra temporal existencia.

Como bien saben, estamos al borde de una guerra que nunca quisimos que llegara, pero finalmente, en esta dramática jornada ha decidido acercarse peligrosamente al umbral de nuestras puertas.

No sabemos lo que acontecerá, no sabemos si veremos el brillar de un nuevo día, no sabemos si en algunas horas contaremos aún con el precioso tesoro al que llamamos vida.

En caso de que llegue el indeseable momento del lanzamiento de la primera cabeza nuclear, nuestra especie se verá profundamente afectada. Las explosiones, radiación y nubes tóxicas acabarán con una enorme cantidad de hermanos cánidos, pero no será el final. Posteriormente, la drástica disminución de la temperatura a causa de la nube radioactiva esperada para después de las detonaciones seguirá pasando factura respecto de la vida de muchos sobrevivientes.

Sin embargo, también sabemos que no todo se extinguirá y que cuando la radiación disminuya y nos permita volver a ver lo poco que la guerra deje en pie, tendremos que empezar a reconstruir nuestras vidas sobre las alfombras interminables de sangre, muerte y podredumbre que nos deje este infeliz capítulo de nuestra existencia.

Muy a pesar de esto, de lo gris que pueda parecer el panorama, los humanos seguirán necesitando de nosotros y nosotros de ellos. Les suplico, queridos hermanos y amigos, tener en cuenta las siguientes disposiciones y cumplirlas a cabalidad, en caso de la llegada de la guerra.

Domésticos:

** No abandonen a sus amos, muchos necesitarán protección y defensa.*

** Todos los que puedan, ayuden a encontrar sobrevivientes, especialmente en aquellos lugares en que la guerra llegue a ser más cruda. Bien saben que los humanos no cuentan con nuestro olfato ni instinto… No los desamparen.*

** Muchos lugares carecerán por largos meses de servicios básicos como energía eléctrica. No duden en constituirse en fuentes de calor, especialmente para los niños, que siempre son los más vulnerables.*

** Identifiquen hombres y mujeres que lo hayan perdido todo y a todos. Denles amor, denlo sin medida.*

** Si en el peor de los casos escasea la comida y no tienen más remedio que acudir a nuestra carne, no corran por sus vidas, ofrézcanla por ellos.*

Salvajes:

** Luego de detonadas las bombas de destrucción y muerte, aléjense cuanto puedan de las zonas radioactivas.*

** Aquellos que no sean afectados tan severamente por las consecuencias directas e indirectas de este enfrentamiento, cuiden y defiendan sus territorios, pues luego de la guerra vendrá* *una gran confusión y, con ella, desplazamientos forzados a nuevos lugares.*

** Protejan a los cachorros, pues de ellos dependerá en el futuro la continuidad de nuestra especie.*

** Procuren no acercarse más de lo debido a los asentamientos humanos, ellos estarán acompañados por los domésticos que sobrevivan, pero muy confundidos, podría ser peligroso.*

En Comerca, nos hemos encargado de proteger a dos domésticas y dos salvajes en estado de preñez. Tendrán provisión suficiente para ocho meses en caso que la nube radioactiva sea más cruel de lo que se ha anticipado y el exterminio supere los cálculos humanos.

Aquellos cánidos que sobrevivan a la tragedia tendrán la responsabilidad de dar cauce a una nueva etapa de nuestra historia. Dadas las condiciones de la guerra y las consecuencias trágicas de este u otros conflictos armados por venir, el líder supremo tendrá la facultad, desde este día en adelante, de elegir a un can cuyo trabajo por el bien humano sea contundente tanto como admirable, para que este, a su vez, elija con su mente, corazón y sabiduría canina un nuevo integrante del trípode de conexión humana que reúna cualidades ejemplares para, junto a nosotros, trabajar incansable y decididamente a favor de la paz, la hermandad y la armonía. Eso sí, únicamente en el caso que alguna de las tres sedes se encuentre vacante.

Comuníquese y cúmplase.

Enhuellado por el líder supremo Afewerki, lobo de Etiopía, en la ciudad de París, a los 27 días del mes de octubre del año 1962.

La sabiduría canina los acompañe.

Poco tiempo después de enhuellado tal mensaje, Estados Unidos y la Unión Soviética llegaron a un acuerdo que reduciría considerablemente los altísimos niveles de tensión, no solo para los humanos, sino también para todas las especies que comparten el planeta con ellos.

Domésticos y salvajes, a lo largo y ancho de la Tierra, celebraron la buena nueva con particulares demostraciones de desbordante alegría. Pero la amenaza de la confrontación seguiría; para nadie era un secreto que la guerra fría había dividido el mundo en dos partes que, aunque tensamente tranquilas, estarían pendientes de cualquier tipo de provocación para responder en el momento que fuera necesario.

Los cánidos también lo sabían perfectamente, razón por la cual decidieron dar vigencia indefinida al documento que más tarde fue conocido como "El acuerdo de la crisis cubana". El mismo que fue utilizado por Argos, de manera unilateral, para autorizar a un *schnauzer* miniatura para la selección del miembro del trípode de conexión humana que hacía falta desde que Amílcar asesinó a Pierre Harper.

—¿Acaso su aplicabilidad no se limitaba al caso extremo de una guerra nuclear o de un conflicto bélico de grandes proporciones? —preguntó la pastora afgana.

—No, Antonella, el acuerdo no limita su aplicación a un conflicto nuclear que, afortunadamente, ahora es menos probable que antes, pero sí habla de "otras guerras o conflictos armados por venir".

—¿No se suponía entonces que tendría que haber dos o más países involucrados? —insistió ella.

—No. Esa especificación tampoco está escrita.

—¿Cómo pudo atreverse a violar de buenas a primeras un orden establecido desde mucho antes que fuera elegido líder supremo?

—Antonella, si leemos el texto, Argos no ha violado ningún orden establecido. Está perfectamente ceñido a una normativa legal y debidamente aprobada —respondió el *bulldog*.

—Parecería que estuvieras de su parte —recriminó ella.

—No es así y bien que lo sabes, pero tenemos un collar en el cuello y un bozal en nuestros hocicos. No podemos hacer nada en contra del acuerdo. Lo escrito, escrito está —respondió Horacio, mirándola fijamente a los ojos.

Antonella calló por algunos segundos que utilizó para reacomodar sus pensamientos y pronunciar algo que caería como un yunque sobre la pata de Horacio.

—¿Acaso no te das cuenta de lo que está pasando? ¿Acaso soy la única en este lugar que siente el olor de la desgracia que se nos viene encima? —se pronunció ella con voz entrecortada.

—¿A qué te refieres?

—Horacio, un nutrido grupo de domésticos y salvajes han catapultado al *schnauzer* a una popularidad sin precedentes en nuestra especie. No hay lugar sobre la faz del planeta donde no se hable de él. Por otra parte, numerosas delegaciones llegaron, llegan y seguirán llegando para manifestar su más enérgica protesta por todo esto. ¿Lo ves? Domésticos y salvajes, uno y otro bando estamos divididos entre partidarios y detractores de la intervención directa, así como de la manera que se pretende elegir al nuevo miembro del trípode de conexión humana —se pronunció la afgana con preocupación desbordante.

—¿Qué me quieres decir, Antonella? ¿Qué consecuencias crees que nos puede traer todo esto?

— Horacio... ¿Acaso es tan difícil de imaginar...? Nunca, nunca desde la división entre domésticos y salvajes, hemos estado tan peligrosamente cerca de un nuevo cisma. ¿Ahora lo entiendes o requieres que sea aún más clara?

Horacio miró fijamente a los ojos de su compañera, tragó saliva y sin poder pronunciar palabra, sintió cómo su sangre bajaba de temperatura dentro de su obesa corporeidad, mientras su corazón incrementaba sustancialmente el ritmo cardíaco.

El *bulldog* se dio media vuelta y vio fijamente sus propios ojos reflejados en un espejo frente a él. Luego, en el mismo reflejo, vio de nuevo a Antonella.

—No había contemplado esa posibilidad —dijo él.

—No te baste con contemplarla, considérala como un peligro inminente. Piensa por favor en una posibilidad viable para hacer frente a esto; tenemos que hacer algo antes de que sea demasiado tarde.

Y concluyendo así, la pastora afgana se retiró.

Un cisma, el peor de los escenarios para la especie a lo largo y ancho del mundo. Aún después de más de veinticinco mil años, los cánidos siguen refiriéndose a la división como un lamentable suceso que jamás debió suceder, como una vergüenza digna e imposible de ser olvidada al mismo tiempo; como una sombra de la historia que valdría la pena no tener memoria para relegarla al olvido.

Un torbellino de perturbadores pensamientos tan incómodos como la sarna llevaron a Horacio al borde de un colapso. Había que decidir algo, había que proceder de manera inmediata.

El *bulldog* inglés caminó de manera errática de aquí para allá, de allá para acá. Parecía un felino encerrado, desesperado por salir de una jaula angustiosamente limitante. Por desgracia, nadie le enseñó jamás que los momentos críticos son los peores para tomar decisiones importantes; ni la tristeza ni la ira ni la ansiedad o angustia ni la excesiva felicidad, incluso, son buenas consejeras y nos pueden llevar a cometer lamentables errores, a veces irreparables.

Cegado por las repercusiones que podría acarrear un posible cisma, así como por la posibilidad de una nueva vergüenza histórica para los cánidos, por sentir que tenía la obligación de hacer algo frente a la sombra perturbadora que, de la nada, había aparecido para cubrir de desgracia divisoria a su especie milenaria, Horacio emprendió camino por un sendero de oscuros túneles muy poco conocidos, salvo por un reducidísimo grupo de canes que sabían muy bien lo que allí se encontraba.

Poco a poco, el camino se iba haciendo más oscuro y húmedo a medida que el *bulldog* inglés avanzaba nerviosa pero decididamente a intentar poner punto final a tan desafortunado peligro emergente. Una que otra inoportuna, sucia y peluda rata huía al sentir la presencia del animal que se aproximaba por el casi intransitado lugar. El oscuro sendero se transformó finalmente en un conjunto de escaleras que bajaban más y más.

Numerosos cráneos humanos esparcidos desordenadamente sobre el frío suelo se constituían en el recordatorio relativamente olvidado de aquellos fulanos y zultanos cuyos restos óseos fueron arrojados allí mucho tiempo después de que se acabara la explotación de piedra caliza y se decidiera utilizar los extensos túneles para dar una nueva morada a los muertos.

Luego de algunos cientos de pasos más, Horacio se detuvo unos instantes frente a una entrada tallada en piedra que daba acceso a un laberinto de túneles aún más oscuros, húmedos, tenebrosos y fríos en cuya parte superior pudo leer: *¡Arrete! C'est ici l'empire de la mort* (¡Detente! Aquí está el imperio de la muerte). El cuadrúpedo gordinflón observó durante tiempo considerable la poco casual advertencia. Parecía como si los humanos que la escribieron, con mazo y cincel hubieran sabido, presentido o imaginado de antemano los oscuros secretos que muchos años después esconderían allí los mejores amigos del hombre.

Inhalando un poco más de aire viciado de muerte y excremento de ratas, Horacio se llenó de valor para continuar con la etapa final del tétrico y, ahora, laberíntico camino. El suelo se tornaba más frío y también resbaloso, dada la sustancia viscosa que recubría la piedra del sendero ligeramente inclinado… ¿hacia abajo o hacia arriba? Dependía de la dirección en que se caminara. En el caso del *bulldog*, hacia abajo, por ahora.

Unas protuberancias en el suelo se encargaron de avisar al can que era el momento indicado para detenerse. A unos cuatro metros, una reja de gruesos barrotes obstaculizaba el paso de todo aquel que por extraña casualidad o accidente pudiera transitar por ahí. Dicha reja había sido instalada por los antiguos romanos con un propósito desconocido; los canes la aprovecharon para asegurarse de que nadie entrara al oscuro recinto y no para evitar la salida de sus dos peligrosos moradores, pues una simple reja, por muy gruesa que fuera, jamás sería lo suficientemente resistente como para obstaculizar la fuerza descomunal de tan monstruosos seres. Tan solo un elemento sobre la faz de la Tierra había demostrado ser lo suficientemente fuerte como para contener el poder de sus respectivas masas musculares... Gleipnir.

Un rugido muy fuerte estremeció el lugar justo antes de que el cuadrúpedo dijera las primeras palabras para interrumpir sus respectivos sueños. La temperatura del ambiente descendió aún más, tanto así que una escarcha grisácea cubrió las paredes y forró los barrotes de la vieja reja. Horacio hubiera quedado petrificado ante el ensordecedor sonido de no ser porque lo arrojó tres o cuatro metros hacia atrás, con sus ondas violentas, hasta dejarlo estampado contra un gélido muro en virtud de su aplastante fuerza.

Pocos segundos bastaron para que Horacio recuperara el aliento, su percepción del entorno se clarificó en la justa medida que la oscuridad reinante se lo permitía. Dos pares de ojos muy brillantes de tonalidad anaranjada unos y verde azulado los otros, aparecieron desde el lado aún más oscuro en la contraparte de la reja, acercándose a ella muy lentamente.

—¿Quién eres? —preguntó una voz tétrica, grave, atemorizante.

—Mi nombre es Horacio —contestó el perro con una falsa seguridad que intentaba disfrazar de valentía el temor que lo embargaba.

—¡Desátanos! —solicitó la misma voz.

—Eso será a su debido tiempo y solo si llegamos a...

Un nuevo rugido aún más fuerte retumbó en la vieja excavación que se estremeció como si se tratara de una explosión provocada para fracturar su pétrea riqueza. Horacio voló nuevamente por los aires, esta vez más lejos que la anterior; su grasosa contextura amortiguó un poco el severo golpe que le provocó un chillido de dolor. Nuevamente se incorporó, pero con mayor lentitud y torpeza.

—Algo me decía que esto no sería una buena idea. Sigan amarrados a su cinta. ¡Hasta nunca! —concluyó el can al tiempo de girar para desandar su camino.

—¡Espera! Cuéntanos el motivo de tu venida. Solamente algo muy grave te pudo haber traído hasta acá —dijo la misma voz.

—Lo haré, pero, si me vuelves a lastimar, me marcharé en el acto.

—Habla, perro.

—La unidad de la especie cánida corre peligro. Estamos al borde de un precipicio. Detractores y simpatizantes de una intervención directa nos podrían llevar a un conflicto de desproporcionadas consecuencias —lamentó Horacio.

—¿Y eso qué con nosotros?

—Necesito de ustedes. Necesito su ayuda.

—¿Para qué?

—Hay que acabar este problema de raíz. No podemos permitir una nueva división de la especie por el capricho de unos cuantos —justificó Horacio.

Las dos bestias intercambiaron miradas. Horacio lo percibió. Solo podía ver con claridad el brillo de los grandes ojos de ambos seres.

—Nada nos importa la estabilidad de la especie, ni mucho menos el capricho de quienes nos hablas. Resuelve tu problema y lárgate de aquí, a no ser que quieras volar de nuevo.

—Desataré a Gleipnir y les concederé la libertad que perdieron a cambio de...

Un ruido se escuchó a no muy lejana distancia, como de algún elemento al caer sobre el suelo. El can y las dos bestias se pusieron alerta.

—¿Con quién viniste, perro? —preguntó el único de los enjaulados que hablaba mientras el otro gruñó, amenazante, dejando ver ahora sus desproporcionadamente grandes y puntiagudos colmillos.

—Nadie ha venido conmigo, nadie sabe que estoy acá.

Las dos bestias nuevamente intercambiaron miradas.

—Acaba de una vez. ¿Cuál es tu propuesta? —preguntó la abominable bestia con voz alterada.

Pareció como si Horacio tomara aliento para responder.

—Desataré a Gleipnir y les concederé la libertad que hace tanto tiempo perdieron —propuso el can.

—¿A cambio de qué?

—Será muy fácil para ustedes; tendrán que eliminar a un *schnauzer* miniatura. Responde al nombre de Spike. Deben cuidar de no dejar ningún tipo de huella que pueda incriminarlos. Con eso será suficiente para poner punto final a todo esto. Desaparézcanlo y obtendrán la libertad.

—¿Cómo sabremos que cumplirás con tu palabra? —preguntó uno de los maldecidos.

—No tienen nada que perder.

—Tampoco tenemos razones para creerte —argumentó la bestia.

—Muy bien, en tal caso, no hablemos más de este asunto, buscaré ayuda en otro lugar —pronunció el *bulldog* al tiempo de dar media vuelta para irse.

—¡Detente, perro!

Las dos bestias volvieron a intercambiar miradas.

—¡Aceptamos!... Dinos dónde está y eliminaremos al can del que nos hablas...

De tal forma, el macabro plan se pactó. Horacio tomó una drástica medida de solución cuyas consecuencias eran imposibles de predecir. Ya no podría retroceder. Drago y Yannick, bestias del Escorial, España y Gévaudan, Francia, respectivamente, habían sido despertados de su largo sueño con la finalidad de llevar a cabo la única cosa que sabían hacer... matar.

Así, algunas historias tienen finales felices, otras tienen finales tristes, otras se precian de tener finales desconcertantes, pero esta en particular, aún no ha llegado a su fin. Las hormonas de Lola y el ingreso de dos indeseables fichas en el tablero de juego se encargaron de darle un giro inesperado que, muy posiblemente, dejaría incontables preguntas dignas de respuesta flotando libremente en el aire. Sin embargo, como bien lo dirían Abigaíl y Roxán: "Las respuestas no nacen completamente estructuradas; ellas con el tiempo se van consolidando. Al principio pasan completamente desapercibidas, pero, luego de un justo periodo de incubación, van creciendo hasta que logran hacerse claras y sensorialmente perceptibles".

Made in the USA
Columbia, SC
12 March 2024